# आनंद प्रकाश जैन
# की
# लोकप्रिय कहानियाँ

# आनंद प्रकाश जैन
# की
# लोकप्रिय कहानियाँ

आनंद प्रकाश जैन

प्रभात
पेपरबैक्स
www.prabhatbooks.com

*प्रकाशक*

**प्रभात पेपरबैक्स**

4/19 आसफ अली रोड, नई दिल्ली-110002

फोन : 23289777 • हेल्पलाइन नं. : 7827007777

इ-मेल : prabhatbooks@gmail.com ❖ वेब ठिकाना : www.prabhatbooks.com

*संस्करण*

प्रथम, 2019



*मूल्य*

एक सौ पचहत्तर रुपए

अ.मा.पु.स. 978-93-5322-366-3

*मुद्रक*

आर-टेक ऑफसेट प्रिंटर्स, दिल्ली

★

**ANAND PRAKASH JAIN KI LOKPRIYA KAHANIYAN**

Published by **PRABHAT PAPERBACKS**
4/19 Asaf Ali Road, New Delhi-110002

ISBN 978-93-5322-366-3

₹175.00

प्रिय मम्मी

**श्रीमती चंद्रकांता जैन**

की

स्मृतियों को समर्पित

# भूमिका

श्री आनंद प्रकाश जैन के कहानी-संग्रहों से ली गई कुछ सुंदर कहानियों का संग्रह आपके सामने प्रस्तुत करते हुए हमें खुशी का अनुभव हो रहा है। श्री आनंदप्रकाश जैन हिंदी साहित्य का एक जाना-माना नाम है। हिंदी के साहित्य-प्रेमी पाठकों को शायद याद होगा कि पचास से लेकर अस्सी तक के दशकों में उनकी कहानियों और उपन्यासों की खासी धूम थी। अपने अंतिम समय तक, यानी 8 जुलाई, 1996 तक वे सतत लिखते रहे। आखिर के वर्षों में उन्होंने जो कुछ लिखा उसमें से कुछ अब तक पुस्तक रूप में अप्रकाशित ही रह गया है। वैसे तो उन्हें अपनी सभी कहानियाँ पसंद थीं। उनकी कुछ अप्रकाशित रचनाएँ भी इस संकलन में मौजूद हैं, जैसे 'हर्ष के आँसू', 'बोलनेवाला बुत' और 'अंतिम अस्त्र'। उनके कहानी-संग्रह 'अतीत के कंपन', 'लाल पन्ने', 'काल के पंख', 'तीसरा नेत्र', 'आटे के सिपाही', 'इति और हास', 'चार आँखें', 'संशय का युग', 'मुर्गे', 'तन से लिपटी बेल' उनके ऐतिहासिक, सामाजिक और हास्य-कहानियों के संग्रह हैं। उस समय की पत्र-पत्रिकाओं 'अरुण', 'साप्ताहिक हिंदुस्तान', 'धर्मयुग', 'सरिता', 'सारिका', 'ज्ञानोदय', 'माया' और 'मनोहर कहानियाँ', 'नवभारत टाइम्स' व 'हिंदुस्तान टाइम्स', जैसे अखबारों में आनंदप्रकाश जैन की कहानियाँ खूब प्रकाशित हुईं। उस कालखंड में उनके नाम की धूम थी। उन्हीं कहानियों में से कुछ चुनी हुई कहानियाँ आप सबके सामने हैं। इस संग्रह में केवल तेरह कहानियाँ ही समाविष्ट की जा सकी हैं।

अपने जीवन में श्री जैन ने सभी तरह के साहित्य की रचना की, लेकिन ऐतिहासिक रचनाएँ उनके नाम के साथ विशेष रूप से जुड़ीं। भारतीय इतिहास ज्यादातर लोगों के लिए एक कठिन विषय है। लेकिन उसमें घटित घटनाओं की ऐतिहासिक खोज पर आधारित परिस्थितियों, घटनाओं, चुटीले संवादों और

ऐतिहासिक पात्रों के मनोवैज्ञानिक चरित्र-चित्रण को अपनी कल्पना से सजाकर जो कथा-साहित्य श्री जैन ने रचा, पाठक ने उसे बहुत सराहा। पाठकों ने उनकी कहानियों के कथ्यों को लीक से हटकर पाया। इतिहास-दर्शन के साथ-साथ आधुनिकता के दर्शन श्री जैन की कहानियों में अकसर पाए जाते हैं। यही नहीं, उनकी कथाओं में अनेक कथ्य पारिवारिक व विनोदपूर्ण कथ्यों को लेकर भी हैं, जो जन-सामान्य की भावनाएँ और संवेदनाओं को छूती हैं।

1950 से लेकर 1960 के दशक में हिंदी के ऐतिहासिक कथा-क्षेत्र में जो प्रतिभाएँ उभर रही थीं, उनमें श्री आनंदप्रकाश जैन सर्वाधिक लोकप्रिय और सफल कथाकार के रूप में उभरे थे। डॉ. रामचरण महेंद्र ने 'वीणा' मासिक पत्रिका के मई 1959 अंक में अपने लेख 'ऐतिहासिक कथा-शिल्पी श्री आनंदप्रकाश जैन' में लिखा था—''इतिहास के क्षेत्र में इतना क्रमबद्ध कथा-रूप आज तक किसी कहानीकार ने प्रस्तुत नहीं किया है। पुरानी पीढ़ी में स्व. प्रेमचंद, श्री वृंदावनलाल वर्मा और आचार्य चतुरसेन शास्त्री ने जहाँ हिंदी के पाठक को ऐतिहासिक कहानी की संभावनाओं से परिचित कराया, वहाँ श्री आनंदप्रकाश जैन ने वास्तव में हिंदी साहित्य को इस दिशा में निश्चय ही चार कदम आगे ले जाकर खड़ा कर दिया है। श्री जैन ने पाठकों को ऐतिहासिक कहानी में डूबना सिखाया है, उससे मोह करना और उसे चाव से पढ़ना सिखाया है।'' इसके आगे वे उनकी सामाजिक कहानियों के बारे में लिखते हैं—''श्री जैन के ऐतिहासिक कथा-साहित्य का महत्त्व इतना माना जाने लगा है कि उनका सामाजिक कथा-साहित्य दब सा गया है। किंतु यह एक विचित्र तथ्य है कि अनेक प्रतियोगिताओं के प्रथम पुरस्कार विजेता श्री जैन की सभी पुरस्कृत कहानियाँ सामाजिक हैं और उनकी कला सामाजिक कथाक्षेत्र में भी उसी वेग और उत्साह के साथ प्रस्फुटित हुई है, जिस तरह कि ऐतिहासिक क्षेत्र में।''

'लाल पन्ने' कहानी-संग्रह की 'अपनी बात' में श्री जैन ने अपनी कहानियों का उल्लेख करते हुए स्वयं लिखा—''इन कहानियों को ऐतिहासिक क्यों कहा जाए? इसीलिए कि इतिहास के पात्रों और घटनाओं को कहानीकार, कहानी के तत्त्वों की रक्षा का प्रयत्न करता हुआ, इस उद्देश्य से इकट्ठा करता है कि इससे वह अँधेरा पक्ष सामने आए, जिसकी पृष्ठभूमि पर अमुक घटनाएँ घटी होंगी। हो सकता है, वे घटनाएँ उस तरह से न घटी हों, जिस तरह कहानीकार देखता है। किंतु इतिहास की शुष्क घटनाओं को एक उद्देश्य और एक-दूसरे को मारने-काटने के लिए तत्पर दिखाई देनेवाले ऐतिहासिक पात्रों की मानव-सुलभ भावनाओं को

आधार तो मिलता ही है। उनके पीछे कुछ कारण प्रकाश में आते हैं, कुछ मानवी भावनाओं का मूल्यांकन होता है, इसी से आगे बढ़ने की संभावनाओं को समझने-बूझने के लिए मिलती है एक राह।''

यही उनकी कहानियों के कथ्यों का आधार रहा है। उनकी कहानियों की इसी विशेषता को पाठक ने पसंद किया। अहिंसा धर्म के पालक सम्राट् अशोक के जिस हिंसक रूप को श्री जैन ने अपने उपन्यास 'कुणाल की आँखें' के कथ्य में उजागर किया था। उसी से मिलता-जुलता कथ्य प्रकारांतर से इस संग्रह की पहली कहानी 'रथ के पहिए' में भी दिखाई पड़ता है। 'रथ के पहिए' धम्माशोक के सहोदर विताशोक के मृत्युदंड से संबंधित कहानी है। राजसभा के मंत्रियों के षड्यंत्रों के तहत उसे अपराधी घोषित कर मृत्युदंड दिया गया। किंतु उससे पहले सात दिन तक अपनी जिंदगी को भरपूर जीने का अवसर देकर मुख्य नर्तकी के पास भेजा गया था। उसी के प्रभाव से उसने उन सात दिनों में दुनिया के सभी सुखों को इतना भोगा कि उसमें जीवन के प्रति वितृष्णा जाग्रत् हो गई। अपने ऊपर लगे आरोपों को उसने गलत सिद्ध किया। लेकिन अपना सबकुछ त्यागकर वह दिगंबर की तरह राजसभा से बाहर निकल गया। घने वन के अंधकार में, पता नहीं किसकी प्रेरणा से, विताशोक का सिर धड़ से अलग कर दिया गया। इस कहानी में अहिंसक राज्य के आदि-प्रणेता धम्माशोक का सहोदर विताशोक कहता है—''धर्माशोक जिस धर्म का अवलंब लेकर आगे बढ़ना चाहते हैं, वह उनके धर्म-निरपेक्ष राज्य का सबसे बड़ा विरोधाभास बनकर खड़ा हुआ है। सबल के सम्मुख अहिंसा व निर्बल के सम्मुख हिंसा, यही प्रयोग में इस धर्म के मतावलंबियों की चर्चा है।''

'रथ के पहिए', 'हर्ष के आँसू', 'गिरजे का कंगूरा', 'काली बेगम', 'अंतिम नग' और 'अग्निपुरुष' ऐसी ही मार्मिक ऐतिहासिक कहानियाँ हैं, जिनकी नायिकाएँ नर्तकी, पत्नी, दासी या रानी होते हुए भी अपने देश और अपने सिद्धांतों के लिए अपनी जान की आहुति दे देती हैं। वे किसी भी अन्याय के प्रति विद्रोह जताने से नहीं चूकतीं। अपने प्रेम और आदर्शों के निर्वाह के लिए किसी भी प्रकार की सजा तक भुगतने से पीछे हटती दिखाई नहीं देतीं। 'अग्निपुरुष' मालवा की राजधानी अवंती के राजा मुंज के कटु न्याय-विधान की कथा है। वह अत्यंत रसिक और क्रूर था। उसे लगता था कि उसके राज्य में चरित्रहीनता बहुत बढ़ गई है। इसलिए क्षुब्ध होकर वह आदेश देता है कि ऐसी नारियों का दोष सिद्ध होने पर प्रजाजनों के सम्मुख आग में तपाकर लाल किए एक लौहपुरुष का आलिंगन उन्हें करना पड़ेगा। उसकी पत्नी रानी रसवंती अपनी ऐसी सामाजिक व्यवस्था को चुनौती देती है। वह

अपने प्रेम-जीवन के ऊपर लगे प्रतिबंधों को हटा देना चाहती हैं। राजा को मजबूरन अग्निपुरुष का नाश करना पड़ता है। रानी हँसते हुए विष का पान करती है। 'अंतिम अस्त्र' कहानी में महानंद के वंश का समूल नाश कर, विद्या के आदिगुरु, आचार्य विष्णुगुप्त चाणक्य ने अपनें परम शिष्य चंद्रगुप्त मौर्य को मगध के राज-सिंहासन पर प्रतिष्ठित कर दिया था। लेकिन चंद्रगुप्त पर अनेक प्रहार हुए, और समय-समय पर अनेक षड्यंत्रों से जूझने के लिए हर प्रकार के अस्त्रों का प्रयोग हुआ। आचार्य के बुद्धिबल व सजगता के कारण वह बचते भी रहे। उनकी पैनी दृष्टि राज्य के विभाजन हेतु किए गए किसी भी षड्यंत्र को फलीभूत नहीं होने देती। उन्होंने विशेष प्रकार की अतीव सुंदर लिच्छवी विषकन्या को पहचाना, जिसे महामंत्री राक्षस ने भेजा था और उससे एक सौदा किया कि यदि उसे भेजनेवाले पवर्तक की अंकशायिनी बनकर अपने प्राण भी त्यागने पड़ें, तो वह उस जैसी विषकन्या का जिक्र कभी अपने अर्थशास्त्र में नहीं करेंगे। ''जिसका निर्माण इतना निर्मम हो तथा जिसके सहवास से विनाश अप्रत्याशित रूप से ध्वंसकारी हो। भावी पीढ़ियों को कम-से-कम आचार्य कौटिल्य की अधिकृत लेखनी से किसी कोमल नारी-हृदय को दग्ध करने का अवसर प्राप्त नहीं होगा!'' यही उनका अंतिम अस्त्र था। इस कहानी में जिस प्रकार की विषकन्या का उल्लेख उन्होंने किया है, वह अद्भुत है। उसका विशेष अध्ययन करके लेखक ने उसका वर्णन बड़ी गहराई से किया है।

'बोलने वाला बुत' कहानी को बड़े ही विनोदपूर्ण ढंग से लिखा गया है। नहरवासा राज्य के राजा जयसिंह 'राय' के पास द्रविड़ राजा द्वारा धमकी भरा संदेश देने के लिए चार राजदूत भेजे जाते हैं। संदेश यह कि वह 'राय' की पदवी अपने नाम के आगे से हटा दे। इन राजदूतों के राज्य में आने पर राजनर्तकी के यहाँ चोरी और राजा जयसिंह राय का एक बुत के द्वारा चोर का पता लगाना बड़ा ही विनोदपूर्ण है। वह इसके द्वारा उन राजदूतों को डराने का प्रयत्न करते हैं और उन्हें माकूल जवाब देकर वापस भेजते हैं। नगर कोतवाल उनकी चाल को समझ जाता है और उसे पदवृद्धि मिलती है। 'हर्ष के आँसू' ईसा की सातवीं शताब्दी के चौथे वर्ष में उत्तर भारत के एक प्रसिद्ध और प्राचीन गुरुकुल से निकले चिकित्सा शास्त्र के स्नातकों 'ध्रुवसेन' और 'कीर्तिसेन' नामक युवकों की कहानी है। बड़ा भाई ध्रुवसेन भयंकर साँप से ग्रसित मरीज को ठीक करने की क्षमता रखता है। आचार्य दत्रे द्वारा मृत्यु-शैया पर पड़े महाराज प्रभाकरवर्धन की चिकित्सा का भार उसके कंधों पर डाला गया। लेकिन राज्य के षड्यंत्रकारी दासी के पुड़िया बदलने से प्रभाकरवर्धन की मृत्यु होती है और ध्रुवसेन अपराधी घोषित कर दिया जाता है। शस्त्रयुद्ध में

पारंगत उसका छोटा भाई कीर्तिसेन बागी होकर बंगाल के शासक शशांक से मिल जाता है। अपने देश पर आक्रमण कर राज्यवर्धन की मृत्यु का कारण बनता है।

युद्ध में सैनिकों के रोग को दूर करने और ध्रुवसेन निरपराध साबित होने पर छोड़ दिया जाता है। सेनापति के रूप में अपने भाई कीर्तिसेन को मृत्युदंड सुनाते समय उसकी कलम अनायास ही लिख देती है—''कीर्ति नियति का खिलौना है। वह निर्दोष है। उसे छोड़ दो।'' वह खुद इस बात का विरोध करता है, लेकिन किसी तरह वह छूट जाता है। 'गिरजे का कंगूरा' लेखक के ही परिवार की एक दंतकथा पर आधारित कहानी है। अपने धर्म के प्रति बहुत कट्टर होना हमारे नए समाज से मेल नहीं खाता। किंतु हमारी प्रताड़ित भावनाएँ किस प्रकार दूसरे के धर्म के ऊपर प्रहार कर बैठती हैं और उसकी धर्मध्वजा को उखाड़ फेंककर अपने गिरजे के कंगूरे को ऊँचा करने के लिए प्रेरित करती हैं, इसी का चित्रण इस कहानी में किया गया है। 'पीले हाथ' कहानी का कथ्य 1407 ई. के एक मूल ऐतिहासिक तथ्य पर आधारित है। उसकी राजपूत नायिका नव-वधू कोरमदेवी ने दोनों हाथ काट दिए थे। उनमें से दायाँ हाथ उनकी चिता के समीप रखा गया था। वहीं पर उस चिता के समीप कोरमदेवी की झील का निर्माण हुआ था, यह सच्ची घटना है। 'पीले हाथ' राजस्थान के राजपूतों की आन के साथ-साथ उनके शौर्य और बलिदान की कहानी है। मोहिलों की बेटी कोरमदेवी का डोला जब अपनी ससुराल पुगल की ओर जा रहा है, रास्ते में उसका पति सादू उसका चेहरा देखने की इच्छा प्रकट करता है। पहले तो वह लज्जावश अपना चंद्रमुख भी पति को नहीं दिखा पाती, लेकिन बाद में जब वह अपने डोले से बाहर आकर अपना घूँघट उठाती है, तो उसके पति सरदार सादू के हृदय में जोश और भुजाओं में सात सौ वीरों का बल आ जाता है। वह अकेले ही शत्रुओं के व्यूह को चीरकर एक-एक शत्रु का नाश कर अंत में वीरगति को प्राप्त हो जाता है। नववधू कोरमदेवी के हाथों पर लगी हल्दी ठगी रह जाती है। वह एक सैनिक के हाथ से तलवार लेकर बाएँ हाथ को काट डालती है। हाथ उसे देकर वह कहती है, ''यह हाथ मेरे ससुरजी को देना, और कहना कि उनकी वधू उनके पैर छूने के लिए पूगल नहीं आ सकी, लेकिन उसका चिह्न अवश्य आना था।'' फिर वह उससे अपने बेहोश होने से पहले ही वह उसका दायाँ हाथ भी काटने का आग्रह करती है। दूसरे कटे हाथ के लिए उससे कहती है—''यह हाथ मोहिलों के चारण को देना। उससे कहना कि उसके देश की बेटी ऐसी थी।'' और वह मूर्च्छित होकर खून से सने रेत के गदेले पर गिर पड़ी। पति के शव को गोद में लेकर कोरम अग्नि की शिखाओं में खो जाती है। श्री जैन की

सभी कहानियों के मूल पात्र और मूल घटनाएँ ऐतिहासिक तथ्यों पर ही आधारित हैं, उनकी तारतम्यता को बनाए रखने के लिए उन्होंने गौण घटनाओं के गौण पात्रों की कल्पना की है।

**कहानियाँ सामाजिक या ऐतिहासिक**—जो भी हो, सबमें उन्होंने नारी का एक सशक्त व सबल चरित्र-चित्रण किया है। उनकी इन कहानियों में स्त्री आत्मविश्वास और दृढ़ता की मूर्ति है। वह सबल है, अबला नहीं। उनकी कहानियों में नारी पस्त और पूरी तरह से ध्वस्त होने पर भी अपने सिद्धांतों पर टिकी दिखाई देती है। अपने सामाजिक दायित्व को निभाती हुई, अपनी दृढ़ता व आत्माभिमान के साथ अपने समाज के हित के लिए जीवन की बलि दे देती है। उन्होंने देश-काल, परंपराओं और परिस्थितियों से जूझते हुए, पूरे आत्मविश्वास के साथ प्रेम किया और उसके लिए मर भी मिटीं। 'काली बेगम' में सन् 1763 में अंग्रेजों ने पटना को मीर कासिम के हाथों से छीन लिया था। सबकुछ गँवाकर शरण की तलाश में जब मीर कासिम अवधपति शुजाउद्दौला की शरण में जाता है, जो विश्वासघात करके उसके पास एक अतीव सुंदर नर्तकी रोशन को भेजता है, अंग्रेजी मेजर आदम उसे पकड़कर पटना लाना चाहता है। लेकिन मीर कासिम इन राजनीतिक षड्यंत्रों से बखूबी परिचित है। रोशन उससे माफी माँगती है। वह उसे अंग्रेजी सेना में दाखिल होकर देशसेवा के लिए प्रवृत्त करता है। वह कहता है कि एक दिन यह गोरी पलटन पूरे हिंदुस्तान को ग्रस लेगी। अगर उसका सौंदर्य देश के काम आए और अंग्रेजी सेना के दस्ते में बगावत फैलाने के लिए वह उसके एक दस्ते में शामिल होकर पटना चली जाए, तो उसकी सार्थकता होगी। और एक दिन प्रेमजन्य परिस्थितियों का शिकार बनकर वह 'काली बेगम' देश और प्रेम की खातिर मर मिटती है। इस संग्रह में सम्मिलित कहानी 'अंतिम नग' की नायिका एक वृद्धा है। यह कहानी ताजमहल में महरुन्निसा की कब्र के चारों ओर घूमती है। बादशाह शाहजहाँ ताज के ढाँचे की रचना करनेवाले फनकार ईसा से तो यह अपेक्षा रखता है कि वह उसमें उसकी अपनी अरजुमंद को जिंदा देखना चाहता है। पर वह कहीं भी उसे दिखाई नहीं देती। इसके विपरीत जब वृद्ध बदरुन्निसा, बानो की अंतरंग सहेली उसकी कब्र के समीप आकर उससे प्रत्यक्ष बातें करती उसमें खो जाती है, तब शाहजहाँ को ईसा वहीं लेकर आता है। बादशाह सलामत उसे पहचान जाते हैं और पूछते ही रह जाते हैं कि क्या उसने बानो को देखा है? लेकिन वह तो निस्पंद है। बादशाह को फिर भी बानो कहीं नजर नहीं आती। तब ईसा का उससे कहना कि जिसके मन में अपने प्रिय के प्रति पवित्र व अनवरत प्रेम की धारा बहती हो, वही उसे देख

सकता है। जिंदगी में मार-काट और जय-पराजय के तूफानों में उलझकर शाहजहाँ ने अपनी मोहब्बत को रगड़कर पोंछ डाला है। इसीलिए उन्हें बानो दिखाई नहीं दे सकती। जिसका प्रेम निश्छल था, उसे दिखाई दे गई। यह कथन आज के प्रेमी के लिए भी उतना ही सार्थक है, जितना बादशाह शाहजहाँ के लिए था।

इस संग्रह में उनकी चार सामाजिक कहानियाँ भी हैं—'गलत गली', 'नाई', 'आमों का बाग' और 'बरतन चुप हैं'। ये कहानियाँ हमारे समाज के यथार्थ को उजागर करती हैं। 'गलत गली' एक ऐसी फिल्म-अभिनेत्री की कहानी है, जो युवा होते हुए भी सिनेमा के परदों पर माँ का रोल करने के लिए मजबूर है। इस परदे के रोल और वास्तविक युवा जीवन के रोल के बीच उसके जीवन में जो एक अंतर्विरोध पैदा होता है, वह उसके मानस को प्रभावित करता है। उसका जीवन विडंबना और करुणा के सागर में गोते लगाने को भी बाध्य हो जाता है। यह कहानी ऐसे चरित्रों के मार्मिक पहलुओं पर रोशनी डालती है। 'नाई' कहानी में पहले के गाँव, कस्बे और नगर के नाई, जो अपने औजारों का बक्सा थामे ग्राहकों की खोज में, वहाँ की गलियों में चक्कर काटा करते थे और हजामत बनाने से लेकर वहाँ के लोगों के कई अति महत्त्वपूर्ण काम भी उनके माध्यम से अंजाम दिए जाते थे। गाँवों में वे ही नाई परंपरागत पारिवारिक एकाधिकार रखते हैं। इसके अतिरिक्त सभी शुभ अवसरों पर एक कर्मकांडी नाई की जरूरत पड़ती है। उसके अधिकार बहुत कम होते हैं, किंतु उनकी सीमा के भीतर ही कभी-कभी यह नाई परिवार की नाव को डूबने से बचा लेता है।

संकलन में 'नाई' कहानी का पात्र मुरारी भी कुछ ऐसी ही अहम भूमिका निभाता है, उसी को लेकर यह कहानी बनी है। भारतीय समाज में विवाह के समय के रीति-रिवाजों और लड़कीवालों के साथ होते दुर्व्यवहार का चित्रण श्री जैन ने इस कहानी में बखूबी दरशाया है। 'आमों का बाग' श्री जैन की लिखी शुरुआती कहानियों में से एक है। अप्रैल, 1949 के 'आँधी' मासिक में छपी थी। यह पत्रिका बनारस से निकलती थी। अपने गाँव शाहपुर की उनकी जमींदारी और कस्बे के पुश्तैनी आम के बागों को बेचकर, उससे मिले पैसे को, घर के स्वामी निरंतर सट्टा-बाजार की भेंट चढ़ा रहे थे, जिससे उनके बाल-मन में बागों के आमों की सर्व-प्रशंसित मिठास गायब होती जा रही थी। उनकी आँखों ने यह सब देखा तो अपने दर्द को इस कहानी में व्यक्त कर दिया। 'बरतन चुप हैं' साप्ताहिक हिंदुस्तान में प्रकाशित हुई थी। जब प्रेमचंद कहानी प्रतियोगिता के परिणाम घोषित हुए, तो इस कहानी की विशेषरूप से चर्चा की गई थी। इसमें परिवार के पुत्र की इच्छा से

एक हरिजन कन्या जब बहू बनकर घर में आई, तो परंपरागत रूढ़ियों से बँधी हुई सास का अंतर्द्वंद्व शुरू होता है। उसी के मूक संघर्ष का सजीव चित्रण इस कहानी में बड़े ही मार्मिक ढंग से चित्रित किया गया है। इतिहास को पीछे छोड़ दें तो ये कहानियाँ तत्कालीन समाज की कुरीतियों और सदियों से चली आई समाज की जिन प्रथाओं एवं परंपराओं से उपजी नजर आती हैं, उनकी लेखनी आधुनिक युग के यथार्थ कथ्यों को लेकर आगे बढ़ती रही है।

आशा है, ये सब कहानियाँ आज के पाठक वर्ग को भी उतनी ही अच्छी लगेंगी, जितनी कि पहले का पाठक वर्ग पसंद करता था। इसी के साथ मैं प्रसिद्ध लेखक डॉ. प्रकाश मनु को विशेष धन्यवाद देना चाहूँगी, जिनके प्रोत्साहनवश मैं इन कहानियों को चुनकर आपके सामने प्रस्तुत कर पाने में सफल हुई हूँ।

धन्यवाद!

**—मंजुरानी जैन**

पुत्री श्री आनंदप्रकाश जैन

# अनुक्रम

# रथ के पहिए

मृत्युदंड!

सात दिन तक जीवन के सभी आमोद-प्रमोद सुलभ, और उसके बाद चरमदंड! प्रियदर्शी ने सहोदर विताशोक के लिए यही विधान निश्चित किया था। बौद्ध-धर्मावलंबियों पर उसने अनुचित लांछन लगाए थे···परम राजद्रोही की भूमिका में उसने षड्यंत्र करके पाटलिपुत्र के पवित्र राजसिंहासन पर पाँव रखा था और देवानांप्रिय प्रियदर्शी अशोक का न्याय-विधान अपने-पराए सभी के लिए समान था। अपराधी को उसके समस्त समर्थकों से विलग करके एक विशाल अट्टालिका में बंद कर दिया गया था।

यह अट्टालिका नगर की सर्वमोहिनी, सर्वश्रेष्ठ नर्तकी महामाया की मायानगरी थी। सुंदरी महामाया को प्रियदर्शी के दंड-विधान से सूचित कर दिया गया था। एक सुसज्जित रथ जब महामाया के द्वार पर खड़खड़ करता आकर रुका था, तो वह स्वयं उस अभागे राजकुमार का स्वागत करने के लिए अट्टालिका से निकल आई थी। इसके बाद उसकी चपल परिचारिकाओं ने उस विचित्र राजबंदी को हाथो-हाथ उठा लिया था। उन्होंने उसे नहलाया-धुलाया, नवीन परिधान पहनाए, बालों में सुगंधित तेल-मर्दन करके उन्हें सुव्यवथित किया और जब विताशोक अलक्ष्य के प्रति प्रार्थना से निवृत्त हो गया, तो देवी महामाया दो थालियों में उत्तम फलों का अल्पाहार लेकर स्वयं उपस्थित हुई।

विताशोक ने दृष्टि उठाकर उसे सिर से लेकर पाँव तक देखा। बालों में प्राकृतिक फूलों का गुंफन, होंठों पर सुगंधित रंगछाल से उत्पन्न की गई लाली, भौंहों में प्राकृतिक वन-विन्यास, दो जुड़वाँ मधुकलशों की एक ग्रीवा···महामाया के पार्थिव शरीर पर प्रत्येक अंग अनुपम था।

कोमल वाणी में उसने कहा, "कुमार विताशोक, प्रणाम स्वीकार करें। यह

दासी का असीम सौभाग्य है कि कुमार मेरे अतिथि होकर आए हैं।''

''हाँ,'' विताशोक ने निस्तेज मुसकराहट के साथ कहा, ''केवल सात दिन के लिए।''

सुंदरी महामाया की मुसकराहट में तनिक भी अंतर नहीं पड़ा। उसने उसी मुद्रा में कुमार विताशोक की ओर देखा। गौरवर्ण, उन्नत ललाट, लंबी नासिका, मुख पर एक विचित्र भोलापन, जो होंठों के ऊपर उभरे हुए कत्थई श्मश्रुओं में तेज उत्पन्न कर रहा था; किंतु नेत्रों में एक अवसाद। महामाया हौले से हँसी। अल्पाहार के थालों को पहले से ही बिछाई हुई चौकियों पर रखकर उसने कहा, ''इन सातों दिनों के लिए प्रियदर्शी ने इस दासी पर जो कृपा की है, उससे मैं जीवन भर उऋण नहीं हो पाऊँगी। मौर्यवंश में कुमार विताशोक सूर्य के समान तेजस्वी हैं, इसे कौन नहीं जानता? जिस नारी को पूरे सात दिनों तक ऐसे सूर्य का सान्निध्य मिले, वह स्वयं भी एक छोटी-मोटी तारिका में परिवर्तित हो जाए तो क्या आश्चर्य!''

उसे खुलकर मुसकराना पड़ा। महामाया जब उसके आसन से सटे हुए पुष्प-सज्जित आसन पर बैठ गई, तो धीमे से कुमार ने मुँह को तनिक उसके निकट लाकर कहा, ''अस्तोन्मुख सूर्य के अवसान के बाद निश्चय ही तारिकाओं का उदय होता है, देवी! मेरी शुभकामना है कि रात भर तुम्हारा कलेवर देदीप्यमान रहे।''

महामाया ने एक अंगूर उठाकर कुमार की ओर बढ़ाया और बोली, ''यह शुभकामना देने वाला सूर्य बड़ा छलिया होता है, कुमार।''

अंगूर को दो उँगलियों के बीच पकड़ते हुए कुमार ने पूछा, ''वह कैसे?''

महामाया ने एक बड़ा-सा काला अंगूर उठाया और हँसकर कहने लगी, ''जानते हैं कुमार?''

''नहीं, हम नहीं जानते।'' विताशोक ने प्रश्नसूचक मुद्रा में कहा।

उसी समय अट्टालिका के द्वार पर किसी राजरथ की चर्ख-चूँ आकर रुक गई। महामाया उठकर वातायन तक गई, फिर लौटते हुए बोली, ''महाराज भद्रायण हैं। क्षमा करें, मुझे जाना होगा, कुमार।''

''किंतु प्रश्न का उत्तर दिए बिना नहीं।'' कुमार ने कहा।

महामाया फिर खिलखिलाई और हाथ में अभी तक थमा बड़ा काला अंगूर कुमार के तनिक खुले मुँह में ठूँसकर वह यह कहती हुई दौड़ गई, ''रात में बिखरी हुई तारिका की रूपसुधा का पान करने के लिए भुवन-भास्कर निरंतर पंद्रह दिन तक उचक-उचककर चंद्रमा के वातायन से झाँकते रहते हैं।''

अनिंद्य सुंदरी कक्ष की सुगंधि में हलचल उत्पन्न करती हुई चली गई और कुमार विताशोक विभ्रमित-सा बैठा रह गया। जब तक वह लौटकर नहीं आई, तब तक वह यही सोचता गया कि मृत्यु को भुलावा देनेवाला वह सौंदर्य निस्सर्ग ने किस अवकाश में गढ़ा है।

इस बार जब वह आई, तो उसकी परिचारिका के हाथों में दो पेय-पात्र थे। अल्पाहार की थालियों की ओर देखकर महामाया ने कहा, ''कुमार, सोचते ही रहेंगे—थोड़ा-सा जलपान नहीं करेंगे क्या?''

विताशोक ने कुछ नहीं कहा। जब परिचारिका चली गई, तो उसने सीधे स्वर में पूछा, ''महामात्र किसलिए आए थे?''

स्मित मुद्रा में महामाया ने उत्तर दिया, ''प्रियदर्शी जानना चाहते थे कि उनके बंदी को कोई कष्ट तो नहीं है।''

''तुमने क्या उत्तर दिया?''

''मैंने महामात्र से कह दिया कि जो जन अपने अतिथेय को कष्ट देना जानते हैं, उन्हें कोई कष्ट उत्पन्न होने का प्रश्न ही नहीं उठता।'' और महामाया कुमार पर फिर मायावी दृष्टि डालकर मुसकराई।

विताशोक सीधा हो गया। ''क्या मैंने तुम्हें कोई कष्ट दिया है?''

''हाँ'' नर्तकी ने कहा, ''बहुत बड़ा कष्ट दिया है, कुमार! हृदय में अग्नि प्रज्वलित कर दी है!''

''ओह!'' कुमार फिर उठंग गया, ''यह अग्नि प्रीति की होगी!''

''कदाचित्…कह नहीं सकती,'' महामाया स्वर को अत्यंत धीमा करके बोली। फिर थोड़ी देर चुप रहकर उसने कहा, ''यह अग्नि बहुतों ने प्रज्वलित करने की चेष्टा की है, कुमार…किंतु वे स्वयं जल-जलकर चले गए हैं। किंतु कुमार बिना प्रयत्न के ही इसमें सफल हो गए हैं।''

''हूँ!'' वितृष्णा से कुमार ने कहा, ''निश्चिंत हो जाओ, देवी महामाया! यह सात दिनों की आग है, फिर बुझ जाएगी।''

''कदाचित्।''

''सुनो, महामाया,'' कठोर किंतु अविकल स्वर में कुमार ने कहा, ''तुम नगरवासी हो और तुम्हारा यह प्रेमालाप बहुत भव्य है। प्रियदर्शी तुमसे यही अपेक्षा रखते हैं। तुम प्रियदर्शी को बराबर सूचना दे सकती हो कि तुम्हारा आतिथ्य तुम्हें पर्याप्त कष्ट दे रहा है। हम उसे झुठलाएँगे नहीं। किंतु इन सात दिनों में हमें बहुत चिंतन करना है। यदि तुम निर्विरोध हमें यह चिंतन करने दोगी, तो तुम्हें

इस वास्तविक सेवा का अचिंत्य पुरस्कार मिलेगा।''

महामाया के मुख से सहसा ही समस्त हास्य-भाव लुप्त हो गया। उसका मुख एक ही क्षण में पीले उबटन का आश्रित हो गया। आश्चर्य के कारण उसकी मनोहर दंत-पंक्तियों के बीच की रेखा परिलक्षित होने लगी।

वह खड़ी हो गई। विनम्र किंतु अविचल स्वर में उसने यथासाध्य संयम रखते हुए कहा, ''कुमार, सत्य कहते हैं। मैं नगरनारी हूँ और प्रियदर्शी की क्रीत दासी हूँ। उनकी आज्ञा का पालन ही मेरा कर्तव्य है। महामात्र भद्रायण ने यह शिक्षा कुमार के पदार्पण से पहले ही मुझे देने की कृपा की थी। प्रेमालाप के इस भव्य प्रदर्शन से थोड़ी-सी देर के लिए ही कुमार का मनोरंजन हो सका। इससे इस नगरनारी की कला सार्थक हुई। दासी प्रस्थान की अनुमति चाहती है। किंतु दासी को अलग करके कदाचित् ही कुमार कोई चिंतन कर पाएँ।''

''इसमें भी कदाचित्!···क्यों?'' विताशोक ने पूछा।

''इसलिए कि भय जड़ता को जन्म देता है, चिंतन को नहीं।''

''ओह!'' विताशोक ने भौंह चढ़ाकर आश्चर्य से कहा, ''देवी, हमें भयग्रस्त देख रही हैं? देवी को मनपर्यय ज्ञान मालूम होता है!''

''हाँ, कुमार,'' दृढ़ता के साथ महामाया बोली, ''यदि यह मनपर्यय ज्ञान न हो, तो नगरनारी एक दिन में लुट जाए। इस वाचालता के लिए कुमार क्षमा करें—और साथ ही इस कथन के लिए दासी को अनुमति प्रदान करें कि मात्र चिंतन मनुष्य को अकर्मण्यता व निराशा के गह्वर की ओर ले जाता है। चिंतन तभी सार्थक होता है, जब वह प्रयोग पर आश्रित होता है। बिना नारी के पुरुष का समस्त चिंतन प्रयोगहीन है।''

''बहुत सुंदर!'' विताशोक खिलखिलाकर हँसा, ''सभी धर्मों के अधिष्ठाता कहते हैं कि नारी नरक की खान है। मालूम होता है, नगरनारी बनकर तुमने कुछ नवीन सिद्धांत खोज निकाले हैं!''

''नरक से भय खाने वालों का चिंतन भी जड़ होता है,'' महामाया खड़े-खड़े ही बोली, ''जड़ता ही इन लोगों के दर्शन का चरम सत्य है। भिन्न-भिन्न मार्गों की इस जड़ता तक पहुँचने का उपदेश देनेवाले यह अधिष्ठाता जिस नरक की खान को पीछे छोड़ आते हैं, चेतनावाप प्रगति का सत्य वहीं अटका रह जाता है···और नगरनारी उनके जड़ चिंतन से टपका हुआ एक फल है, समाज-रचना के प्रयोग में केवल चिंतन पर बल देने का परिणाम है।''

आश्चर्यकीलित विताशोक के मुँह से सहसा ही निकला, "देवि, तुम विदुषी हो···मुझे मालूम नहीं था!"

"केवल इतना ही मालूम था कि मैं एक नगरनारी हूँ?" महामाया ने कहा, "कुमार विताशोक, इन सात दिनों को शोक-संतप्त होकर बिताने से अपने नाम को सार्थक नहीं कर पाएँगे। सम्राट् अशोक ने यह सात दिन आपको इसलिए दिए हैं कि आप रोएँ, हाथ मलें, आँसू बहाएँ और इस लघु जीवन के प्रयोग के मूल को ही अलग करके आप बलवान सम्राट् के उद्देश्य की पूर्ति करेंगे। शत्रु का उद्देश्य सार्थक करनेवाला कभी विजयी नहीं होता। प्रियदर्शी इन सात दिनों में आपके सात सिर काटना चाहते हैं। प्रत्यक्ष में उन्होंने एक ही सिर काटने का दंड दिया है। ध्यान रखिए, उनके हाथ एक ही सिर लगना चाहिए···अब मुझे आज्ञा दें। मैं जाती हूँ।"

कुमार विताशोक जड़ की भाँति बैठा रह गया। उसे स्वप्न में भी आशा नहीं थी कि नगरनारी के रूप में महामाया उसे इस प्रकार झकझोर कर चली जाएगी। उसने उसका अपमान किया था, इस आशय से कि दंड देनेवाले की ओर से उसके लिए वह एक विद्रूप के रूप में आई थी, और उसका तिरस्कार करके वह वीरता के साथ अपनी मृत्यु का आह्वान करेगा। किंतु अब सुझाने पर उसे प्रतीत हुआ कि जिसे वह वीर भाव समझ रहा था, वह मात्र मृत्यु का भय था। अब उसे पता चला था कि जिस विद्रूप को सम्राट् ने उसका उपहास करने के लिए उसके ऊपर छोड़ा था, वह स्वयं सचेत व विज्ञ था। उसके भीतर लघु जीवन का एक सार्थक दर्शन था। बार-बार उसके कानों में महामाया के वे शब्द गूँजते रहे, "···प्रियदर्शी इन सात दिनों में आपके सात सिर काटना चाहते हैं। प्रत्यक्ष में उन्होंने एक ही सिर काटने का दंड दिया है। ध्यान रखिए, उनके हाथ एक ही सिर लगना चाहिए।"

रात अपना काला आवरण संसार के ऊपर डालती जा रही थी। अट्टालिका दीपकों के प्रकाश से जगमगाने लगी थी। दो परिचारिकाएँ छाया की भाँति कक्ष के द्वार से लगी थीं। उन्हीं में से एक को बुलाकर विताशोक ने कहा, "देवी महामाया से कहो कि हम उन्हें बुलाते हैं।"

परिचारिका चली गई। कुछ देर बाद जब वह लौटी, तो उसने देखा कि विताशोक विचारमग्न कक्ष के फर्श को ही मानो नाप रहा था। परिचारिका को देखकर उसने व्यग्रता से पूछा, "देवी ने क्या कहा?"

"कुमार, क्षमा करें," दासी ने कहा, "देवी ने कहा है कि उनका चित्त

स्वस्थ अवस्था में नहीं है, इसलिए आशा है कुमार क्षमा करेंगे।''

''हूँ!'' विताशोक के मुँह से निकला। तिरस्कृत प्रिय जन मान का अधिकारी हो जाता है।

उस रात विताशोक की आँख नहीं लगी···और जब तीसरे पहर कुछ लगने लगी, तभी किसी राजरथ की खड़-खड़ ने उसे तिरोहित कर दिया। उसने उठकर वातायन से झाँका। अट्टालिका के निचले भाग के सामने फैले हुए मैदान की कालिमा दृष्टिगोचर हुई, और उस कालिमा में से निकलकर अट्टालिका के भीतर प्रवेश करती हुई महामात्र भद्रायण की छायाकृति या फिर उन प्रहरियों के पदचाप की ध्वनि उसे सुनाई दी, जिसे सारी सात जागकर देवी महामाया के रंगमहल में बंद उस राजकीय बंदी को वध के लिए सुरक्षित रखे रहने के लिए उत्तरदायी थी।

और उस दिन अशोक विताशोक का पहला सिर काटने में सफल नहीं हो सका, क्योंकि जो सिर काटा जानेवाला था, वह मृत्यु के स्थान पर नारी-हृदय के रहस्यों को सुलझाता रहा।

अगले दिन पाटलिपुत्र की वह जनप्रिय नगरवधू अनुपम साजसिंगार के साथ विताशोक के कक्ष में आई। आज भी उसके मुख पर वही मुसकराहट थी, वही वैभव था, वही दीप्ति थी। कुमार को प्रणाम कर उसने कहा ''आज मैं कुमार से प्रेमालाप नहीं करूँगी। जानते हैं, रात के तीसरे प्रहर महामात्र भद्रायण क्या समाचार लाए थे?''

''जब तक देवी बताएँगी नहीं, तब तक कैसे जानेंगे हम?'' विताशोक ने कहा।

''यही कि प्रियदर्शी को रात भर नींद नहीं आई···और जब जागते-जागते तीसरा प्रहर होने को आया, तो उन्होंने महामात्र भद्रायण को बुलाकर यह जानने के लिए यहाँ भेजा कि कुमार विताशोक आनेवाली मृत्यु की यंत्रणा भोग रहे हैं या नहीं।''

''क्या पता लगा महामात्र को?'' विताशोक ने उत्सुकता के साथ पूछा।

''यही कि कुमार विताशोक कभी के समाप्त हो चुके हैं। उनकी जगह एक भयग्रस्त मानव का कंकाल मात्र है, जिसके लिए जीवन के समस्त सुख विडंबना के अतिरिक्त और कुछ नहीं हैं।''

''यह तुमने अपने कल के तिरस्कार का बदला लिया?'' विताशोक ने दुखित भाव से कहा।

महामाया उसी आसन पर बैठ गई, जिस पर कल बैठी थी। उसी भाँति

मुसकराकर उसने कहा, ''कुमार, ऋण चुकाने में इतना दुःख क्यों? यही तो ऋण चुकाने का श्रेष्ठ अवसर है।''

''मुझे कोई दुःख नहीं, देवी!'' विताशोक बोला।

''तो सुनो,'' महामाया बोली, ''मैं आनेवाले शेष दिनों के लिए आपको खोना नहीं चाहती, सम्राट् इस आवास को यंत्रणागृह समझते रहें, यही मेरे लिए शुभ है। जाना ही है तो किसी का प्यार लेकर जाओ। इससे यात्रा सुगम हो जाएगी, कुमार।''

विताशोक ने चौंककर देवी महामाया की ओर देखा, उसके नयनों में अपूर्व मादकता थी। उसके होंठ काँप रहे थे। उसकी ग्रीवा पर ग्रंथियों का उतार-चढ़ाव स्पष्ट रूप से परिलक्षित हो रहा था।

एक अव्यक्त आह्लाद के साथ कुमार विताशोक ने नगरनारी के अधरों पर अपने शेष जीवन की समस्त उत्तेजना अंकित कर दी।

उस रात प्रणयी के मनोरंजन के लिए प्रेयसी ने अपने जीवन का सबसे अधिक मनोयोगपूर्ण नृत्य पेश किया। देवी महामाया की अट्टालिका एक ऐसे विलास-भवन में परिवर्तित हो गई, जहाँ नववधू के भविष्य का श्रृंगार हो रहा हो...और इस प्रकार छह दिन व छह विभावरी बीत गईं। विताशोक भूल गया कि शेष रात्रि के बीत जाने पर वह स्वयं निःशेष हो जाएगा।

किंतु सातवीं रात को देवी महामाया उसका अभिनंदन करने के लिए नहीं आई। पल-पर-पल, घड़ी-पर-घड़ी बीतते चले गए। विताशोक विकल हो गया, परिचारिका से पूछने पर पता चला कि देवी किन्हीं आवश्यक कार्यों में व्यस्त हैं। दो प्रहर बीतने पर भी देवी के दर्शन नहीं हुए, तो विताशोक के मन पर अवसाद और आशंकाओं का कुहासा छाने लगा।

अर्ध-रात्रि बीत जाने पर कक्ष के द्वार पर खट-खट हुई, तो वह उछल पड़ा। झपटकर उसने द्वार खोल दिए। महामाया द्वार के बीचो-बीच खड़ी थी। उसके मुख पर सौम्यता थी, किंतु नेत्रों में गंभीरता परिलक्षित हो रही थी।

उसने भीतर आकर कक्ष के कपाट स्वयं बंद किए और हौले से बोली, ''कुमार, तैयार हो जाइए। हम लोगों ने व्यवस्था कर ली है।''

''किसलिए तैयार हो जाऊँ? क्या व्यवस्था कर ली है तुम लागों ने?'' विताशोक ने आश्चर्य से पूछा।

''सम्राट् अशोक इस प्रकार अपने सहोदर का वध नहीं कर सकेंगे।'' महामाया ने कहा। उसी समय अट्टालिका के द्वार पर किसी रथ के आकर रुकने

की आहट सुनाई पड़ी। महामाया उत्तेजित स्वर में बोली—

"जल्दी कीजिए। महामात्र भद्रायण रथ लेकर आ गए हैं। दो घड़ी बीतते न बीतते रथ के पहिए हम दोनों को लेकर पाटलिपुत्र से दूर हो जाएँगे। सुबह सम्राट् के भटों को यहाँ विभ्रमित परिचारिकाओं का दल मिलेगा और कुछ नहीं।"

"ठहरो," विताशोक ने महामाया के उस स्वरूप को जी भर निहारकर उसे वक्ष से लगाते हुए कहा, "ठहरो, महामाया! इतनी शीघ्रता करने से हमारा सारा वैभव नष्ट हो जाएगा। इतनी विदुषी होकर भी तुम भोली हो, अस्तायमान सूर्य के साथ अवसन्न होना तारिका को शोभा नहीं देता, तुमने सहसा ही यह कैसे विश्वास कर लिया कि विताशोक कायरों की भाँति पलायन कर जाएगा? तब उस चिंतन का क्या होगा, जो प्रयोग के बल पर निखरकर इन सात दिनों में सामने आया है? जिसके दर्शनों से भी लोगों के मनों में प्यार उमड़ पड़ता है। देवताओं तक को उसका स्वरूप अत्यंत प्रिय है, ऐसे प्रियदर्शी देवानांप्रिय सम्राट् अशोक को उस चिंतन की सबसे अधिक आवश्यकता है! वह मेरा सहोदर है, उसने मुझे अब तक जीवित रहने दिया, यह उसका मुझपर ऋण है। यह ऋण चुकाए बिना विताशोक किस प्रकार रथ के पहियों का आश्रय ले सकता है?"

महामाया आशंका से छिटककर अलग हो गई। त्रस्त भाव से उसने विताशोक को मानो अपने नेत्रों में समा लेना चाहा। फिर त्वरित स्वर में बोली, "कुमार, यह समय कार्य का है, भावनाओं का नहीं। यदि तुम्हारे प्राण नहीं बच सके, तो यह अट्टालिका, यह वैभव, ये विलास-वस्तुएँ, सब मेरे लिए तुच्छ हैं। तुम्हें क्या मालूम कि इन सात दिनों के अल्प समय में भी महामाया की सारी कला, सारी श्री और समस्त प्राणों पर तुमने अधिकार कर लिया है। भावनाओं को तिरोहित करके चलो, कुमार। महामात्र भद्रायण इस महान् कार्य के लिए अपना समस्त वैभव, समस्त प्रतिष्ठा दाँव पर लगाए बैठे हैं।"

विताशोक हँसा। महामाया के अनिंद्य रूप से दृष्टि हटाकर उसने वातायन की ओर देखकर बोला, "कहाँ ले जाओगी, महामाया? महामात्र भद्रायण से कहो कि इतिहास के विधाता ने जिस नाम को लाल स्याही से काट दिया है, उसे पुनः अंकित करने के प्रयत्न में वैभव लुटाने से कोई लाभ नहीं। इन सात दिनों में जीवन का समस्त स्नेह संचित कर जिसने अंतिम प्रेयसी के स्वागत की पूरी तैयारी कर ली है, उसे अब और कोई तैयारी करने का अवसर ही कहाँ है?"

महामाया की बौद्धिक नारी क्षण भर में ही एक सामान्य बेकल नारी के रूप में परिवर्तित हो गई। आँसुओं को व्यर्थ ही छिपाने के प्रयत्न में उसने विताशोक

के वक्ष में सिर देकर अपने हृदय का समस्त अनुरोध उँड़ेल दिया, "चलो, कुमार···मेरा हठ रख लो!"

"कहाँ रखूँ तुम्हारे हठ को, माया? कोई स्थान छोड़ा है तुमने, जहाँ तुम्हारे मानस की प्रयोगशाला स्थापित न हो? महान् अशोक को बिना उसका दर्शन कराए कहीं ठौर मिलेगी? इतिपथ से इस पथ पर हटकर भागने से कहीं इतिहास बदल सकता है। जहाँ जाओगी वहाँ अशोक मिलेगा, क्योंकि भावनाओं से सर्वथा रहित इतिहास को निर्वाचन शक्ति ने उसे बहुमत से चुन लिया है। इन सात दिनों में तुम्हारे स्नेह ने मेरे बुझते दीप को बल दिया है कि मैं घटाटोप घटनाओं के अंधकार में उस शक्ति को खोज निकालूँ। उसका आभास मुझे मिल गया है, महामाया। रथ को विदा कर दो, और इस दीप को अंतिम स्नेह-दान दो, जिससे यह अपने अंतिम समय तक संपूर्ण तेज के साथ जल सके।"

विताशोक के वक्ष में मुँह दिए महामाया के समस्त भावी स्वप्न फफक-फफककर रो उठे। किसी अलक्ष्य लोक में विचरता विताशोक उसकी पीठ को हौले-हौले थपथपाता रहा।

कुछ समय बाद प्रतीक्षा में खड़ा रथ मानो इस बीहड़ इतिपथ का तेजी से विरोध करता हुआ चर्रख-चूं, चर्रख-चूं करता लौट गया। विताशोक के कक्ष का दीप अपनी संपूर्ण शक्ति के साथ रातभर जलता रहा।

सुबह का प्रथम प्रहर समाप्त होते ही महामात्र भद्रायण राजकीय रथ लेकर विताशोक को प्रियदर्शी की सेवा में ले जाने के लिए पहुँचे। विताशोक मुसकरा रहा था। महामाया गंभीर थी। जब उनका रथ राजपथ को पार करता हुआ राजभवनों की ओर बढ़ रहा था, तो पाटलिपुत्र के निवासियों के ठट-के-ठट उस रथ के पीछे दौड़ रहे थे। सर्वत्र उत्तेजना थी, सर्वत्र मानसिक अशांति थी। सर्वत्र क्षोभ था।

जब विताशोक को राजसभा में उपस्थित किया गया, तो सभा खचाखच भरी हुई थी। कलाकारों की पंक्ति में महामाया सिंहासन के सबसे निकट के आसन पर प्रतिष्ठित की गई। विचारशील नेत्र ऊपर उठाकर प्रियदर्शी ने विताशोक की ओर देखकर निष्पक्ष भाव का प्रदर्शन किया।

महामंत्री खल्लातक ने उठकर पहले सम्राट् तथा सकल सभा का अभिनंदन किया। फिर कहा, "महामात्र, प्रियदर्शी, देवानांप्रिय सम्राट् अशोक, प्रतिष्ठित महामात्रगण व अधिकारी जन तथा सकल सभासद मेरी सुनो। आज से आठ दिन पूर्व अभियुक्त विताशोक ने, जो इस समय उपस्थित जनों के सम्मुख है, कतिपय षड्यंत्रकारियों के साथ अभिसंधि करके पाटलिपुत्र के इस पवित्र मौर्य

सिंहासन पर दुर्नीति व दुरेच्छा से पाँव रखा। इससे पूर्व पूज्य अमिताभ, पूज्य धर्म व पूज्य संघ के प्रति कुवचन कहे। इन महान् अपराधों के कारण अभियुक्त को न्यायाधिपति प्रियदर्शी ने, अपने समस्त इहलौकिक संबंध त्यागकर, अभियुक्त को निष्पक्ष भाव से सात दिन बाद प्राणदंड देने की आज्ञा सुनाई। उदाहरणस्वरूप इन सात दिनों तक पाटलिपुत्र के सर्वाधिक आमोद-प्रमोद से पूर्ण विलास-भवन में जीवन के समस्त सुखों का उपभोग करने के लिए छोड़ दिया। अभियुक्त ने अभिधर्म-सेवियों के ऊपर लांछन लगाया था कि वे विलासितापूर्ण जीवन व्यतीत करते हैं। इन सात दिनों में मृत्यु की प्रतीक्षा में रत अभियुक्त का विलासितापूर्ण जीवन कैसा व्यतीत हुआ, इसे देवी महामाया अभी सकल जनों के सम्मुख निवेदन करेंगी और बताएँगी कि अभिधर्म-सेवी बौद्ध-जन कैसा भयग्रस्त विलासितापूर्ण जीवन व्यतीत करते हैं।'' फिर महामंत्री देवी महामाया की ओर लक्ष्य करके बोले, ''देवी, अपना प्रतिवेदन प्रस्तुत करें।''

देवी महामाया खड़ी हुई। विताशोक ने मुसकराकर उसके मुख की ओर देखा और विनम्र वाणी में बोला, ''देवी महामाया धरा के सर्वोच्च न्यायाधिपति के सम्मुख है, इसलिए निर्भीकता के साथ निवेदन करें।''

उसी समय महामाया की दृष्टि कुमार विताशोक की तेजपूर्ण दृष्टि से टकराई। थेड़ी देर टिकी रही। फिर आँसुओं के दो बड़े-बड़े डोरे पाटलिपुत्र की सर्वश्रेष्ठ सुंदरी के कपोलों पर लुढ़कते हुए चू पड़े। दोनों हाथों से अपना मुँह छिपाकर वह जहाँ-की-तहाँ धँस गई।

विताशोक ने सम्राट् सहित सकल सभा को अपनी ओर उन्मुख किया और बोला, ''देवी महामाया अपना निश्छल निवेदन प्रकट कर चुकी। वह इस समय कोई राजसम्मत निवेदन प्रकट करने की स्थिति में नहीं हैं। सम्राट् स्वयं अभियुक्त को अनुमति दें, तो संभव है वह ज्ञातव्य विषय पर और अधिक प्रकाश डाल सके।''

महामंत्री खल्लातक ने सम्राट् की ओर से यह आज्ञा प्रदान की। तब विताशोक छाती तानकर सीधा खड़ा हो गया। सकल सभा सुने, इस आशय से उच्च स्वर में उसने कहा—

''कुछ समय पहले का चंडाशोक, जो आज आप लोगों का स्वयं मनोनीत प्रियदर्शी है, उदाहरण देने की कला में खूब पारंगत है। कुछ समय पहले धरती पर ही नरक का एक उदाहरण उसने उपस्थित किया था, जिसमें अपराधियों को अमानवीय व अकल्पनीय यंत्रणाएँ देकर इस लोक में नरक की यातनाओं का अनुभव कराया जाता था। उस चंडाशोक की नसों में भी जो मौर्य रक्त बह

रहा है, वही अभियुक्त विताशोक की नसों में भी प्रवाहित है। यदि नरक का निर्माण करनेवाला चंडाशोक आज धर्माशोक बनकर उस सिंहासन को अपवित्र नहीं करता, तो स्वर्ग के निर्माण का दंभ भरने वाला विताशोक किस प्रकार उसे अपवित्र कर सकता था।''

राजसभा मौन रही। किंतु प्रश्न सभी के मानस से टकराया। महामंत्री खल्लातक ने उठकर कहा, ''सम्राट् प्रियदर्शी अभियुक्त की इस धृष्टता को क्षमा करते हैं, क्योंकि उनके राज्य में मृत्यु की ओर बलात् जानेवाले व्यक्ति को अपना संपूर्ण अभिमत प्रकट करने का अधिकार है।''

सभासदों के मन में धैर्य के प्रति सराहना के भाव उदित हुए। उसी समय विताशोक ने उच्च स्वर में कहा, ''सकल सभासद मेरी सुनें! मैं अपने उन षड्यंत्रकारी साथियों को इस सभा के बीच लाए जानेवाले की माँग करता हूँ, जिन्होंने मुझे सिंहासन पर बैठाने की अभिसंधि की थी।''

सभा में चर्चा उठने से पहले महामंत्री ने कहा, ''वे षड्यंत्रकारी नहीं पकड़े जा सके। उनके प्रकाश में आते ही उनका न्याय किया जाएगा।''

''किंतु वे अब पकड़े जा सकते हैं,'' विताशोक ने अव्याहत स्वर से कहा, ''क्योंकि वे इसी सभा के बीच मौजूद हैं और उसमें अग्रणी स्वयं महामंत्री खल्लातक हैं, जिन्हें अभियुक्त को राजसिंहासन प्राप्त करने का भुलावा देकर स्वयं सम्राट् अशोक ने राजसिंहासन का सबसे बड़ा काँटा हटाने का षड्यंत्र रचा था। इस षड्यंत्र का कारण केवल भय था, क्योंकि इससे पहले ही विताशोक अपने मन, वचन, कर्म से सम्राट् अशोक की ऐतिहासिक सत्ता को स्वीकार कर चुका था और शांतिपूर्ण जीवन व्यतीत करना चाहता था।''

एक अन्य राजभक्त महामात्र ने अपने स्थान से ही कहा, ''इन सात दिनों में अभियुक्त का मस्तिष्क काफी दूर-दूर तक दौड़ा है।'' इसके बाद उसने एक ठहाका लगाया और सभा में ठहाकों का बाजार गरम हो चला।

''आश्चर्य है!'' महामंत्री खल्लातक अपनी हँसी रोकते हुए बोला, ''इतने सत्यवादी निर्ग्रंथ को छोड़कर महाराज बिंदुसार की प्रजा ने धर्माशोक प्रियदर्शी जैसे महापुरुष को अपना अधिपति चुना।''

विताशोक मानो तड़प गया। उसने उस महामंत्री की ओर घूमकर कहा, ''कौन है जो इतिहास का मनमाना अर्थ लगा रहा है? क्या महानंद की प्रजा ने स्वेच्छा से महानंद को अपना अधिपति चुना था? क्या पौरव की प्रजा ने सिकंदर को अपना अधिपति चुनने के लिए आमंत्रित किया था? अभी सम्राट् धर्माशोक

के महामात्रों को यह जानना शेष है कि प्रजा द्वारा नरपतियों के चुने जाने का युग धर्मशास्त्रों व पुराणों में विलीन हो चुका है। नरपति उन ऐतिहासिक शक्तियों के द्वारा चुने जाते हैं, जिनके द्वारा समस्त मानवी व्यवस्था के युग नियंत्रित होते हैं।''

परिहास के साथ प्रहार-ग्रस्त महामात्र ने पूछा, ''और प्रियदर्शी धर्माशोक को चुनने के लिए कौन सी ऐतिहासिक शक्ति उत्तरदायी है ?''

''रथ के पहिए,'' अभियुक्त विताशोक ने घोशित किया।

राजसभा में निस्तब्धता छा गई। शब्द इतने स्पष्ट थे कि अपने चारों ओर रहस्य का आवरण लपेटे हुए भी अंतस्तलों में उतरते चले गए।

उस निस्तब्धता में विताशोक ने दूसरी बार उस शक्ति का नाम लिया। उसने कहा, ''रथ के पहिए''पहली बार सहोदर धर्माशोक के द्वारा विराट् संख्या में रथ के पहियों का निर्माण हुआ। पहली बार भट ने यह अनुभव किया कि भारी कवच पहने हाथियों और घोड़ों पर लड़ने की अपेक्षा चपल अश्वों से जुते हुए तीव्रगामी रथों में बैठकर वे न केवल शस्त्रों के वार को सुगमता से काट सकते हैं, बल्कि उनका संचालन भी सुगमता से कर सकते हैं। पहली बार मेरे सहोदर ने यह अनुभव किया कि महाराज बिंदुसार के विशाल साम्राज्य में दूर-दूर तक अपना आतंक फैलाए रखने के लिए रथ के पहिये सर्वव्यापी सुदर्शन चक्र की परिकल्पना को पूर्ण करेंगे ''किंतु यह ऐतिहासिक शक्ति चंडाशोक के हृदय को प्रपंच से मुक्त नहीं कर सकी और''।''

विताशोक ने अपने तेजपूर्ण नेत्रों से चंडाशोक की आँखों में ताका। अपूर्ण वाक्य को पूर्ण करता हुआ वह बोला, ''धर्माशोक जिस धर्म का अवलंब लेकर आगे बढ़ना चाहते हैं, वह उनके धर्म-निरपेक्ष राज्य का सबसे बड़ा विरोधाभास बनकर खड़ा हुआ है। सबल के सम्मुख अहिंसा व निर्बल के सम्मुख हिंसा, यही प्रयोग में मतावलंबियों की चर्चा है। आध्यात्म के चिंतन में वृक्षों के नीचे बैठकर ज्ञान प्राप्त करनेवालों का संघ उन अकर्मण्यों का संघ है, जिन्होंने अपनी आत्मा, अपने स्व के अर्थ को सामाजिक अर्थ-साधन के सम्मुख श्रेष्ठ समझा है। और वह उससे पोषण प्राप्त करते हुए भी उस पोषक शक्ति की पूर्ति के प्रति उदासीन है। इस समस्त विडंबना को लिये हुए ये रथ के पहिये उस ऐतिहासिक समयांत तक निश्चित रूप से डगमगाते दौड़ते रहेंगे, जब तक इस एकत्र होती हुई आध्यात्मवादी अकर्मण्यता का भार उनकी शक्ति के लिए असह्य नहीं हो जाएगा।''और इस बीच विताशोक ही नहीं, प्रत्येक सहृदय व कोमल प्रत्यक्ष-अप्रत्यक्ष रूप से इन पहियों के नीचे आकर कुचलती चली जाएगी। विताशोक

अपनी संपूर्ण चेतना के साथ इस ऐतिहासिक प्रगति का सम्मान करता है। अशोक में यदि अब भी खुलकर हिंसा के प्रयोग का साहस हो, तो वह बधिकों को आज्ञा दे, अन्यथा अंधकार होने तक प्रतीक्षा करे। संसार उस समय सो जाता है।''

अनेक महामात्र मुँह बाए विताशोक के उस वक्तव्य को सुनते रहे, जिसने महान् अशोक की ऐतिहासिक स्थिति का सूत्र रूप में निरावरण कर दिया था। महामंत्री खल्लातक उठे, किंतु उसी समय अपने विचारशील नेत्र ऊपर उठाए अशोक अपने सिंहासन से ऊपर उठा और बोला, ''लगता है कि भोग-विलास की प्रचुरता और भावी मृत्यु के भय से अभियुक्त का मस्तिष्क विकृत हो गया है। हम यह व्यवस्था करते हैं कि विक्षिप्त व्यक्ति को कभी प्राणदंड न दिया जाए। इसलिए हम विताशोक को मुक्त करते हैं। राजधानी के निजी क्षेत्र की सीमा के बाहर वह कहीं भी अपना शेष जीवन व्यतीत कर सकता है।''

विताशोक ने सहसा ही ठहाका लगाया और बोला, ''सम्राट् ने यह नहीं बताया कि यह शेष जीवन कितने दिन तक चलने वाला है! सकल सभा सुने, इस विक्षिप्त विताशोक ने सात दिनों में इतना विलास किया है कि स्वयं विलास से उसे वितृष्णा हो गई है। सम्राट् अशोक ने अपनी उद्देश्य-पूर्ति के लिए अंधकार का आश्रय लेने का निश्चय किया है। अत: जब तक इस शरीर का अंत नहीं होता, तब तक विताशोक के लिए प्रत्येक परिग्रह का त्याग है।''

उस समय जड़ हो गए प्रजाजनों व सभासदों ने आँखें फाड़कर देखा, विताशोक ने एक-एक वस्त्र, एक-एक आभूषण एक-के-बाद-एक शरीर से उतारकर गिराने आरंभ किए। महामाया खड़ी होकर चिल्लाई, ''कुमार विताशोक!''

विताशोक की दृष्टि उस ओर नहीं थी। केवल अशोक की दृष्टि महामाया के विकल अंगों पर पड़ी और उसकी भौं ऊपर चढ़ गई।

जब तक विताशोक निर्ग्रंथ, दिगंबर मुनि के रूप में दृष्टिगोचर हुआ, तब तक पाटलिपुत्र की प्रथम नर्तकी चेतना खो चुकी थी। देखते-ही-देखते विताशोक ने हाथ ऊपर उठाकर अशोक को आशीर्वाद दिया—'कल्याण हो' और पीठ मोड़कर निस्पृह भाव से लोगों के आश्चर्यचकित समूह को पार करता हुआ राजसभा से बाहर निकल गया।

कुछ ही समय में विताशोक की ख्याति चारों ओर फैल गई। सुना कि उसने अर्हत पद प्राप्त कर लिया, किंतु एक घने वन के अंधकार में एक दिन सचमुच न जाने किसने किसकी प्रेरणा से अर्हत विताशोक का सिर उसके धड़ से अलग कर दिया। उस सिर के नेत्र अर्द्धोन्मीलित थे और मुख पर एक विचित्र मुसकान

थी, जिनसे मिलकर एक अपूर्व क्षमाशीलता के भाव की सृष्टि होती थी। केवल एक ही विचित्र बात थी, यह कांड पाटलिपुत्र से बहुत दूर हुआ—विस्ती राज्य की सीमा निकट ही थी, किंतु घटनास्थल तक एक रथ के पहियों के निशान आकर वापस पाटलिपुत्र की दिशा में लौट गए थे।

□

# अग्निपुरुष

दसवीं शताब्दी के दसवें शतक में, मालवा की राजधानी अवंती के बाजारों में लोहे का एक लाल आदमी एक दिन विचरण करते देखा गया। वह आदमी जिधर चलता था, उधर लोगों के ठठ के ठठ जुड़ जाते थे। छत्र-रहित एक चौड़े चकले रथ के बीचों-बीच उसके दोनों पैर लोहे की मजबूत मेखों से जड़े हुए थे। उसका कद आम आदमी से लंबा नहीं था, किंतु उसकी बाँहें आवश्यकता से अधिक लंबी थीं, जैसे दूर से ही किसी को अपने अंदर समेट लेना चाहती हों। भुस और कपड़े के संयोग से बना एक नारी-आकार उसके बाहुपाश में आबद्ध था और उसे समेटे हुए उसकी बाँहें ऐसी लगती थीं मानो दो अजगरों ने कुंडल लगा लिया हो।

उस लोहे के आदमी के सामने एक नगाड़ा रखा था और उसकी बगल में एक उद्घोषक खड़ा था। वह एक राजाज्ञा की घोषणा करता हुआ रथ को अवंती के बाजारों में घुमा रहा था। अभी वह कुछ बोलने ही वाला था कि उसने दूर से ही एक अश्व को अपनी ओर आते देखा और उसके मुँह से निकला—"राजकुमार भोज! प्रजाजनो, राजकुमार का अभिनंदन करो!" और यह कहते-कहते वह रथ के ऊपर दंडवत् लेट गया।

रथ के पास एक क्षण रुककर राजकुमार भोज ने अभिनंदन स्वीकार करते हुए उस लोहे के आदमी की ओर देखा। वह तत्काल अपना घोड़ा कुदाते हुए उस ओर दौड़ चले, जिधर सत्ताश्रय कुल तिलक, आहवमल्ल, रणरंग भीम, धनंजय तथा हलायुध जैसे कवियों के आश्रयदाता मुंज के रनिवास थे।

कुछ ही देर में महल की तीसरी मंजिल पर राजकुमार भोज की प्रतीक्षा में रत रानी रसवंती के द्वार राजकुमार भोज के लिए खुलते चले गए। वह नतमस्तक प्रतिहरिनों के बीच से होते हुए तीसरी मंजिल के उसी कक्ष में पहुँच गए। वहाँ के वातायन से रानी नीची छतों वाले उन घरों व बाजारों को देख रही थी, जो दूर-दूर

तक फैले हुए थे। नतशिर भोज द्वार पर ही ठिठक गया।

''भोज प्रणाम करता है, देवी।''

राजकुमार भोज की ओर रानी की पीठ थी। उसी अवस्था में स्थिर रानी ने कहा, ''लगता है बहुत व्यस्त थे, राजकुमार।''

''व्यस्त ही था, देवी। परंतु आज्ञा का पालन नहीं कर पाया। क्षमा चाहता हूँ।''

''मिल जाएगी। संभवतः किसी नवीन राजाज्ञा के प्रसारण का प्रबंध कर रहे थे···है न?'' रानी ने प्रश्न पूछा।

तनिक चौंककर भोज ने रुक-रुककर कहा, ''हाँ···नहीं, देवी! महाकवि धनंजय के साथ एक वाद-विवाद में फँस गया था।''

''क्या है नवीन राजाज्ञा, सुनूँ तो?'' रानी ने धनंजय के साथ हुए वाद-विवाद की उपेक्षा करते हुए पूछा।

''वह आचारहीन लोगों के लिए है, देवी के सुनने योग्य नहीं।'' अभी तक नतशिर भोज ने उत्तर दिया।

''सिर ऊँचा रखकर कभी बात नहीं करोगे, राजकुमार? क्या हम देखने-सुनने में इतने बुरे हैं?''

हड़बड़ाकर भोज ने सिर सीधा किया और नेत्र ऊपर उठाए। फिर मानो जहाँ-का-तहाँ कीलित हो गया। अनेक बार वह उस रानी के सम्मुख आया था। अनेक बार शायद उसे देखा भी था, किंतु इस रूप-सज्जा में कभी नहीं। रानी की दृष्टि सीधे उसके नेत्रों में समा रही थी। वह बहुत तीखी थी, बहुत केंद्रित थी, प्रश्नवाचक चिह्न की तरह चमकदार! गुलाब की पँखुड़ियों की तरह उस धवल प्रतिमा के होंठ खुले।

''मैंने भी वह राजाज्ञा सुनी है, राजकुमार। वह आचारहीन लोगों के लिए नहीं, मात्र आचारहीन नारियों के लिए है। वाग्पति के राज्य में चरित्रहीनता बहुत बढ़ गई है और इसका दोषी संभवतः मात्र स्त्रियों को ही पाया जाता है। इस आचारहीनता से क्षुब्ध वाग्पति मुंजराज आदेश देते हैं कि जिसके ऊपर आचारहीनता का दोष प्रमाणित हो जाएगा, वह नगर के प्रजाजनों के सम्मुख आग में तपाकर लाल किए गए लौह पुरुष का आलिंगन करेगी, जो इस समय अवंती के बाजारों में राज्य की नारियों को आतंकित करने के लिए घुमाया जा रहा है। यही राजाज्ञा है न, राजकुमार?''

राजकुमार भोज पत्थर की प्रतिमा की तरह स्थिर खड़ा रहा···चुपचाप, निस्पंद, निश्चेष्ट।

''लाल लोहे का आदमी! वाह! यह किस विद्वान् के मस्तिष्क की उपज है?''

''नहीं जानता, देवी। किंतु विश्वास करें, इस भयानक आविष्कार का प्रयोग

कभी नहीं होगा। वाग्पति सरस्वती के वरद पुत्र हैं। उनका हृदय स्फटिक की तरह स्वच्छ और रेशम की तरह कोमल है। नारी वर्ग की ओर से विश्वासघात के बाद जो वाद प्रतिदिन राजसभा में प्रस्तुत हो रहे थे, उन्हीं के कारण संभवत: किसी अशुभ क्षण में वह क्षुब्ध हो गए।''

उपेक्षा के साथ विहँसकर रानी ने कहा, ''ऐसा कभी हुआ है, राजकुमार, जब पुरुष ने नारी के सतीत्व की रक्षा के लिए कोई आविष्कार किया हो और वह प्रयोग में न आया हो?''

राजकुमार चुप रहा। थोड़ी-सी नजर उठाने पर ही उसकी दृष्टि फिर एक बार रानी की दृष्टि से मिल गई। उसे लगा कि उसके तन-बदन के भीतर एक अज्ञात सा कंपन उत्पन्न हो गया है।

बहुत धीमे से भोज का मुँह खुला और वह बोला, ''यह राज्य-व्यवस्था है, देवी। हमारा वंश अग्निकुल से उत्पन्न है और चारों ओर से हम शत्रुओं से घिरे हुए हैं। हमारा यह उत्कर्ष-काल है और इसमें जो विलास-भावना हमारी जाति के भीतर घर करती जा रही है, उसका दमन होना ही चाहिए। मैं इसमें देवी के उत्तेजित होने का कोई कारण नहीं पाता।''

''तुम्हें वह कारण आसानी से नहीं मिलेगा, राजकुमार भोज। यदि आज किसी अन्याय की स्थापना होती है, तो उसके प्रति हमें केवल इसीलिए चुप नहीं रहना चाहिए कि उसका सीधा प्रहार हम पर नहीं हो रहा है। अन्याय एक ऐसी आग है, जिसकी लपट में सबसे पहले निर्दोष झुलसते हैं। वाग्पति की पगड़ी और कटार से मेरा परिणय कराकर जिस दिन तुम त्रिपुरी से यहाँ लाए, उसी दिन मैंने कभी एक क्षण को भी यह अनुभव नहीं किया कि वाग्पति से मेरा कोई जन्म-जन्मांतर का संबंध है।''

''यह क्या कह रही हो, देवी।'' भोज ने आश्चर्य प्रकट किया।

''तुम्हें खूब मालूम है, भोज, त्रिपुरी के अन्य सेनापतियों की भाँति मेरे पिताश्री का सिर धरती पर इसीलिए नहीं लोटा कि उन्होंने वाग्पति के साथ मेरे विवाह का वचन दिया था। अपने लिए स्वयं मनोनीत वर खोजने का प्रत्येक अवसर मेरे लिए अवरुद्ध था। क्या यह संभव नहीं कि मेरा मन किसी अन्य प्रतिमा में उलझा रह गया हो?'' रानी रसवंती के नेत्र चमक रहे थे।

भोज ने कानों पर हाथ रख लिए। ''यह सुनना भी पाप है, देवी। अग्नि के सम्मुख देवी ने वचन दिया था कि सदा परमार कुल की मर्यादा की रक्षा करेंगी।''

''उस समय यह कहाँ मालूम था कि परमार-कुल की रक्षा लोहे का तप्त

पुरुष करता है! उस समय कटार तथा पगड़ी का प्रतिनिधि बनकर जिस पुरुष ने मेरा कर गहा था, उसके हाथ का स्पर्श कितना विनम्र था···कितना कोमल था!''

''देवि!'' सिर से पैर तक सिहरकर राजकुमार भोज ने अपने नेत्र फिर उठाए। रानी रसवंती के नेत्रों में मादकता थी। किंतु क्षणमात्र में उसकी दृष्टि वक्र हो गई। तिक्त स्वर में उसने कहा—

''पिता का सिर खड्ग की धार के नीचे रखकर उसकी कन्या से कोई भी वचन लिया जा सकता है। इस नगरी में आकर वाग्पति मुंज का इतना कठोर स्वरूप मैंने देखा है कि तन का समर्पण करके भी मेरे मन ने उन्हें पति-रूप में स्वीकार नहीं किया। ऐसा लगता रहा मानो आदिम जाति का एक बर्बर पुरुष एक निरीह अबला के तन पर अपने पैने नाखूनों और पंजों से चिपट जाने के लिए आतुर हो।''

''उफ!'' भोज का मुख विकृत हो गया। उसने अपने कानों को दोनों हाथों से कसकर दबा लिया। वह बुदबुदाकर बोला, ''यह अशुभ है, देवि, यह अशुभ है। इसे मन में भी न लाइए। इसका विचार तक न कीजिए।''

भावावेश में विहँसती हुई रानी रसवंती ने कहा, ''राजकुमार भोज, याद है वह अर्ध-पूर्णिमा की रात्रि, जब हमारा साथ त्रिपुरी से अवंती के लिए चला था?···मैं एक सजीधजी डोली में थी और तुमने आधा मार्ग घोड़े की पीठ पर बैठे-बैठे पार किया था। कोसों तक फैले हुए हमारे सार्थ में केवल एक ही पुरुष ऐसा था, जिसकी ओर वधू की डोली का आवरण बार-बार खुल जाता था। और उस समय जो दो-चार बातें हम दोनों के बीच हो सकी थीं, उनमें क्या राजकुमार भोज ने किसी को यह वचन नहीं दिया था कि उसकी हर इच्छा, हर भावना और हर कामना राजकुमार भोज के लिए सम्मान्य होगी?''

राजकुमार भोज विचलित हो गया। उत्तप्त स्वर में वह बोला, ''ओह देवी! मेरी भावनाओं को कुरेद रही हैं। मैं भी एक मानव हूँ। मेरे भीतर भी दुर्बलताएँ हैं। कहीं ऐसा न हो कि मैं ही उनके सम्मुख परास्त हो जाऊँ। देवी, इस बात को फिर होंठों पर न लाएँ। इस कुल की मर्यादा की रक्षा जो दीवारें कर रही हैं, उनके भी कान हो सकते हैं। वाग्पति मेरे पितातुल्य हैं। देवी की हर उचित कामना का पालन होगा। अब इस दीनहीन भोज को आज्ञा प्रदान की जाए कि वह विदा ले। अब मैं कभी देवी को अपना मुख नहीं दिखा सकूँगा। इसके लिए क्षमा चाहता हूँ।''

''क्यों? मेरा आदेश मिलने पर भी?'' रानी ने आवेश में पूछा।

''कदाचित्।'' भोज ने उत्तर दिया।

''तो सुनो,'' रानी सतर हो गई, ''कल्चुरी कन्याओं का चरित्र-बल इतना ही

नहीं होता, जितना तुम समझते हो। उनका तन और मन एक होता है। इस परिणय पर मेरा जो विद्राह है, वह कभी का वाग्पति के सम्मुख प्रकट हो चुका होता, यदि इसमें किसी ऐसे पुरुष का पराभव दृष्टिगोचर नहीं होता, जो जितना वाग्पति को प्रिय है उससे अधिक मुझे। तुम अब जाओ, भोज। मैं अपनी बलि उसी दिन चढ़ा चुकी थी, जब वाग्पति की कटार से परिणय हो रहा था। उसके बाद केवल एक ही आकर्षण मुझे जीवित रख सका है। यदि यह आकर्षण मुझसे दूर होता चला गया, तो यह देह नहीं रहेगी।''

भोज भी सीधा खड़ा हो गया और अर्धमीलित नेत्रों से उसने एक बार रानी रसवंती की संपूर्ण देहश्री को नापा। इसके बाद उसका सिर फिर नत हो गया और धीमे से उसने कहा, ''प्रणाम, देवी।''

''प्रणाम, भोज,'' रानी ने मुसकराकर कहा, ''जाओगे न फिर?''

''कदाचित्,'' भोज ने कहा और तेजी से उलटे पैरों कक्ष से बाहर निकल गया। इसके बाद जिस वेग से वह रनिवास से बाहर हुआ, उसे देखकर अनेक दासियों ने दाँतों तले उँगली दबाकर एक-दूसरे की ओर सार्थक दृष्टि से देखा। किंतु उनके होंठ और भी कसकर बंद हो गए। रानी रसवंती का तेज उन सभी के लिए श्रद्धा की वस्तु थी।

मुख्य द्वार के समीप राजकुमार के लौटने की प्रतीक्षा में रत चार अश्वारोही सैनिक उसके साथ लग गए। किंतु राजकुमार भोज को न आती बेर उनका भान था, न जाती बेर। वह अपने ही विचारों में रत था। आज से तीन बरस पहले, जब वाग्पति मुंज ने त्रिपुरी के कल्चरियों पर आक्रमण किया था, तो एक परास्त सेनापति को चुन-चुनकर मौत के घाट उतारा गया था। उस समय सेनापति वल्लभराज को केवल इसलिए छोड़ दिया गया था कि वह अपनी उस कन्या का विवाह मुंज के साथ करेगा, जिसके रूप की ख्याति अनेक सूत्रों से अवंती तक जा पहुँची थी।

मुंज के दरबार में आने से पहले रानी रसवंती का नाम अरुंधती था। वह एक विदुषी कन्या थी। दास-दासियों का पूरा सार्थ साथ होते हुए भी राह में अरुंधती ने भोज के हाथ से जल लेकर पिया था। और उसने जितनी बार जल पिया था, उतनी ही बार परिहास भी किया था। हालाँकि, उस परिहास में कभी उसने शिष्टता की सीमा का उल्लंघन नहीं किया था। किंतु भोज भी मन-ही-मन उसका आनंद लेने के अतिरिक्त तनिक भी अपनी सीमा से आगे नहीं बढ़ा था। मुँह पर हल्की सी मुसकान ही अरुंधती को उसके परिहास का उत्तर दे देती थी।

कुछ ही दिनों बाद पता चल गया कि अरुंधती की ओर से मुंज रुष्ट है। उसे

उसका तन मिला था—नीरस, निष्कंप, निष्चेष्ट—मानो अनिंद्य गौरवर्ण चाम के भीतर भुस भर दिया गया हो। अरुंधती की आकांक्षाओं का प्रतीक एक ऐसा ही पुरुष हो सकता था, जो उसके अंतर में पैठी करुणा, उल्लास तथा उच्छ्वासों के साथ घुल-मिल जाए। मुंज जितना रसिक था, उतना ही क्रूर था, जितना कलाप्रेमी था, उतना ही कठोर था, जितना युक्तियुक्त था उतना ही न्याय-विधान में कटु था, अरुंधती का आदर्श पति भोज हो सकता था, मुंज नहीं।

प्रकारांतरों से अरुंधती की ये भावनाओं इन तीन वर्षों में राजकुमार भोज पर प्रकट हो चुकी थीं—और इससे भोज की सारी रसिकता जैसे छूमंतर हो गई हो। गंभीरता, विचारशीलता, दार्शनिकता का समावेश उसके व्यक्तित्व के अंग बनते जा रहे थे। भोज का मस्तिष्क इन सारे परिवर्तनों के प्रति सचेत था और यही सबसे बड़ी विडंबना थी। मुंज उसका चाचा था और इस संबंध के नाते अरुंधती को उसे माता के रूप में देखना चाहिए था। किंतु भोज के अंतर का झंझावात क्या इसे स्वीकार करता है। इसी ऊहापोह में किस समय भोज का अश्व अवंती की मुख्य वीथिका से हटकर दौड़ने लगा था, इसका उसे कुछ भान ही न रहा। वह चौंका उस समय, जब एक जनरव उसके कानों में पड़ा।

चौंककर उसने देखा कि सामने से एक पागल को घेरे अवंती से सैकड़ों प्रजाजन हँसते-ठठाते चले आ रहे हैं। उस पागल के वस्त्र जीर्ण-शीर्ण हैं और लगता था कि उस पर कुछ मार भी पड़ चुकी है। भोज तथा उसके सैनिकों को देखते ही वह चिल्लाने लगा, "अहा! लोहे का आदमी, लोहे का आदमी—वह देखो...देखो!"

और इसके बाद तीर की तरह भीड़ में से निकलकर वह उसकी ओर दौड़ा और पलक मारते ही उसके अश्व की लगाम पकड़कर लटक गया। अश्व को इससे अत्यधिक पीड़ा हुई और निकट ही था कि वह बीच मार्ग पर भोज को लिए-दिए लौट जाता कि उसके अंगरक्षक कूदे, उनमें से दो ने लगाम को सँभाल लिया। दो ने उस पागल को पकड़ लिया और खड्ग निकाल लिये।

कुछ स्थिर होकर भोज ने कहा, "जाने दो, यह पागल है। हम आगे बढ़ें।"

छूटते ही वह भीड़ से विपरीत दिशा में दौड़ता चला गया। साथ-ही-साथ वह चिल्लाता जा रहा था, मुड़-मुड़कर भोज की ओर संकेत करते हुए चिल्ला रहा था, "यह देखो, लोहे का आदमी, लोहे का आदमी!"

वहाँ से चलकर भोज कविराज धनंजय की हवेली के सम्मुख अश्व से उतरा। सैनिकों ने तुरंत धनंजय को राजकुमार के आगमन तथा मार्ग की दुर्घटना का समाचार दिया। संभवत: उस समय वह किंचित् भी काव्य के प्रभाव में नहीं था। हँसते हुए वह

बाहर आया और भोज को गले लगाकर अपने साथ भीतर ले गया। राह में बोला—

"मार्ग में पागलों से बचकर चलना चाहिए, राजकुमार।"

"मुझे भय है कहीं अवंती की सारी प्रजा ही पागल न हो जाए।" भोज ने कहा, "जानते हो यह पागल कैसा था?"

"कैसा था?"

कुछ समय पहले वह व्यक्ति अवंती की प्राचीर के मुख्य द्वार पर प्रमुख कराधिकारी था। उस द्वार से बाहर-भीतर माल ले जानेवाले एक सामान्य व्यापारी की कन्या पर वह आसक्त हो गया और न जाने कैसे एक रात्रि को उस कन्या को इसने प्राचीर पर आमंत्रित कर लिया। उसका पिता उसके साथ आया, किंतु उसे नीचे ही रोक दिया गया। कुछ समय बाद उसे अपनी कन्या की चीख सुनाई दी। वह प्रहरियों को एक ओर हटाकर ऊपर दौड़ता चला गया। प्राचीर पर पहुँचकर उसने जो कांड देखा उससे वह अर्धविक्षिप्त हो गया। उसकी बेटी पर बलात्कार हुआ था और वह रो रही थी। पिता को सामने देखकर वह लज्जा से अभिभूत हो, छलाँग लगाकर नीचे कूद पड़ी। नीचे खाई में से उसके शरीर के नाम पर केवल एक मांस का लोथड़ा ही मिला। उसके पिता ने महाराज वाग्पति से राजसभा में जाकर न्याय की माँग की और उसे न्याय मिला।"

"क्या?" धनंजय ने पूछा, "यह घटना कब की है?"

"उस समय की, जब तुम अन्हिलवाड़ा में राजदूत के रूप में गए थे," भोज ने बताया, "राज्य चिकित्सागार में इस व्यक्ति को सदा-सदा के लिए कामेंद्रिय से हीन कर दिया गया और उसकी संपत्ति राज्यकोश के हवाले कर दी गई। उसी में से दो हजार स्वर्ण-मुद्राएँ देकर व्यापारी को सांत्वना देने का प्रयत्न किया गया।"

धनंजय विचारमग्न हो गया। बोला, "ओह! आचार-न्यास का यह न्याय तो बड़ा लोमहर्षक है, राजकुमार भोज। इससे तो मृत्यु-दंड अच्छा रहता। यह मानवता के विरुद्ध है—बलात्कार की घटना को अपेक्षा में रखकर भी।"

"क्या कहा जा सकता है? किस प्रकार उचित या अनुचित का निर्णय हो? उस समय तो हम सभी को ऐसा लगा था, मानो यह दंड उचित ही दिया गया था। लेकिन प्राचीर से कूदकर जिस कन्या ने अपनी लज्जा को छिपाने का यत्न किया था, उसको याद करें, तो आज भी यह पागल दयनीय प्रतीत नहीं होता।"

धनंजय उस समय तक नहीं बोला, जब तक राजकुमार भोज जलपान करके सुस्थिर नहीं हो गए। इसके बाद धनंजय ने कहा, "मेरे अंतर से अमानवीय यंत्रणाओं का समर्थन नहीं होता, चाहे उन्हें दंडस्वरूप दिया जाए, चाहे अत्याचारस्वरूप। इससे

साहित्य, कला और वरद-वाणी का हनन होता है। एक ओर शृंगार-रस का काव्य रचकर हम महाराज से इसके लिए पुरस्कार पाते हैं कि हमने संस्कृति के उन्नयन में योग दिया है। दूसरी ओर हमारी इस देन से जब जनरुचि मचलती है, तो हमें आचारहीनता का भय होता है और मचलकर जब वह कोई अपराध कर बैठती है, तब हम अपने अस्त्र लेकर दौड़ पड़ते हैं, और उनके अपराध करनेवाले अंगों को काटकर फेंक देते हैं। यह विडंबना ही नहीं है, पंचक विरोधाभास है। यदि इसका अंत नहीं होगा, तो राज्य का अंत हो जाएगा, निश्चय मानो।''

''किंतु मानव-समाज का कोई-न-कोई नियमन होगा ही, हमें उस नियमन में रहना होगा—मन से उत्तेजित होकर भी।'' राजकुमार भोज ने कहा।

''नियमन! हूँ,'' धनंजय फिर मगन होकर बोला, ''तब कहो कि राजदूत की संस्कृति अलग है और राजमहल में जो शृंगार-रस प्रवाहित होता है, वह वहाँ की नालियों से रिसकर प्रजाजनों में नहीं पहुँचना चाहिए। आपको जब तक नवीनता की चाह होती है, तब जैसे भी चाहें, जोर-जबरदस्ती से आप राज्य की सुंदर-से-सुंदर कन्या का वरण कर सकते हैं—और जब प्रजाजन की यह चाह कुंठा बनकर आचार-व्यवहार के अतिक्रमण में फूट निकलती है, तब आप उससे अग्नि में तपे हुए लोहे के आदमी को चिपटा देना चाहते हैं।''

''कविराज, आप संभवतः यह भावावेश में कह रहे हैं।'' भोज ने आश्चर्य से धनंजय की ओर देखा।

''राजकुमार, भावावेश हृदय को अनावृत करता है। दूसरे के अधिकार का अतिक्रमण ही अपराध है। किसी अपराध के लिए कठोरतम दंड तभी दिया जा सकता है, जब अधिकार-प्राप्त व्यक्ति तथा उसके समर्थकों को यह निश्चित हो कि उसका अधिकार शाश्वत है, प्रकृति व चेतना के न्याय से सर्वांगपूर्ण है, संगत है। किंतु राजकुमार भोज, ऐसा नहीं है। संपत्ति और अधिकार बहुत चलायमान वस्तुएँ हैं। अपराधी को दिया जानेवाला हर दंड इसी चलायमान संपत्ति व अधिकार की रक्षा के लिए है। इस रक्षा के ऊपर आधारित न्याय व्यवस्था के नाम पर दिया जाता है। हो सकता है, अपराधी की विरोध-प्रवृत्ति के कारण न्याय के विपरीत जो कृत्य हुआ है, वही अधिक स्वाभाविक अथवा प्रकृति के चिरंतन न्याय के अधिक अनुकूल हो। इसीलिए मानवता कहती है कि अपने अधिकार की रक्षा के लिए दंड दो, किंतु उसका रूप मानवीय हो, करुणा से पूर्ण हो, केवल वंचना ही उसमें निहित हो, प्रतिकार नहीं।''

धनंजय जो कह रहा था, उसके प्रकाश में भोज के मानस में रानी रसवंती

मानो बार-बार कह रही थी, 'सुना, राजकुमार भोज, कवि-सम्राट् क्या कह रहे हैं? सुना, राजकुमार भोज?'

भोज डूब गया था। उसे हिलाते हुए धनंजय ने कहा, "क्या बात है, राजकुमार? बहुत अधिक उद्विग्न मालूम पड़ते हो! निश्चय ही उस पागल के कारण नहीं?"

"नहीं," भोज ने भावाभिभूत होकर कहा। इसके बाद रानी रसवंती को लेकर जो झंझावात तीन वर्षों से भोज के मानस में उठ रहा था, उससे धनंजय कविराज अवगत हो गए। धीमे-धीमे, रुक-रुककर राजकुमार भोज ने उस झंझा के द्वारा धनंजय के लिए खोल दिया। कविराज ने भीतर झाँककर देखा, घुप अँधेरा, जहाँ हाथ-को-हाथ सुझाई न दे! इस व्यावहारिक दुविधा के तम के लिए सैद्धांतिक दर्शन, विश्वास तथा युक्तियों का प्रकाश भी पर्याप्त नहीं।

और इस सारे प्रकाश को अपनी कोमल हथेली से ढाँककर धनंजय ने सम्मति दी—"राजकुमार भोज, मेरे मित्र, मैं यह सब जानकर बहुत दुःखी हुआ। इस समय इसका एक ही उपचार है—अब तुम कभी रानी रसवंती के सम्मुख न जाओ।"

झंझावात में राह ढूँढ़ते भोज ने भी यही निश्चय किया।

नगर में लोहे के लाल आदमी की चर्चा थी और साहसिक अरुंधती, जिसे वाग्पति मुंज ने प्रथम मिलन के समय एक मौखिक संदेश भेजा। दासी ने भोज के महल में राजकुमार से भेंट की और कहा, "रानी ने स्मरण किया है। कोई राजनीतिक कार्य है। आदेश है कि आवश्यक समझा जाए।"

भोज ने बहाना किया, जो सभी भयभीत प्रेमी करते हैं—आज नहीं, फिर और फिर फिरकर नहीं आती।

हारकर रानी ने अपने हाथ से सुंदर-सुंदर अक्षरों में भोज के नाम भोज-पत्र पर एक पत्र लिखा। लिखा कि मैं जानती हूँ, तुम क्यों नहीं आते। तुम्हारे मन में भी मेरे प्रति वही आकर्षण है, जो मुझे विकल कर रहा है। तुम्हारे मन में भी मेरी तरह बेचैन है। पर प्यार की राह चलने से झिझकते हो। नीति और आचार के बंधन तुम्हें रोकते हैं। पर वह खोटी राह तो तुम कभी के पकड़ चुके हो, उसी क्षण से जब तुमने मेरे परिहासों का मुसकराकर उत्तर दिया था। मेरे राजकुमार भोज, प्यार भी विनाश की राह है, और तुम उसी की कँटीली झाड़ियों में उलझे हो। मुझे देखो, जो मेरे मन में है, वही बाहर है और जो बाहर है, वह चारों ओर फैल जाता, यदि मेरा नायक एक राजपुरुष न होता, और उसे भविष्य में मालवा का नृपति बनना न होता। आओ, मेरे राजकुमार, तुरंत आओ 'मैं केवल तुम्हें देखना चाहती हूँ एक बार और, एक बार और'।

भोजपत्र में धागा लिपटा हुआ था। भयभीत दासी उसे अपनी चोली में छिपाए रनिवास से बाहर आई। वह रानी की दूत थी, राजदां थी, भेदिया थी। किंतु जिस अग्निपुरुष को रथ पर चढ़ाकर, एक भुसभरी नारी से आलिंगनबद्ध, अवंती के बाजारों में घुमाया गया था, वह उसके मन के भीतर कहीं जमकर बैठ गया था। मुंज के राज्य में अपराधी और अपराध में सहायता करनेवाला एक श्रेणी में रखा जाता है। कहीं ऐसा न हो, कहीं ऐसा न हो कभी-कभी तो ऐसा लगता है, आशंका का दूसरा नाम ही नारी है।

डरती-सकुचाती, चारों ओर देखती, संध्या के झुटपुटे में वह चली जा रही थी भोज के महल की ओर, जबकि एक रहस्यपूर्ण किंतु तीखी आवाज सुनाई दी, "हाय! अभिसारिका, कहाँ जा रही है?"

दासी के काटो तो खून नहीं। एक क्षण के लिए वह जहाँ थी, वहीं जड़ हो गई। फिर बड़ी तेजी से आगे की ओर भागी। किंतु उसके पीछे दौड़नेवाला पागलों की तरह दौड़ रहा था। कुछ क्षणों में ही उसने उसे बीच बाजार पकड़ लिया और चिल्लाने लगा, "देखो, देखो, अभिसारिका, अभिसारिका!" "पकड़ लो, पकड़ लो, इसे लोहे के आदमी से चिपटाओ।"

और जब तक आसपास से दौड़कर लोग जमा हों, उसने 'अभिसारिका' को पकड़ने का काम स्वयं ही पूरा करना आरंभ कर दिया। दासी छूटकर भागने की चेष्टा में उससे उलझ पड़ी और इस हाथापाई में धागे में बँधा भोजपत्र चोली से निकलकर नीचे गिरा।

अवंती के प्रजाजनों ने देखा कि कथित अभिसारिका को पकड़नेवाला वही पागल था, जो अग्निपुरुष के प्रकट होने के दिन राजकुमार भोज से उलझ पड़ा था। इस समय उसके हाथ में एक भोज-पत्र दिखाई पड़ रहा था, जिसे खोलकर संध्या के झुटपुटे में वह उसका लेख पढ़ने की चेष्टा कर रहा था। दो-चार बार इधर से उधर दृष्टि दौड़ाकर उसने उस पत्र को मुट्ठी में दबोच लिया और चिल्लाने लगा, "अहा, पकड़ लिया, पकड़ लिया! अवंती के प्रजाजनो, इसे लोहे के आदमी से चिपटा दो—हा-हा-हा-हा।"

और इससे पहले कि लोग उसकी ओर झपटें, वह मानो हवा में कुलाँचें भरता हुआ दौड़ा ऐसा कि मानो स्वयं वायु का झोंका उड़ा जा रहा हो।

अवंती के राजमहलों में जब रात्रि के दीपक जलाए जा रहे थे, तब वह पागल महाराज वाग्पति मुंज के निवास-महल के सामने जोर-जोर से चिल्ला रहा था, "कहाँ है वागपति मुंज? अवंती की प्रजा पहली बार लोहे के आदमी का करतब

देखना चाहती है। मुझे मुंज के पास ले चलो।''

हलायुध, धनंजय और धनिक के साथ उस समय मुंज सरस्वती-चर्चा में तल्लीन था। जब एक प्रतिहारी ने आकर निवेदन किया, ''महाराज, कुछ समय पहले एक दंडित अपराधी पागल हो गया था। कुछ समय से उसने राजधानी में भारी उत्पात मचा रखा है और अब वह ड्योढ़ी से बाहर खड़ा महाराज से भेंट करने के लिए चिल्ला रहा है। आज्ञा दें कि हम उसे कारागार में बंद कर दें।''

''वह क्या कहता है?'' महाराज ने पूछा।

''अन्नदाता, वह अग्निपुरुष का प्रदर्शन देखने के लिए चिल्ला रहा है।'' वह पागल है, अवंतीराज।'' प्रतिहारी ने निवेदन किया।

''यह हम निर्णय करेंगे कि वह पागल है या नहीं। मालवा नरेश की सेवा में हर प्रजाजन अपनी आवश्यकता के अनुसार हर समय उपस्थित होने की गुहार मचा सकता है। उसे सावधानी से यहाँ ले आओ।''

और पागल को मुंज की सेवा में उपस्थित किया गया।

धनिक और हलायुध ने कुतूहल के साथ उस पागल की ओर देखा। धनंजय ने देखा सहानुभूति के साथ महाराज मुंज ने भावहीन स्वर में पूछा, ''क्या चाहते हो?''

''लोहे का आदमी,'' पागल ने जोरदार स्वर में उत्तर दिया, ''अग्निपुरुष, महाराज मुंज, निकालो उसे, वह कहाँ है···और यह देखो···अब देखूँगा कि वाग्पति मुंज का न्याय किस कोने में जाकर छिपता है। लो, लो, सँभालो, अब न्याय के तराजू को।''

चार सशस्त्र प्रहरी पागल के पीछे खड़े मुंज की आज्ञा की प्रतीक्षा कर रहे थे कि कब संकेत मिले और कब उस पागल को पकड़कर बाहर धक्का दें। धनंजय ने आगे बढ़कर भोजपत्र पागल के हाथों से ले लिया और उसे खोल डाला। पत्र पर एक दृष्टि डालते ही सारी स्थिति उसके सामने स्पष्ट हो गई। क्षण मात्र में धनंजय का मुख श्वेत हो गया।

''इसमें क्या है, कविवर? हम सुनने की प्रतीक्षा में हैं।'' मुंज ने कहा।

''महाराज क्षमा करें,'' धनंजय ने कहा, ''यह पत्र राजकुमार भोज के नाम है और उन्हीं को उसे पढ़ने का अधिकार है।''

''झूठ है, झूठ है,'' पागल ने चिल्लाकर कहा, यह पत्र एक आचारहीन नारी की ओर से लाल लोहे के आदमी को लिखा गया है। पढ़ो, पढ़ो, कविराज, बेखटके पढ़ो। महाराज मुंज को अपने राज्य की प्रत्येक गुप्त बात जानने का अधिकार है। पढ़ो, कहीं ऐसा न हो कि मालवपति का न्याय डोल जाए।''

"इस वाचाल को बाहर ले जाओ।" मुंज के स्थान पर धनंजय ने प्रहरियों को आदेश दिया। स्वामी की मौन स्वीकृति देखकर प्रहरियों ने तुरंत पागल को पकड़ लिया। जाते-जाते वह और जोर से चिल्लाया—

"मुंज, इस पत्र को जरूर पढ़ लेना, नहीं तो अवंती की प्रजा तुझे इसका एक-एक शब्द सुनाएगी। चलो, मैं चलता हूँ। मुझे बाहर छोड़कर तुम लोग अग्निपुरुष को बाहर निकाल लाना। जानते नहीं, महाराज मुंज को शीघ्र ही उसकी आवश्यकता है! हा-हा-हा-हा-हा…।"

महाराज मुंज ने धनंजय के हाथ से पत्र ले लिया और उसे पढ़ा…फिर पढ़ा…और उनके नेत्र धनंजय पर स्थिर हो गए।

सिर नत करके धनंजय ने निवेदन किया, "राजकुमार भोज निर्दोष हैं, वाग्पति।"

"और रानी रसवंती?" गंभीर स्वर में गंभीर प्रश्न हुआ।

"केवल परिस्थितियों के वश में हैं," धनंजय का उतना ही गंभीर उत्तर मिला।

मुंज ने घंट बजाया। प्रतिहारी उपस्थित हुए। आज्ञा मिली, "इसी समय रानी रसवंती और राजकुमार भोज को बंदी बनाया जाए और अगले आदेश तक उन्हें बंदीगृह में रखा जाए। मालूम किया जाए, यह पत्र किन अवस्थाओं में उस पागल के हाथों लगा, जो अभी-अभी यहाँ उपस्थित किया गया था…धनंजय, इस विषय में तुम जितना जानते हो, वह प्रकट करो। यह हमारा आदेश है।"

आहत वाणी में कविवर धनंजय ने मुंज के सम्मुख अपने हृदय के पट खोल दिए। सब कुछ सुनकर मुंज दो क्षण अवाक् रहा। फिर उसने दंड उठाकर घंट बजाया। प्रतिहारी उपस्थित हुए।

"दंडनायक को उपस्थित किया जाए!" आज्ञा हुई।

कविगण सहम गए। मुंज के मस्तिष्क में क्या है? भाँति-भाँति से धनंजय राजकुमार भोज और रानी रसवंती की उस कथा के मानवोचित पक्ष प्रस्तुत करता रहा। किंतु मुंज के होंठ फिर उसी समय खुले, जब दंडनायक ने प्रणाम किया।

"आज्ञा, देव!"

"दंडनायक, कल रात्रि के दूसरे प्रहर के समाप्त होते न होते रानी रसवंती अग्निपुरुष का आलिंगन करेंगी, और परसों प्रात:काल राजकुमार भोज मालवा से निष्काषित होंगे।"

"अक्षर-अक्षर पालन होगा, देव!" दंडनायक ने शीश झुका दिया। उसके जाते ही कविगणों को संकेत करते हुए मुंज ने कहा, "हम एकांत चाहते हैं।"

सिर लटकाए तीनों कवि सरस्वती-भवन से बाहर आ गए। तब हलायुध ने कहा, ''कविवर धनंजय, मैं राजकुमार भोज के साथ जाऊँगा। मुझे अभी से अवंती रस से विहीन लग रही है।''

धनिक ने कहा, ''यदि किसी प्रकार राजमुद्रा हमें प्राप्त हो जाए, तो रानी रसवंती इस अमानुषिक दंड से बच सकती है।''

धनंजय ने केवल आश्चर्य ही प्रकट किया, ''राजमुद्रा! असंभव!'' फिर विचारपूर्ण स्वर में वह बोला, ''यदि राजमुद्रा के द्वारा हमने राजकुमार भोज और रानी रसवंती को छुड़ाने की चेष्टा की, तो...लेकिन महाराज की उँगली से राजमुद्रा कैसे उतारी जा सकती है?'' किसी को भी मालूम न था कि कैसे उतारी जा सकती है, किंतु उसी रात्रि को तमोवर्ण वस्त्रों से अपने सारे अंगों को ढाँके एक पुरुष बंदीगृह के द्वार पर पहुँचा। उसने उँगली में पड़ी राजमुद्रा प्रहरियों को दिखाकर द्वार खोलने का आदेश दिया। सात ड्योढ़ियों को पार कर वह पत्थरों से निर्मित उस बड़े कक्ष में पहुँचा, जिसमें रानी रसवंती मात्र एक दीपक के प्रकाश में अनहोनी की प्रतीक्षा कर रही थी। काले पुरुष को देखकर वह त्रस्त भाव से खड़ी हो गई।

''कौन हो तुम?''

''यह बातों का समय नहीं,'' काले पुरुष ने फुसफुसाकर उत्तर दिया, ''चुपचाप मेरे साथ आ जाओ। बंदीगृह के सारे कर्मचारी हमारी मुट्ठी में हैं।''

''मैं कहीं नहीं जाऊँगी।'' दृढ़ स्वर में रानी रसवंती ने उत्तर दिया।

''क्यों?'' आश्चर्य के अतिरेक से काले पुरुष ने पूछा।

''इसलिए कि मैं देखना चाहती हूँ कि अग्निपुरुष में कितनी आग है!'' रानी ने उत्तर दिया।

''पागल न बनो,'' आगंतुक फिर फुसफुसाकर बोला, ''यह अवसर फिर हाथ नहीं आएगा। मैं त्रिपुरी में तुम्हारे पिता के पास तुम्हें पहुँचा दूँगा। यहाँ से अपने पिता को लेकर तुम सुविधा से मालवा छोड़ सकती हो।''

रानी हँसी—एक खुली हुई हँसी। पूछा ''और राजकुमार भोज?''

''वे निर्दोष हैं। संभवत: कवियों के कहने से उनका अपराध क्षमा कर दिया जाएगा।'' वह व्यक्ति और भी फुसफुसाकर बोला।

रानी फिर खिलखिलाई—''रानी रसवंती चली जाए, यह कैसे हो सकता है?'' फिर वह अपने स्वभाव के अनुकूल सतर होकर बोली, ''मैं अग्निपुरुष का आलिंगन करूँगी—यह मेरा अधिकार है।''

काला पुरुष यह सुनकर स्तब्ध रह गया। ''आखिर तुम्हारे मन में है क्या?''

रानी एकदम गंभीर हो गई—"मेरे मन में क्या है, यह जानना चाहते हो तो सुनो, जबसे अग्नि का आविष्कार हुआ, तब से तुम लोग नारी के लिए अग्निपुरुष बनाते आ रहे हो, आज किसी रूप में और कल किसी रूप में। तुमने भोली नारी का बलात् वरण किया, फिर उसे सतीत्व का पाठ पढ़ाया और उसके मनोनुकूल मातृत्व से वंचित कर दिया। फिर उसकी नैसर्गिक दुर्बलताओं का हौवा बनाकर उसे जीवित ही चिता में जलाया और उसी परंपरा की शृंखला में आज अग्निपुरुष को अवतार दिया। किंतु मेरी नारी के भीतर जो आग है, मैं उससे उस अग्निपुरुष को भस्म कर देना चाहती हूँ। मैं अपनी समस्त देह से उसे स्पर्श करके देखना चाहती हूँ। यह देखना चाहती हूँ कि उसमें अधिक अग्नि है या मुझमें।"

काला पुरुष खड़ा-खड़ा सिहर गया। आकुलता से वह बोला, "देवी, आवेश में हैं।"

"आवेश में हूँ? रानी ने व्यंग्यपूर्ण प्रश्न किया। फिर बोली, "जिस समय तुम लोग सरस्वती का पाठ करते हो, उसका श्रवण करते हो। कुँवारी अबोध कन्याओं और परकीया से किए जानेवाले रागोल्लास का वर्णन व श्रवण करके हर्षित होते हो, तब क्या तुम आवेश में नहीं होते? मैं चाहती हूँ, अग्निपुरुष का यह साकार रूप नष्ट हो जाए और इसके साथ-साथ वे सब अग्निपुरुष नष्ट हों, जिन्होंने मानव-चरित्र का नियमन करने के बहाने उसके समस्त चरित्र को एक बोझ के नीचे दबा दिया है। आप मुझे कारागार से निकालने क्यों आए हैं? यदि आप में पुरुषों का वास्तविक साहस है, तो इस अग्निपुरुष को नष्ट कीजिए और अवंती में ही नहीं, सारे मालवा में आचरण को मुखरित, पल्लवित होने का अवसर दीजिए।"

"यह काम राज्याधिकारियों का है, देवी!" आगंतुक ने पूर्व स्वर में कहा।

"मैं मालवा के सर्वोच्च राज्याधिकारी से ही बातें कर रही हूँ!" रानी रसवंती के नेत्र चमके।

"क्या!" आगंतुक चौंक पड़ा।

"महाराज मुंज, एक ओर अग्निपुरुष को अवंती के बाजारों में घुमाना, दूसरी ओर उससे एक विशेष अभियुक्त को बचाना कायरता है। मैं जानती हूँ कि मालवा के उत्तराधिकारी को आप न केवल जीवित रखना चाहते हैं, बल्कि उसे विदग्ध होने से भी बचाना चाहते हैं। ठीक है, मेरी भी यही कामना है। मैं इसके लिए अग्निपुरुष का आलिंगन करूँगी।"

महाराज मुंज ने मुँह पर से काला वस्त्र हटा दिया। स्थिर वाणी में वे बोले, "अरुंधती, तुम इस कलंकित रूप को लेकर मालवा में नहीं रह सकतीं।"

"राजकुमार भोज के साथ मैं इस तथाकथित कलंक को लेकर हर जगह रह सकती हूँ।" अरुंधती ने दृढ़ स्वर में उत्तर दिया।

"किंतु राजकुमार भोज इस कलंक को लेकर मालवा का उत्तराधिकार नहीं ले सकता।"

"अग्निपुरुष भस्म हो जाए तो अवश्य ले सकता है।" अरुंधती ने समान स्वर में कहा। उसके नेत्र दीपक की प्रज्वलित शिखा को देख रहे थे—स्थिर दृष्टि से। इससे स्वयं दीपशिखा उसकी दोनों पुतलियों में समा गई थी।

"तो सुनो, अग्निपुरुष नष्ट नहीं होगा। कल अर्धरात्रि तुम्हें ही उसका स्पर्श करके भस्म होना पड़ेगा।"

"विश्वास रखिए, वाग्पति ...वह अरुंधती के किए प्रियतम भोज के आलिंगन से कम सुखद नहीं होगा।"

काले वस्त्र फिर से व्यवस्थित कर मुंज जैसे आया था वैसे ही बंदीगृह से बाहर निकल गया।

अगले दिन प्रात:काल ही नगर में रानी का दंड उद्घोषित हो गया। केवल दंडनीय व्यक्ति राजघराने का होने के कारण उसका सार्वजनिक प्रदर्शन नहीं हो रहा था।

उस दिन राजसभा नहीं लगी, वाग्पति ने भोजन नहीं किया, इसलिए सारे राजकुल ने भी लंघन किया। मुंज के साथ लगे रहनेवाला कवियों का जमघट उस दिन लोप रहा। न जाने क्या जादू की छड़ी नगर में घूमी कि सारा दैनिक कामकाज ठप रहा। शोक नहीं था, एक अवसाद था, जो सारे नगर पर कुहरे की भाँति छाया रहा। राजमहल के अंतरीय वातायनों में से एक पर खड़े-खड़े मुंज ने सारा दिन बिता दिया।

संध्या होते-न-होते एक जनघोष नगर के एक भाग से उठा और नगर भर में घूमता हुआ बृहदाकार धारण करने लगा। राजभवनों तक पहुँचते-न-पहुँचते उसका स्वर लक्षगुना बढ़ गया। वह उद्दाम स्वर था—'अग्निपुरुष को नष्ट करो! लाल लोहे के आदमी का नाश हो! वह अपवित्र है, दूषित है, अन्याय का पुतला है, अन्याय के पुतले का नाश हो।'

ये स्वर जब मुंज के कानों में पड़े, तो वह अंतरीय वातायन से हटकर अटारी पर आया। नीचे अपार जन-समूह उमड़ा पड़ रहा था। सबसे आगे धनंजय कवि थे। वे ही इस जनवाहिनी का नेतृत्व कर रहे थे।

"कौन धनंजय?" मुंज ने कविराज को देखकर कहा, "क्या चाहती है अवंती की प्रजा?"

धनंजय आगे बढ़ा। उसके हाथों में एक पोटली थी। उसे ही ऊपर उठाकर वह बोला, "धनंजय मर चुका, देव। उसके काव्यों की मूल प्रतियों की राख यह जन-समुदाय राजसेवा में लाया है। स्वीकार करें।" आगे बढ़कर उसने यह पोटली महाप्रतिहार के हाथों में थमा दी और पीछे हटता हुआ जनवाहिनी के आगे जा खड़ा हुआ। इसके साथ ही बीसियों कवि तथा अन्य सरस्वती-पुत्र आगे बढ़े। उन सबके हाथों में एक-एक पोटली थी। महाप्रतिहार ने प्रश्नसूचक दृष्टि से मुंज की ओर निहारा। इनके साथ ही जनघोष उठा, "सरस्वती के वरद पुत्रों की जय, अग्निपुरुष का नाश हो।"

मुंज ने हाथ उठाया और शांति छा जाने पर उसने कहा, "अवश्य होगा। प्रजा की यदि यही इच्छा है, तो किसी को दंडित करने से पहले ही अग्निपुरुष नष्ट कर दिया जाएगा। किंतु रानी रसवंती को विष-पान करना होगा। आप लोगों की इच्छा पूरी हुई—आप जाइए। यदि इससे आगे कोई माँग हुई तो वह राजद्रोह समझा जाएगा।

मुंज पीछे हट गया और जनवाहिनी मानो अचल रह गई...किंतु कुछ ही क्षणों के लिए। अवसन्न कवियों के पीछे-पीछे वह धीरे-धीरे वापस लौटने लगी।

अर्धरात्रि का घड़ियाल बजते ही रानी रसवंती ने हलाहल विष का स्वर्ण-पात्र मुख से लगाया। मुदित मन के हर कोने से उस समय वह हँस रही थी। किंतु विष पीने पर जब उसे हल्की-हल्की चिरनिद्रा का आभास होने लगा, तो उसके मुख से कुछ शब्द निकले। इन शब्दों का बहुत महत्त्व आँकने की आवश्यकता नहीं, क्योंकि वे मात्र एक अप्राप्य के प्रति थे। सुना है विष इतना उत्तम था कि उससे रानी रसवंती को प्राण त्याग करते समय किंचित् भी कष्ट नहीं हुआ। हुआ भी हो तो क्या? हमें उस कष्ट के अंकन का अधिकार नहीं।

किंतु अग्निपुरुष के नष्ट होते ही मालवा में जीवन-रस की जो धारा प्रवाहित हुई, उसी में नहाकर मुंज 'पृथ्वीवल्लभ' बना।

□

# अंतिम अस्त्र

महानंद के वंश का समूल नाश कर, धुन के धुनी, गूढ़ विद्या के आदिगुरु, आचार्य विष्णुगुप्त चाणक्य ने अपने परम शिष्य चंद्रगुप्त मौर्य को मगध के राज-सिंहासन पर प्रतिष्ठित कर दिया था। एक विशाल राजसत्ता को मानो सहसा ही किसी अंधड़ ने उखाड़कर शून्य में तिरोहित कर दिया था।

अब ऊपर से सबकुछ शांत दिखाई पड़ता था। अपने सुदीर्घ अध्ययन तथा अनुभवों को निचोड़कर आचार्य ने उस महान् 'अर्थशास्त्र' की रचना लगभग संपन्न कर डाली थी, जो मौर्य साम्राज्य की दृढ़ता व स्थायित्व की आधारशिला बनने वाली थी। किंतु कार्य-रूप में उसकी व्यापक प्रतिष्ठा होनी शेष थी। कंटक अगणित थे। शोधन समय चाहता था। समय के हाथी पर अनेक दुर्दमनीय शत्रुओं के अंकुश थे। वे अंकुश कहाँ-कहाँ, किस-किस रूप में कार्यरत थे, यह जानना जरूरी था। उसमें सबसे बड़ा अंकुश था, प्रधानमंत्री 'राक्षस'।

मौर्य साम्राज्य की बलात् स्थापना की लपेट में आकर अनेक संघ-राज्यों का अस्तित्व विलीन हो चुका था और अनेक उसमें लय हो चुके थे। किंतु जो शेष थे, वे भी पर्याप्त प्रबल थे—जैसे यौधेय, भद्र, मालव, शूद्रक, शिवि, आर्जुनायन आदि। मगध का नया मौर्य राजतंत्र उनसे घिरा हुआ था—और उनमें से अनेक पर महामंत्री राक्षस का व्यक्तिगत प्रभाव था।

राक्षस कौटिल्य की तरह ही धुन का पक्का था। अपने दूतों के द्वारा उसने कौटिल्य को ललकारा था कि वह उसे पकड़कर कारागार में डाल दे, या उसका वध करा दे। उसका संदेश पाकर ऑयल केवल मुसकरा दिए थे।

राक्षस को व्यक्तिगत हानि पहुँचाने का अर्थ था—सदा के लिए कुछ प्रबल संघ-राज्यों को अपना शत्रु बना लेना। आचार्य उन राज्यों से स्थायी मैत्री-संधि करने के पक्ष में थे। उन्होंने दूतों से कहा था—''महामना राक्षस जिस प्रकार मगध-साम्राज्य

के महामंत्री थे, वैसे ही अब भी हैं। अभी वह अपना आसन खाली ही रखना चाहते हैं, तो वह खाली ही रहेगा। वह तो हमारे पूर्व जन्म के मित्र हैं। उनसे हम बैरियों जैसा व्यवहार कैसे कर सकते हैं।''

इन पूर्व-जन्म के मित्र महोदय की ओर से अब तक सम्राट् चंद्रगुप्त के प्राणों पर अनेक गुप्त आघात हो चुके थे। आचार्य की सतत सतर्कता से वे निष्फल किए जा चुके थे। राक्षस पाटलिपुत्र के राजमार्ग तथा वीथिकाओं में छुट्टा घूमता था। उसके अनेक शरीर-रक्षक केवल दिखाने के लिए उसके साथ रहते थे। राजाज्ञा के अनुसार किसी को उसे अकेला पाकर भी छूने की हिम्मत नहीं थी, और राक्षस को इसका ज्ञान था। रात्रि के समय स्वयं मौर्य गुप्तचरों को राक्षस की रक्षा में जहाँ-तहाँ गुप्त रूप से रखना पड़ता था। राक्षस यह भी जानता था और ठहाके लगाता था।

उन ठहाकों की आवाज जब-जब आचार्य तक पहुँचती थी, वे केवल मुसकराकर रह जाते थे। राजभवनों और राजसभा में जहाँ-तहाँ चंद्रगुप्त का आवास-निवास, हलन-चलन रहता था, वहाँ-वहाँ उसकी व्यक्तिगत सुरक्षा के लिए, कड़े तथा स्पष्ट निर्देशों के अंतर्गत भारी सुरक्षा-व्यवस्था थी। यह भी आवश्यक था कि वह व्यवस्था इतनी स्पष्ट दिखाई न पड़े कि लोगों को लगे कि नया राजा दिन-रात प्राण जाने के डर से त्रस्त रहता है! इस व्यवस्था के अनेक अंगों का पता स्वयं चंद्रगुप्त को भी नहीं था। उसे सम्राटों की गरिमा के अनुरूप रहना था और उसी तरह वह रहता था।

दूसरी ओर राजा को यह भी आभास था कि राक्षस के सारे तीर अभी समाप्त नहीं हुए थे। उसके ठहाके बताते थे कि उसका कोई अंतिम अस्त्र अभी शेष है। विष-दान ऐसा ही एक प्राणहारी अस्त्र होता है, इसका निरूपण आचार्य ने स्वयं अपने 'अर्थशास्त्र' में किया था। उन्होंने लिखा था—

''स्नान-उबटन के बाद, सुंदर वस्त्राभूषणों से अलंकृत होकर वेश्याएँ राजा के पास जाएँ''। और भली प्रकार जाँच कर लें कि उन्होंने कहीं विष तो नहीं छिपा रखा है।'' स्नान के बाद उन वेश्याओं को पता चलता था कि उनका कोई भी पुराना आभूषण या वस्त्र पहनने के लिए उपलब्ध नहीं है। उन्हें सर्वथा नए और मूल्यवान वस्त्रालंकार मिलते थे, जिनके एकदम विष रहित होने की जाँच-पड़ताल पहले से ही कर ली जाती थी।

ब्रह्म-मुहूर्त में उठ, स्नान-ध्यान करके, आचार्य कौटिल्य ने अपनी विस्तीर्ण कुटिया के एक कक्ष में एक आसन पर आसीन होकर 'अर्थशास्त्र' की रचना में थोड़ा और संवर्धन किया। फिर मन उचाट हो गया। बेठन लपेटकर वे खड़ाऊँ पहने

बाहर वातायन में आ गए। कुटीर के बाहर दूर तक चले गए। वीथिका के मोड़ पर खड़े सतर्क गुप्तचर-संतरी ने भद्रायण की तरफ देखा। वह तुरंत दौड़ा आया। करबद्ध प्रणाम कर, विनीत स्वर में उसने पूछा, ''आज्ञा दें, गुरुवर!''

''वत्स,'' आचार्य ने कहा, ''हमने रात्रि के आठों प्रहर तुम्हें पूर्ण विश्राम की अनुमति प्रदान की थी, क्योंकि तुम लंबी यात्रा करके वैशाली से यहाँ पहुँचे थे। फिर तुम ब्रह्म-मुहूर्त में ही यहाँ उपस्थित हुए, क्यों भला?''

भद्रायण थोड़ा सकपका गया। अटकते हुए बोला, ''रात भर नींद नहीं आई, गुरुवर! मन ने कहा कि आचार्य-श्री के निकट ही बने रहने से शांति मिलेगी।''

''यह अशांति क्यों?'' आश्चर्य से भौंहें ऊँची उठाते हुए आचार्य ने पूछा, ''तुमने तो अत्यंत बुद्धिमत्ता से अपना कर्तव्य पूरा किया। विदेशी आक्रमणकारियों के विरुद्ध एक विशाल संघ में संघटित होने का संदेश लेकर तुम लिच्छवियों की राजधानी गए। उन्होंने सम्राट् की भेजी हुई भेंट-सामग्री सहर्ष स्वीकार की, इसमें अवश्य तुम्हारी चतुराई तथा गूढ़ मंत्रणा ने अपना काम किया होगा। अन्यथा लिच्छवियों जैसा निर्मल और दंभी गणराज्य भारत में और कौन सा है?''

भद्रायण ने फिर अलख्य रूप से पैंतरा बदला। मन की बात आचार्य के तीक्ष्ण नेत्रों से कब तक छिपा सकेगा, सहसा ही सूझ नहीं पड़ा, बोला, ''गुरुदेव, लिच्छवियों के गणपति ने प्रसन्नतापूर्वक, बिना किसी अवरोध के, सब शर्तें चुपचाप स्वीकार कर लीं। यही नहीं, अपनी मित्रता का विश्वास दिलाने के लिए भारी धनधान्य तथा ग्यारह पेशलरूपा दासियों की भेंट सम्राट् के लिए भेजी, इससे आशंका उत्पन्न होना स्वाभाविक है, गुरुदेव!''

''सदा सतर्क रहना एक गूढ़ पुरुष का उत्तम लक्षण है, चिरंजीव। वैशाली से पाटलिपुत्र के सुदीर्घ मार्ग में भी क्या तुम्हें इस आशंका के निवारण का अवसर नहीं मिला?''

''भेंट सुरक्षित रूप से पाटलिपुत्र तक पहुँचाने के लिए आए लिच्छवि सैनिकों से बातचीत करने पर ऐसा कोई संदेह-सूत्र हाथ नहीं लगा, गुरुदेव। लगा कि आशंका ही निर्मूल थी। किंतु मुझे उन दासियों की ओर से पूर्ण संतोष प्राप्त नहीं हुआ। उन सबने पूर्णत: मौन धारण कर रखा था।'' संतरी भद्रायण ने स्वर में फिर आशंका का पुट भरते हुए फिर आवेदन किया।

अब आचार्य मुसकराए, बोले, ''उनके लिए यही शुभ था, वत्स! वे यह कैसे जान सकती थीं कि मौर्य दूत कामाजित होते हैं?''

भद्रायण अंदर-ही-अंदर कट गया। कटोक्ति सहज थी।

''गुरुदेव, मुझे वे आवश्यकता से अधिक दंभी प्रतीत हुईं।''

''उनका दंभ स्वाभाविक भी हो सकता है, वत्स। लिच्छवियों में क्रीत दासत्व की प्रथा नहीं है। वहाँ निम्न वर्ग के समर्थ स्त्री-पुरुष धन-मान अर्जित करने के लिए ऐच्छिक दासत्व अपनाते हैं। सौंदर्य स्वयं दंभ का सृजन करता है। हमें आशा है, लिछिवियों ने सुंदर स्त्रियाँ भेजी होंगी।''

''क्षमा करें, गुरुदेव, उनमें कम-से-कम एक अवश्य ऐसी है, जिस पर से आँखें नहीं हटतीं। आवश्यक परीक्षाओं तथा स्नान-उबटन के बाद वह भी अपनी दसों साथिनों सहित सम्राट् का दर्शन-लाभ करेगी। संभव है, आज की रात्रि में उसे ही सम्मान प्राप्त हो जाए, जिसके लिए देश-विदेश की सुंदरतम पेशल रूपाएँ अपने प्राण तक न्योछावर करने को तैयार हो जाएँगी।'' भद्रायण ने इस प्रकार यह सब कहा, मानो यह संसार उसकी इच्छा के विपरीत चलने को उद्यत हो गया हो!

हास्य का भाव तिरोहित कर, एक क्षण आचार्य ने दीवार पर चुपचाप एक बड़े से रंग-बिरंगे कीट की ओर बढ़ती छिपकली को देखा। फिर कहा, ''वत्स, परीक्षण-स्नान-उबटन के बाद सम्राट् से पहले हम उन दासियों का निरीक्षण करना चाहेंगे, इस आशय की सूचना वृद्धा सुमंगला तक पहुचाओ!''

''जो आज्ञा, गुरुदेव!'' भद्रायण ने प्रसन्नता के साथ कहा, और सिर नवाकर पलटते ही तीर हो गया।

राजमहल में प्रवेश का सौभाग्य प्राप्त करनेवाली गर्वित पेशल-रूपाओं तथा रानियों के कक्ष-आवास इस प्रकार एक-दूसरे से अलग-अलग बने हुए थे कि उनका परस्पर संपर्क संभव नहीं था। सिवा कुछ प्रमुख परीक्षक व स्थापक (स्नान-उबटन करानेवाली) दासियों के, जिन पर प्रमुख परिचारिका सुमंगला का प्रभुत्व था, उनकी अपनी दासियाँ भी अलग-अलग थीं। फिर भी सौंदर्य के गर्व से मंडित, नवागंतुक लिच्छवि-कन्याओं का समाचार किस राह से संपूर्ण रनिवास में फैल गया था, इसका सूत्र खोज निकालना किसी भी मौर्य गुप्तचर के लिए संभव नहीं था। नई अगरबत्तियों के धुएँ की तरह एक होंठ-कटी ईशी सर्वत्र व्याप्त हो चुके थी।

सभी को पता लग चुका था कि सभी लिच्छवि-पेशल-रूपाएँ सर्वथा निर्दोष तथा निर्विष पाई गई थीं, किंतु फिर भी, सबसे पहले वे आचार्य कौटिल्य के सम्मुख प्रस्तुत होनेवाली थीं।

महाकोसल की कन्या, रूप और यौवन के भार से दबी रानी मातुंगी ने परिहास किया—''कहीं ऐसा न हो कि उनमें से कोई एकाध स्वयं महातपस्वी आचार्य कौटिल्य की ही तपस्या भंग कर डाले!''

उस समय सब सखियाँ खिलखिलाकर हँस पड़ी थीं। किंतु संध्या तक परिहास सत्य में परिवर्तित हो गया। दूर-दूर तक फैले रनिवास की हँसी से प्रदीप्त कन्याओं में एक ही चर्चा थी—"आज एक लिच्छवि-पेशलरूपा उर्वशी ने मगध के विश्वामित्र की तपस्या भंग कर दी है। आचार्य कौटिल्य का सदा मौन रहनेवाला शांत कुटीर आज लिच्छवि-नृत्यांगनाओं के नूपुरों से झंकृत हो रहा है!"

और जो शेष रह गया था, वह भी रात्रि का प्रथम प्रहर समाप्त होते-न-होते अशेष हो गया; सुना गया कि ग्यारह लिच्छवि-पेशल-रूपाओं में से वह एक, जिस पर पुरुष की दृष्टि नहीं टिकती थी, आचार्य के एकांत कक्ष में रह गई। शेष दस रूपांगनाएँ लौट आईं, और वे आज की रात सम्राट् की चरण-सेवा में प्रस्तुत होंगी।

किंतु रनिवास के सहज संचालन के साथ-साथ मौर्य-साम्राज्य के दुर्गम राजबोध की झुर्रियाँ जिन वृद्धा परिचारिकाओं के मुखों पर परिलक्षित होती थीं, उनकी आँखों में भावी अमंगल की छाया भी देखी जा सकती थी। उनमें एक प्रश्न था—

"क्या गुरु-चरणों में अनन्य श्रद्धा-भाव रखनेवाले, महाराज चंद्रगुप्त इसे मात्र गुरु-दक्षिणा मानकर संतोष कर लेंगे?"

इस प्रश्न का उत्तर निश्चित रूप से 'हाँ' में होता, यदि आचार्य के सम्मुख अपने कौशल का प्रदर्शन कर लौटी हुई दस लिच्छवि रूपांगनाएँ आपस में लुका-छिपी दृष्टियों का आदान-प्रदान कर, होंठों की पँखुड़ियों में दबी-ढकी मुसकानें न छलका रही होतीं।

मुसकानों पर रोक लगाना भी क्या कभी संभव हो पाया है?

निर्धारित रात्रिचर्या के अनुसार, रात के आठ भागों में से पहले भाग में, जब महाराज चंद्रगुप्त अपने परम विश्वस्त गुप्तचरों से मिले, तब वे बहुत प्रसन्न दिखाई दे रहे थे। भेंट के अंत में भद्रायण ही रह गया था। उसने करबद्ध निवेदन किया—"वैशाली से भेंट-स्वरूप आई दस लिच्छवि-पेशलरूपा दासियाँ आज महाराज के दर्शनों का सौभाग्य प्राप्त करेंगी। वे सब ओर से निर्दोष पाई गई हैं। समस्त वस्त्राभरण नवीन हैं। फिर भी आचार्य ने कहलवाया है कि महाराज विशेष रूप से सतर्क रहें।"

महाराज चंद्रगुप्त हँस पड़े; बोले, "हे भद्रायण! लगता है, हमारी व्यक्तिगत सुरक्षा की चिंता में आचार्यश्री न स्वयं सोते, न तुम लोगों को विश्राम करने देते। ठीक है, हम उनके आदेश का पालन करेंगे। किंतु हमने तो सुना था कि नवागंतुक लिच्छवि-पेशलरूपाओं की संख्या ग्यारह थी। एक कहाँ लोप हो गई, रे अगोपी?"

भद्रायण के भाग्य में मानो आज सकपकाना ही लिखा था। संकोच के साथ

बोला, ''गुरुवर, उसकी ओर से पूर्ण आश्वस्त नहीं हैं, महाराज। वे अभी उसकी और परीक्षा लेंगे, तभी उन्हें महाराज की सेवा में भेजने, न भेजने के संबंध में निर्णय लेंगे।''

''इन परीक्षाओं के तो हम भी पर्याप्त अभ्यस्त हो चले हैं रे! फिर इतनी कठोर दिनचर्या व रात्रिचर्या हमारे लिए आचार्यश्री ने निर्धारित की है कि रूप और यौवन का सारा आकर्षण ही लुप्त हो गया। जो भी हो, मुझे तो तेरे चेहरे का रंग भी उड़ा-उड़ा लग रहा है। तू जा, आज विश्राम कर।''

भद्रायण नतमस्तक चला गया। गुप्तचरों में वही एक ऐसा था, जिससे सम्राट् कभी-कभी परिहास कर बैठते थे। उसे कितना आह्लाद होता था इससे! महाराज आज अपने आपको सचमुच थका-थका अनुभव कर रहे थे। यों भी, नारी सौंदर्य के प्रति जो उनकी आरंभिक अभिरुचि थी, उसमें एक विजिगुशु—आत्मावलंबी—सम्राट् की नियमित-नियंत्रित वृत्ति के कारण, काफी कुछ शिथिलता आ गई थी। भेंट में भेजी श्रेष्ठ सुंदरियों पर सम्राट् दृष्टिपात भी न करें, इसमें नया-नया बना वैशाली गणतंत्र अपना अपमान भी अनुभव कर सकता था।

इसीलिए सम्राट् के शयनकक्ष से सटे हुए रंगभवन की ओर से जब नूपुरों की झंकार के साथ, एक नए प्रकार का लुभावना संगीत उनके कानों में पहुँचा, और साथ ही उनकी प्रमुख अंगरक्षिका ने शयनकक्ष में प्रवेश कर उन्हें रंगभवन में चलकर, प्रतीक्षा में आतुर लिच्छवि-पेशलरूपाओं को भेंट देने की प्रार्थना की, उन्हें मानो बलात् उठना पड़ा।

मंच पर नृत्य की विभिन्न मनोहारी मुद्राओं में, विभिन्न ऊँचे-नीचे स्थनों पर, मानो स्वर्ग की दस अप्सराएँ स्मित-मुख खड़ी थीं। सम्राट् ने उनकी छवि निहारी, और उन्होंने एक साथ करबद्ध नमस्कार किया। इसके बाद शास्त्रीय नृत्य की जो गहराइयाँ उस रात उस रंगभवन के विस्तीर्ण मंच पर उजागर हुईं। उनमें उतरकर सम्राट् मंत्रमुग्ध से बैठे ही रह गए। वह मंत्र-लीला तब टूटी, जब अनेक मधुर नारी-कंठों से झंकृत हास्य स्वरों ने धृष्टता का परिधान पहना। कुछ बिलबिलाते स्वरों में आदान-प्रदान हुआ।

''अद्‌भुत! नृत्य-कला का ऐसा प्रदर्शन हमें आज तक देखने को नहीं मिला।'' हार्दिक उद्‌गार प्रकट करते हुए सम्राट् चंद्रगुप्त ने कहा।

फिर वही सम्मिलित मुक्त-मधुर हास्य के स्वर, जिनमें स्पष्ट रूप से उपहास था तथा एक-दूसरे की ओर चोरी से फेंकी जानेवाली अर्थपूर्ण दृष्टियाँ—

"तुम लोग कुछ कहना चाहती हो, हम तुम्हें अमूल्य पुरस्कार देंगे। किंतु यदि तुम कुछ विशेष पुरस्कार...!"

उस पर भी जब परिहास का वही खिलखिलाता स्वर मिला; तो सम्राट् की भौंहों पर बल पड़े। उन्होंने चकित भाव से अपनी प्रधान अंगरक्षिका की ओर देखा।

"भैरवी, क्या ये कन्याएँ मागधी भाषा नहीं समझतीं?"

"राजराजेश्वर!" भैरवी ने संकुचित स्वर में कहा, "ये विदेशी रमणियाँ धृष्ट हैं और दुष्ट भी। ये कह रही थीं कि जिस सेना का सेनापति नहीं रहता, वह अंधी सेना कहलाती है। मगध सम्राट् का कला मानस जब वैशाली की नायिका रहित नृत्य सेना से ही पराभूत हो गए हैं, तो नायिका के नेतृत्व में होने वाले कला-प्रदर्शन से तो उनके हृदय की धड़कन ही बंद हो जाती। इसलिए अच्छा ही हुआ कि उनकी नायिका को मगध के राजगुरु ने अपने उपभोग के लिए रख छोड़ा है। क्षमा करें, अन्नदाता, यह इन दुष्टाओं का ही कथन है।"

सम्राट् चंद्रगुप्त ने धीर-गंभीर दृष्टि से एक बार उन सभी 'दुष्टाओं' की भाव-भंगिमा देखी। वे सभी अब तक गंभीरता धारण कर चुकी थीं और नतमस्तक थीं।

"इन लोगों को उपयुक्त पुरस्कारों से सम्मानित किया जाए और अतिथिगृह में रखा जाए!" सम्राट् ने भैरवी को आज्ञा दी, और उत्तरीय का छोर कंधे पर डालकर, वे चुस्त कदमों से अपने शयन-कक्ष की ओर प्रस्थान कर गए।

श्रीनिवास का अतिथिगृह प्रसिद्ध था। चारों ओर से रंग-बिरंगे सुवासित पुष्पों की वाटिका तथा उसके बाहर ऊँची चारदीवारी से घिरा, जिसमें केवल एक भारी द्वार था। सब प्रकार की राजसी सुविधाएँ, किंतु द्वार केवल राजाज्ञा से खुलता था। रनिवास की कोई रूप-गर्विता उसमें जाना तक पसंद नहीं करती थी। उसका मुख्य द्वार प्रायः किसी को बाहर लाने के लिए नहीं खुलता था। उसके अंदर की ध्वनियाँ तक बाहर नहीं आती थीं।

राजाज्ञा सुनकर ही भैरवी सिहर उठी।

रात्रि के सातवें चरण में जब प्रमुख गुप्तचर नियमित प्रावधान के अनुसार, मंत्रणा-गृह में एकत्र हुए, भद्रायण फिर उपस्थित था। भवन सेनापति सेल्यूकस नाइकेटर की सैनिक-गतिविधियों की सूचनाएँ अधिक थीं। अंत में भद्रायण फिर सम्राट् के साथ एकांत में रह गया।

"तुम नहीं सोए न?" सम्राट् ने गंभीर मुद्रा में प्रश्न किया।

"सो तो लगता है, स्वयं महाराज भी नहीं सोए," भद्रायण ने भी उतने ही गंभीर-भाव से कहा, "किंतु महाराज, मैं पुरस्कार के योग्य समाचार लाया हूँ।"

"पुरस्कार के योग्य समाचार होगा तो अवश्य मिलेगा।" चंद्रगुप्त ने कहा।

"आज मैंने स्वप्न में एक ऐसी रूप-राशि के दर्शन किए, महाराज, जिसकी समता में कला-मूर्तियाँ भी खंडित लगने लगती हैं।"

"सपना जागते हुए देखा है?" महाराज ने तीव्र दृष्टि से मुँह लगे गुप्तचर को देखा।

भद्रायण ने पास ही रखा एक चौकोर बैठन उठाया। वस्त्र अलग करते ही मानो एक संपूर्ण नारी की देहयष्टि, आँखों की नीली पुतलियों से मुसकराहट छलकाती बातें करने लगी।

सम्राट् चंद्रगुप्त ने चकित भाव से देर तक उस कला-चित्र का निरीक्षण किया। फिर मानो जागते से बोले, "यह काल्पनिक है। पुरस्कार तुम्हें नहीं, चित्रकार को मिलेगा।"

"महाराज, चित्रकार कायर है। युद्ध के भय से भाग गया है। मैं ही रह गया हूँ।"

"युद्ध का भय! कहाँ हो रहा है युद्ध? इस समय के मौर्य-साम्राज्य में सर्वत्र शांति है।" महाराज ने कहा।

"वह अब रहनेवाली नहीं है, महाराज। यह चित्र काल्पनिक नहीं, यथार्थ की प्रकृति है। यह यवन सेनापति सेल्यूकस नाइकेटर की अविवाहित कन्या है।" भद्रायण ने आँखें चमकाईं।

"यदि इसके साथ महाराज का परिणय-सूत्र बँध जाए तो मौर्य साम्राज्य उत्तर-पूर्वी भारत की ओर से दीर्घ काल तक सुरक्षित रह सकता है। किंतु युद्ध अनिवार्य होगा, प्रभु!"

उसी एक क्षण में चंद्रगुप्त मौर्य ने युद्ध का निश्चय कर लिया। प्रकट में वे बोले, "तुझे क्या पुरस्कार चाहिए, रे चक्री?"

आदत के अनुसार भद्रायण चकराया, बोला, "गुरुवर ने जिस लिच्छवि कला-नेत्री को परीक्षा के लिए रख छोड़ा है, वह अत्यधिक दंभी है; महाराज के रनिवास की शोभा बढ़ाने योग्य नहीं है।"

चंद्रगुप्त के मन को झटका लगा। विद्रोह और अपार गुरुभक्ति के बीच एक अलक्ष्य विद्युत-धारा उसके शरीर में दौड़ गई।

"आचार्य श्री ने उसे हमारे दर्शनार्थ भी नहीं आने दिया, रे भद्र! तो फिर वह आचार्य श्री की ही संपत्ति रहे, हमें कोई आपत्ति नहीं होगी। हम उनके आज्ञाकारी हैं, वे हमारे अनुगत थोड़े ही हैं!" चंद्रगुप्त ने दृढ़ स्वर में भी हताशा के भाव से कहा।

क्षण भर के लिए भद्रायण भी सहसा दिग्मूढ़ रह गया। वह भी मन-ही-मन सिहर उठा। कारण भैरवी के कारण से सर्वथा भिन्न था। कभी आचार्य कौटिल्य तथा सम्राट् चंद्रगुप्त के बीच मानसिक तनाव उत्पन्न हो सकता है, यह संभावना ही सिहरन पैदा करनेवाली थी।

"आप कल भी गुरुवर से नहीं मिल पाए थे, प्रभु," उसने कहा, "आज इस रात्रि के अगले अंतिम चरण में क्या उनसे भेंट करने नहीं चलेंगे?" उसने नतमस्तक होकर पूछा।

"क्यों नहीं?" यवनों के विरुद्ध युद्ध-संचालन की पूरी योजना तो उन्हें ही बनानी होगी—चलो!"

धुरंधर अंग-रक्षिकाओं की पंक्ति के संरक्षण में, प्रासाद के अंतिम छोर पर स्थित आचार्य कौटिल्य की विस्तीर्ण कुटिया में उनके आगमन का समाचार पहुँच चुका था।

अंग-रक्षिकाएँ शिविर के बाहर ही रुक गईं।

आचार्य कौटिल्य अपनी पीठिका पर आसीन थे। उन्हें प्रणाम करते समय सम्राट् तथा सभी भद्रायण ने एक विचित्र दृश्य देखा। सर्वथा अलौकिक सौंदर्य की स्वामिनी, एक नारी-मूर्ति, चित्रलिखित-सी, एक अर्निवर्चनीय दर्प के भाव से गरदन मोड़े, उद्दंड दृष्टि से आचार्य को निरख रही थी।

आशीर्वाद देते हुए आचार्य कौटिल्य ने दो आसनों की ओर संकेत करते हुए कहा, "अच्छे समय पर आए, वत्स। आज तुम्हें संसार का एक अनूठा आश्चर्य देखने का सौभाग्य प्राप्त हुआ है। यह नारी-मूर्ति जो तुम देख रहे हो, यह गूढ़ मानव-मस्तिष्क का एक श्रेष्ठ चमत्कार है, और गुप्तचरी के अस्त्रों में अंकित उपाय है! यह विषकन्या है!"

"विषकन्या!" चंद्रगुप्त तथा भद्रायण ने चकित भाव से दोहराया।

"हाँ, एक ऐसी विषकन्या, जिसके वस्त्राभरणों में कोई विष नहीं छिपा है, केशों और नखों में कोई विषाक्त बाह्य पदार्थ नहीं है, तोता-मैना या भौंरा इसे देखकर नहीं चिल्लाते, क्रौंच पक्षी इसके स्पर्श से भी विह्वल नहीं होता, चकुवा इसे देखकर नहीं मुरझाता, न ही उसकी आँखें लाल होतीं, कोयल इसे देखकर प्राण नहीं छोड़ती—फिर भी वत्स, काम से दग्ध पुरुष इसके संसर्ग से तत्काल परलोक सिधार जाता है।" आचार्य ने स्मित भाव से लिच्छवि कला-नेत्री की ओर देखा।

उसके मुख मंडल का स्वाभाविक दर्प और भी गहरा हो उठा।

भद्रायण का मुख दुःख के भाव से ओत-प्रोत था। कष्ट के साथ उसने पूछा,

"सब प्रकार की विष-परीक्षाओं में रनि-रहित होने पर भी यह रमणी विषकन्या किस प्रकार हुई, देव?"

"यह बचपन से विषों पर पाली हुई एक अभागिन कन्या है, वत्स। बारह वर्ष की आयु से इसकी जीभ पर काले नाग का दंश कराया जाता रहा है। फिर नागराज का विष ही इसकी दैनिक खुराक बन गया है। किंतु ध्यान से देखो, इस त्रस्तमना निरीह कन्या के मुख पर जो दर्प तथा लालिमा परिलक्षित हो रही है, यह मात्र विष का प्रभाव है। इसका अंतर्मन वध-स्थल पर ले जाए जाते अपराधी के मन की तरह ध्वस्त हो चुका है।" आचार्य ने करुण दृष्टि से विषकन्या की ओर देखते हुए आगे कहा, "अस्त्र-रूप में इसका निर्माण करनेवाले दुष्ट ने सामान्य नारी की तरह पूर्ण क्षमता रखते हुए थी, भोग का सामान्य अधिकार इससे छीन लिया है। भोग का चरम सुख इसके भाग्य में नहीं रह गया है, वत्स!"

"क्या किसी औषधाचार से… ?" चंद्रगुप्त ने सूखे गले से पूछना चाहा।

"असंभव! ऊपर से परिहास यह है कि यह चार जन-भाषाओं की ज्ञाता है और अत्यधिक संवेदनशील है!" आचार्य एक निस्तेज हँसी हँसे—"अपने घोर दुःख से त्रस्त यह नारी-रूपी अंतिम अस्त्र बड़े-से-बड़े साम्राज्यों का एक ही रात में ध्वंस कर सकता है। तुम्हें यह जानकर प्रसन्नता होगी, वत्स, कि इस विदुषी मानवी ने हमारे साथ एक सम्मानजनक सौदा किया है।"

चंद्रगुप्त गुरु के प्रति शंका को प्रश्रय देने से जहाँ एक ओर लज्जित थे, वहीं न जाने क्यों—उस निराश नारी-मन की ओर से दुःखी थे। विस्मय के भाव से उन्होंने पूछा, "सौदा?"

"हाँ, वत्स! वैशाली गणतंत्र के साथ षड्यंत्र करके महामंत्री राक्षस ने इस विषकन्या को तुम्हारा अंत करने के लिए भेजा था।"

अब यह और इसकी संपूर्ण विष-गरिमा मौर्य-साम्राज्य को बँटवाने के इच्छुक पर्वतक की अंतिम अंकशायिनी होगी, जिसे प्रकट में महामंत्री राक्षस ने उन्हीं के निमित्त भेजा होगा। महाराज पर्वतक के चिरनिद्रा में लीन हो जाने पर, यदि इस वीर रमणी को प्राणोत्सर्ग भी करना पड़ा…सौदा महँगा है न, बेटी?" आचार्य ने स्नेहासिक्त स्वर में कथित विषकन्या से पूछा।

चंद्रगुप्त और भद्रायण ने भी उस ओर मूढ़ भाव से देखा। लिच्छवि कलानेत्री ने हौले से इनकार में गरदन हिलाई। विहँसते हुए आचार्य ने कहा, "बदले में हमने इसे वचन दिया है, वत्स, कि हम इस प्रकार की किसी विषकन्या की चर्चा अपने 'अर्थशास्त्र' में नहीं करेंगे, जिसका निर्माण इतना निर्मम हो तथा विनाश अप्रत्याशित

रूप से ध्वंसकारी हो। भावी पीढ़ियों को कम-से-कम आचार्य कौटिल्य की अधिकृत लेखनी से किसी कोमल नारी-हृदय को दग्ध करने का अवसर प्राप्त नहीं होगा!"

महान् मौर्य साम्राज्य के अधिपति सम्राट् चंद्रगुप्त मौर्य तथा आचार्य कौटिल्य के प्रिय गूढ़-पुरुष भद्रायण को अपनी समस्त चाहना-ऐषणा सहित, उस अपरिमित नारी-सौंदर्य के अद्भुत बलिदान की भावना के सामने अपने अस्तित्व बहुत छोटे लग रहे थे।

उन दोनों ने ही उस तेजोमयी प्रतिमा, काल के अंतिम अस्त्र को नतमस्तक हो श्रद्धा से प्रणाम किया।

□

# बोलने वाला बुत

एक बार गुजरात के नहरवासा नगर पर राय जयसिंह का शासन स्थापित हुआ। राजा जयसिंह बड़ा न्यायप्रिय, प्रजावत्सल तथा बुद्धिमान शासक था, जिसने 'राय' की बड़ी पदवी धारण की थी। इसका कारण यही था कि वह अपने प्रदेश पर ही नहीं, अपनी प्रजा के मन पर भी एकच्छत्र शासन करता था और लोग उसे 'राय' कहकर खुश भी बहुत होते थे।

धीरे-धीरे उसकी प्रसिद्धि चारों दिशाओं में फैल गई। फैलते-फैलते एक द्रविड़ देश के सम्राट् की राजसभा में भी पहुँची। उसकी पदवी भी 'राय' के नाम से ही जानी जाती थी। द्रविड़ देश के राजा को इस पर बड़ा क्रोध आया। उसने तुरंत अपने कुछ राजदूत राजा जयसिंह के पास भेजे। उनके हाथों उसने यह संदेश भी भेजा—

''नहरवासा पर आज तक कोई 'राय' नहीं हुआ। यह केवल चोरों और लुटेरों की भूमि रही है। यहाँ पर क्या मरने और लुटने के लिए तुम 'राय' का बुत बन बैठे हो? तो तुम्हें सूचित किया जाता है कि यह खेल बड़ा खतरनाक है। हमारा संदेश पाते ही तुमने 'राय' की इस महत्त्वपूर्ण पदवी को अपने अपवित्र तन से अलग न किया, तो हमारे इतने अश्वारोही गुजरात के ऊपर चढ़ दौड़ेंगे और उनके अश्वों की तरनालों से गुजरात की पृथ्वी ही उलट जाएगी।''

दो-तीन दिन उन राजपूतों की ऐसी सेवा हुई कि वे अपने-आप को राजदूत न समझकर छोटे-मोटे राजा ही समझने लगे। तीन दिन बाद उन्हें राय जयसिंह की राजसभा में उपस्थित होने का निमंत्रण मिला। समय काटे न कट रहा था, इसलिए वे सहर्ष राजा जयसिंह की सभा में जा पहुँचे।

कुछ देर राजा जयसिंह सामान्य कामकाज निबटाते रहे। इसके बाद फरियादी के रूप में एक नर्तकी को राजसभा में प्रस्तुत किया गया।

नर्तकी का आरोप था कि पिछली रात को उसके घर एक रईसजादा आया

था। उसने उसका नृत्य देखा, गाना सुना और रात भर उसके घर अतिथि बनकर रहने की प्रार्थना की। जब उसको अनुमति मिल गई और उसे सोने को जगह दे दी गई, तो नर्तकी भी विश्राम करने चली गई। फिर न जाने रात में किस समय उसने उठकर घर का सारा कीमती सामान समेटा और कूच कर गया। नर्तकी का आरोप था कि उसके लिए शहर कोतवाल उत्तरदायी है। उसे उसका चुराया हुआ धन वापस किया जाए तुरंत!

राय जयसिंह ने शहर कोतवाल को हाजिर होने का हुक्म दिया। जब उसके सामने राय जयसिंह ने नर्तकी का आरोप रखा और उसे आज्ञा दी कि वह नर्तकी के नुकसान की भरपाई स्वयं अपने धन से करे, तो वह चकराया। सिर झुकाकर बोला, "राय जयसिंह की जय हो। यह सही है कि शहर में यदि कोई चोरी-डकैती हो, तो उसका पता लगाने की जिम्मेदारी इस दास की है। पता न लगने पर नुकसान की भरपाई भी मैं करने को तैयार हूँ। इसके लिए एक सप्ताह का अवसर दिया जाए।"

राजा ने कहा, "किंतु यह नर्त्तकी अपने नुकसान की भरपाई तुरंत चाहती है। इसलिए तुम्हें भरपाई तुरंत करनी होगी।"

"महाराज," कोतवाल बोला, "आपकी जो आज्ञा होगी, सेवक उसका पालन अवश्य करेगा। किंतु इतने विशाल गुजरात देश में किसके मन में, किस समय, क्या पाप समा जाएगा और कौन क्या अपराध कर बैठेगा, यह सिवा अंतर्यामी के और कौन जान सकता है? मैं पता लगाकर दंड की व्यवस्था करूँ, यही मेरी कुशलता और मेरा उत्तरदायित्व है। इसके लिए एक सप्ताह का समय कम-से-कम है। इसके बाद पता न लगा, तो दास रायजू की आज्ञा का पालन करेगा"

"नहीं," राजा जयसिंह ने द्रविड़राज के राजदूतों की ओर कनखियों से देखते हुए कहा। राजदूत भी चकित थे। देखती आँखों कोतवाल का तर्क एकदम उचित और संयत था। उन्होंने आश्चर्य से राय की ओर देखा। राय कोतवाल से कह रहा था, "अपराध को रोकना, और अपराध हो जाने पर उसका पता लगाना, ये दोनों ही काम कोतवाल के हैं। प्रजा में से किसी के मन में, किसी भी समय अपराध की भावना आए, यह न केवल शहर कोतवाल के लिए लज्जा की बात है, बल्कि उस राज्य के लिए भी, जिसमें अपराध हुआ हो। इसलिए या तो तुरंत पता लगाओ—इसी समय, इसी दम—नहीं तो स्वयं हमें कष्ट करना होगा।"

यह सुनते ही कोतवाल मानो आसमान से गिरा और उसके साथ-साथ औंधे मुँह द्रविड़ राजपूत। नर्तकी और सारी राजसभा आँखें फाड़कर राय जयसिंह की ओर देखने लगी। जिस अपराध का पता अपने हजारों सिपाहियों की शक्ति से, सैकड़ों

धुरंधर गुप्तचरों के प्रयत्न से भी कोतवाल 'तुरंत' नहीं लगा सकता था, उसका पता राय जयसिंह राजसिंहासन पर बैठे-बैठे कैसे लगा सकते थे?

राय जयसिंह ने कहा, "इसमें आश्चर्य की कोई बात नहीं। इसका पता हम अपने हब्शी पुतले से लगा सकते हैं। उसे राजसभा में हमारे सामने लाया जाए।"

तुरंत राय के पीछे खड़े उनके विशेष सेवक दौड़े और एक काला आदमकद पुतला अपने कंधों पर उठाकर लाते नजर आए। वह काले संगमरमर का बना हुआ था। उसे उन्होंने राय जयसिंह के ठीक सामने रखा।

राय ने पुतले से पूछा, "क्यों रे पुतले! इस नर्तकी का धन कहाँ है?"

कुछ देर तक वह पुतले की ओर देखते रहे, मानो उसकी बात ध्यान से सुन रहे हों। फिर संतोष से गरदन हिलाकर उन्होंने द्रविड राजदूतों से पूछा, "आपने सुना, पुतले ने क्या कहा?"

उन्होंने इनकार में सिर हिलाया। "हमें तो कुछ सुनाई दिया नहीं।"

"तब आप लोगों को सुनाई देगा भी नहीं, क्योंकि आपकी भावना हमारे राज्य के प्रति पवित्र नहीं है। इन्होंने कहा है कि हनुमान मंदिर से सौ पग की दूरी पर जो अकेला अमरूद का पेड़ है, उसी की जड़ में सारा माल दबा हुआ है।"

सारी राजसभा में सन्नाटा छा गया। कोतवाल का इशारा पाते ही तुरंत उसके सैनिक दौड़ गए और एक घड़ी बीतते-न-बीतते उन्होंने आकर समाचार दिया कि पुतले का कहना सही था। सारा माल मिल गया है। इस बीच राय जयसिंह राजसभा का अन्य काम निबटाते रहे और पुतला वहीं खड़ा रहा।

नर्तकी ने राय जयसिंह का लाख-लाख धन्यवाद दिया, उन्हें प्रणाम किया और उनकी आज्ञा से अपना माल लेकर चली गई। राय ने कोतवाल की ओर हँसकर देखा। वह लज्जित होता हुआ बोला, "महाराज, यह तो चमत्कार हो गया! इतना और बता दीजिए कि वह चोर कौन है?"

राय जयसिंह ने कहा, "इसके लिए हमारे पुतले को कष्ट क्यों देते हो? यह तुम्हारा कर्तव्य है और तुम उसका पता बड़ी आसानी से लगा सकते हो।"

"लगा तो सकता हूँ, महाराज, मगर अपने कर्तव्य-पालन में मुझे सबसे पहले उस व्यक्ति को पकड़ना होता है, जो माल की सूचना देता है। इसलिए अगर महाराज इस पुतले को गिरफ्तार करने की आज्ञा दें, तो मैं स्वयं पता लगा लूँगा।"

राय जयसिंह हँसकर बोले, "अरे मूर्ख, हम इतने मामूली काम के लिए इस पुतले को कभी कष्ट नहीं देते। वह तो कहो, हम अपने इन अतिथियों का मनोरंजन करना चाहते थे, इसलिए इस छोटी सी बात का पता लगाने के लिए हमने अपने

पुतले को सोते से जगाया। इस पुतले के द्वारा हम बड़ी-बड़ी जटिल राजकीय समस्याओं को सरल बनाते हैं। हम अभी पूछकर बताते हैं कि वह कंबख्त चोर कौन है ''और यह कहकर राय ने फिर पुतले की बात सुनने का यत्न किया। राज्यसभा स्तब्ध होकर देखती रही। राजा बोला—

''कोतवाल, इस नर्तकी के घर से साठ पग की दूरी पर एक जुलाहा रहता है। वही चोर है। किंतु पुतले ने हमें कहा है कि विधाता की इच्छा है कि इस जुलाहे को इसका कोई दंड न दिया जाए, क्योंकि उसने अपने दुष्कर्म का भारी पश्चात्ताप मन-ही-मन बहुत किया है। वह कुछ देर पहले उस माल को स्वयं नर्तकी को लौटाने का निश्चय कर चुका है।''

घड़ी भर में जुलाहा पकड़ बुलाया गया। कोतवाल ने उसे डराया-धमकाया। बेचारा घिघिया गया और बोला कि वह माल खुद ही लौटा देगा। उसने माल को जमीन में गाड़ने के स्थान का पता भी बताया। कोतवाल ने उसे छोड़ दिया।

उसके बाद राज्यसभा में पहले की ही भाँति दैनिक कामकाज चलता रहा। पुतला वहाँ से हटा दिया गया। राजसभा के अंदर पुतले से बने बैठे राजपूतों को अंत में राय जयसिंह ने अपने पास बुलाया और उनसे बोला—

''राजदूतो, हम अतिथियों का स्वागत करते हैं। आशा करते हैं कि जब हम आपके देश आएँगे, या हमारी प्रजा में से कोई आएगा, तो उनको भी वहाँ अतिथियों की तरह आदर-मान मिलेगा। मिलेगा न?''

''अवश्य, राय जयसिंह!'' राजदूतों ने समवेत स्वर में कहा।

''तो अब प्रत्युत्तर में हमारा संदेश अपने राय से कहना कि हम चाहते तो अपनी प्रजा को अपार कष्ट देकर उनकी 'राय' की पदवी छीनने के लिए आज से बहुत पहले कूच कर चुके होते। किंतु हमारे पुतले से हमें सलाह मिली कि इतनी दूर आक्रमण करने के लिए जाकर हमारी प्रजा त्राहि-त्राहि कर उठेगी। हम विजय अवश्य प्राप्त करेंगे, लेकिन हमारी आधी सेना कट मरेगी। हमने अपना इरादा बदल दिया, लेकिन यही सलाह आज हम तुम्हारे राय को पहुँचाना चाहते हैं—यदि उन्हें शांति से रहना नहीं आता, तो अशांति का मजा चखने के लिए गुजरात की ओर प्रस्थान करें। हम अपने पुतले की सहायता से तीन दिनों के भीतर-भीतर उसकी सारी सेना का विध्वंस कर देंगे।''

राजदूतों ने सिर हिलाया, मानो अपने राय की ओर से राय जयसिंह को आश्वासन दे रहे हों कि ऐसा न होगा। और वास्तव में ऐसा नहीं हुआ।

उनके गुजरात से कूच करते ही एकांत में कोतवाल शहर राय जयसिंह की

सेवा में उपस्थित हुआ और हाथ जोड़कर नीची नजरें करता हुआ बोला, ''देव, सेवक सेवा से अवकाश ग्रहण करना चाहता है।''

''क्यो ?'' आश्चर्य से राय जयसिंह ने पूछा।

''इसलिए महाराज, कि आपका यह तुच्छ सेवक यदि बेजान पुतलों में विश्वास किया करता, तो कोतवाल के पद तक न पहुँच पाता। वास्तव में जुलाहा दोषी नहीं है। उसके पास आज ही कुछ राजकीय मुद्राएँ मिली हैं—और नर्तकी ने अपराधी के रूप में जिस व्यक्ति को पहचाना है, उसे बंदी बनाना मेरी हैसियत से कहीं ऊपर की बात है।''

राय जयसिंह हँस पड़े और उसकी पीठ थपथपाते हुए बोले, ''जाओ, हम तुम्हारा वेतन बढ़ाते हैं और पदवृद्धि करते हैं। अपने राजा को तो बख्शो!''

□

# हर्ष के आँसू

ईसा की सातवीं शताब्दी के चौथे वर्ष में उत्तर भारत के एक प्रसिद्ध और प्राचीन गुरुकुल से तीन स्नातक तीन महत्त्वपूर्ण परीक्षाओं में सफल होकर निकले। ध्रुवसेन नामक एक युवक ने चिकित्सा शास्त्र में एक नवीन और तीव्र विष की बढ़ोतरी करके आचार्यों द्वारा परिश्रम से ढूँढ़कर लाए एक विषम छूत के रोगी को निरोगी कर दिया। उसका छोटा भाई कीर्तिसेन शस्त्र युद्ध में औरों से बाजी ले गया।

तीसरा स्नातक तत्कालीन वर्धन साम्राज्य की राजधानी थानेश्वर के प्रधान पुरोहित की बीस वर्षीय कन्या ज्ञानमित्रा थी। उसने राजनीतिक और दार्शनिक वाद-विवाद में सर्वोच्च स्थान प्राप्त किया।

तुमुल कर्तल ध्वनि के बीच जब द्वार के दोनों ओर बनी सफेद पट्टियों में से एक पर उस वर्ष के स्नातकों का नाम सुंदर अक्षरों में लिखा जा रहा था, आचार्यों ने उन्हें अपने ज्ञान एवं कौशल द्वारा मनुष्य मात्र की सेवा का आदेश दिया और संसार में सफलता हासिल करने के लिए अपने हार्दिक आशीर्वाद भी दिए।

ऊँचे कंगूरे वाले रथ में बैठकर तीनों ने गुरुकुल को अंतिम प्रणाम किया। रथ उन्हें लेकर तीव्र गति से थानेश्वर की ओर दौड़ने लगा।

वन की सुखद वायु ने यात्रियों को बातचीत के लिए उत्साहित किया। बातचीत के बीच ज्ञानमित्रा ने कीर्तिसेन से पूछा—

''तुम्हारे माथे की दाईं तरफ यह चोट का निशान कैसा है ?''

आत्मविभोर होकर कीर्तिसेन ने बड़े भाई की सोती हुई मुखमुद्रा को देखा। ''बड़ी पुरानी बात है, बचपन की। जब मैं इतना सा था, तो ध्रुव भैया को मुझे लेकर घूमने का बड़ा शौक था। अपने इसी शौक के कारण एक दिन वह दुमंजिले के जीने से मुझे लिए दिए नीचे आ गिरे। याददाश्त के रूप में मुझे यह निशान मिला। मुझे बचाने की कोशिश में ध्रुव भैया की छाती में एक बड़ा और चौड़ा नुकीला पत्थर

घुस जाने का चिह्न।'' उसने सोते हुए ध्रुवसेन की छाती खोलकर दिखा दी। वहाँ किसी गहरे जख्म का बहुत पुराना निशान था।

ध्रुवसेन के मुख की ओर श्रद्धा से देखते हुए ज्ञानमित्रा ने पूछा, ''तुम्हें तुम्हारे भैया बहुत प्यारे हैं?''

''ओह! दुनिया की किसी भी वस्तु से अधिक!'' कीर्तिसेन का उत्तर था। राजधानी में पहुँचने के कुछ समय बाद ही राजपुरोहित जयमित्र ने अपनी कन्या का विवाह ध्रुवसेन से करने का निश्चय किया। इसमें सबसे पहली सम्मति ज्ञानमित्रा की थी।

विवाह का प्रबंध बड़ा विशाल और विस्तीर्ण हुआ। बड़े गाजों-बाजों और राजपुरुषों के आवागमन से मंडप शोभयमान हो उठे। उल्लास के साथ कीर्तिसेन को गले लगाकर ध्रुवसेन फेरे लेने के लिए मंडप में आया। एक खंभे के सहारे खड़ा कीर्तिसेन फेरों की संख्या गिन रहा था, ''एक...दो...तीन...चार'' और उसकी ओर देखकर मुसकरा रहा था।

जिस थूर जाति के भयानक विषधर को चुटीला करके ध्रुवसेन ने विष प्राप्त किया था, वह ध्रुवसेन के रक्त का प्यासा था और उसने वहाँ तक उसका पीछा किया था। कीर्तिसेन में भी वही रक्त बह रहा था। वही सर्प भी खंभे की ओट से झाँक रहा था। उसके चार गिनते ही उसने बड़े जोर से फन मारा। कीर्तिसेन पीड़ा से अंदर-ही-अंदर छटपटा गया। किंतु बड़े भाई की मुसकराहट और इस शुभ कार्य के बीच में रुकावट आने के भय से, बड़े कष्ट के साथ उसने गिनना जारी रखा, ''पाँच...छह...सा... त,'' और छटपटाता हुआ भूमि पर लोट गया। उसके नेत्र बंद हो गए।

''यह क्या हुआ!'' ध्रुवसेन चिल्लाया और गठजोड़े से बँधी वधू के साथ वह उस ओर लपका। उसने साँप का मुँह पकड़कर उसे जमीन पर पटक-पटककर मार डाला। उसके घाव को मुँह से चूस-चूसकर वह कुल्ले करने लगा।

लेकिन कीर्तिसेन नहीं उठा। पागलों की तरह उसे कंधे पर लादकर वह दौड़ चला। नववधू ने उसकी राह रोककर पूछा, ''कहाँ जाते हो?''

''क्या तुम मुझे पागल समझती हो? रास्ता छोड़ो!'' ध्रुवसेन चिल्लाया। उसे एक हाथ से हटाकर सैकड़ों व्यक्तियों के बीच में से होकर वह जंगल की ओर भाग चला।

उसने सैकड़ों बूटियाँ आजमाईं। विषधरों के बिल में हाथ डालकर कई साँप

निकाले और पटक-पटककर मार डाले। उसके पैर लहूलुहान हो गए, किंतु वह अपने भाई को चेतन न कर सका।

उसकी तलाश करती ज्ञानमित्रा वन में भटकती फिरी। वह अर्ध-विक्षिप्त सी होकर उसे निरंतर खोज रही थी।

मरे हुए साँपों के ढेर के बीच में वृक्ष के सहारे बैठे ध्रुवसेन ने पास की झाड़ी से एक निस्तेज फूल को तोड़कर हथेली से मसल डाला और थकान व भूख से निढाल होकर भाई की छाती पर हथेली फैलाए वह सो गया।

उसका जागरण एक साथ दो कारणों से हुआ। एक जंगली काला विषैला विषधर उसकी हथेली पर रह-रहकर फन मार रहा था और हाँफती, उसकी ओर भागती हुई ज्ञानमित्रा दूर से चिल्ला रही थी, "फेंककर बचाओ, बचाओ!"

चौंककर ध्रुवसेन ने अपना हाथ खींच लिया। उसकी हथेली पर घाव हो गए थे। ज्ञानमित्रा उससे आकर चिपट गई थी।

बहुत देर हो गई किंतु ध्रुवसेन को कुछ भी नशा अनुभव न हुआ। इतनी देर में तो उसे मर जाना चाहिए था। उसने नजर उठाई तो देखा कि उसको क़ाटनेवाला सर्प निष्णात होकर मरे हुए साँपों के ढेर में बीच में पड़ा था।

उसने सुबकती हुई ज्ञानमित्रा को झटककर परे गिराया। झटपट उठकर उसने उसी झाड़ी को उखाड़ डाला। और उसकी जड़ को एक पत्थर पर घिसकर उसका लेप कीर्तिसेन के घावों और उसकी जीभ पर लगा दिया। जरा ही देर में कीर्तिसेन ने नेत्र खोल दिए।

प्रसन्नता से उछलते-कूदते जिस समय तीनों घर लौटे, तो चारों ओर से बधाइयों की बौछार होने लगी। उसी समय ध्रुवसेन को राज चिकित्सक आचार्य दत्रे का संदेश मिला। उसकी सुकीर्ति से प्रभावित होकर आचार्य ने मृत्यु शैया पर पड़े महाराज प्रभाकरवर्धन की चिकित्सा का भार उसके कंधों पर डालने का निश्चय किया।

आचार्य दत्रे के साथ ध्रुवसेन ने महाराज के शयन कक्ष में प्रवेश किया। महल में पाली हुई एक काली बिल्ली, जिसके गले में जड़ाऊ पट्टी पड़ी हुई थी, वह उसका रास्ता काट गई।

"यह अशुभ है।" ध्रुवसेन ने कहा।

"यह बात नहीं," आचार्य दत्रे बोले, "हमारे राज पुरोहित ने एक नई खोज की है कि किसी अशुभ को यदि सशरीर घर में लाकर बैठा दिया जाए, तो सारे

अशुभ घर के देवता बन जाते हैं।'' वे बड़े जोर से हँसे, ''ज्योतिष शास्त्र में हलचल पैदा हो गई है!''

महाराज के रोग का निदान करके ध्रुवसेन ने उन्हें तब तक के लिए औषधी की एक पुड़िया दे दी, जब तक जंगल से वह बूटी और शल्य-चिकित्सा का प्रबंध करके वापस न लौट आए।

इतिहास बताता है कि महाराज प्रभाकरवर्धन और अधिक समय तक जीवित नहीं रह सके। इसका कारण था उपचारकों का एक भ्रम, जिसका असर वर्धन-साम्राज्य पर चिर काल तक रहा। न केवल महाराज की ही प्राण-हानि हुई, अपितु निरीह प्रजा ने भी इस भ्रम का मूल्य अपार जनधन से दिया।

बंगाल का तत्कालीन शासक शशांक युद्ध में जितना कुशल था, उतना ही धूर्त्त भी था। येन-केन-प्रकारेण विरोधी को मात देना उसकी प्रमुख नीति थी। प्रभाकरवर्धन के राजमहलों की मुख्य परिचारिका उसकी गोट बनी। परिचारकों, पंडितों और सेनापतियों का महाराज के पास निरंतर आवागमन हो रहा था। उस बीच उसने उपर्युक्त औषधि की पुड़िया चतुराई से बदल दी।

संध्या तक महाराज की दशा शोचनीय हो गई। महाप्रतिहार ने स्वयं अपने हाथों से वह पुड़िया ताजे दूध में घोलकर स्वर्ण-पात्र में रख दी।

प्रभाकरवर्धन का छोटा पुत्र हर्ष स्वर्ण-पात्र हाथ में लेकर अपने पिता को औषधि पान कराने के लिए आगे बढ़ा। महाराज के ऊपर झुके हुए आचार्य ने उसी क्षण घोषणा कर दी, ''महाराज प्रभाकरवर्धन की आत्मा अनंत की ओर पलायन कर चुकी है।'' यह कहकर उन्होंने अलक्ष्य के प्रति प्रार्थना के लिए झुककर अपने घुटने जमीन पर टेक दिए।

विस्फारित नेत्रों से देखता हर्षवर्धन अविचल खड़ा ही रह गया। स्वर्ण-पात्र उसके हाथों से छूटकर चूर-चूर हो गया। राजशैया के नीचे से एक काली अशुभ बिल्ली बाहर निकली और बिखरे हुए दूध को चाटने लगी।

उसी क्षण यह समाचार वायुवेग से पूरी राजधानी में फैल गया। महासेनापति शूरसेन और प्रधान न्यायाधीश ने एक साथ स्थिर गति से मृत्युकक्ष में प्रवेश किया। अकस्मात् ही शूरसेन चिल्लाया, ''यह क्या?''

काली बिल्ली नेत्र फैलाए, असीम वेदना का भाव मुख पर लिये धरती पर अचेतन पड़ी थी।

इसका परिणाम यह हुआ कि ध्रुवसेन के ऊपर अशुभ परेशानियों का वह पहाड़ घहराकर टूट पड़ा। औषधि के रूप में इस दुष्ट चिकित्सक ने राज्य के सर्वोच्च

स्तंभ को विष द्वारा नष्ट कर देने की दुरभिसंधि की थी!

औषधि और शल्य-चिकित्सा का प्रबंध करके जब ध्रुवसेन वापस लौटा, तो राज्य के क्रूर जबड़ों ने उसे बंदी बना लिया।

हर्षवर्धन गुस्से में पागल हो उठा, "इस व्यक्ति के ऊपर दया न की जाए। यह कुरु-पांचाल के इस विस्तृत प्रदेश का सबसे बड़ा अपराधी है। इसने गुरुकुल के पवित्र और प्रातः स्मरणीय नाम को अपनी कुचेष्टाओं से कलंकित किया है।"

प्रधान न्यायाधीश ने तिरस्कार से अपराधी की ओर देखा। लोगों ने घृणा से उसकी ओर मुँह करके थूक दिया। वर्धन साम्राज्य का जो न्याय में दूध-का-दूध और पानी-का-पानी कर देने में प्रसिद्ध था, आज उसका एक छोटा सा तमाशा बन गया था। उस तमाशे में नवपरिणीता ज्ञानमित्रा भी सौम्यता, गंभीरता, प्रताड़ित और विचलित भावनाओं का अपूर्व सम्मिश्रण मुख पर लिये वहीं मौजूद थी। हृदय में इस अभूतपूर्व अन्याय से उत्पन्न भ्रातृ-प्रेम की धधकती ज्वाला और क्षोभ से लाल हुई आँखों से कीर्तिसेन ने भाई के अकृत अपराध का आरोप सुना।

अपराधी की भावनाओं को तीव्र करने और पश्चात्ताप में सिर धुनवाने के लिए निर्णय को गुप्त रखा गया। कारागार की राह में बंदियों के आदान-प्रदान का अकथनीय दृश्य था। शूली-गृह के द्वार पर हर्षवर्धन के दोनों ओर निकट-संबंधी और सहपाठी निर्णय का परिणाम जानने की प्रतीक्षा में घूम रहे थे। कहीं उसके निशान नहीं मिले। नेत्रों के ताप को हाथ से ढककर कीर्तिसेन ने व्यथित होकर पुकारा—"प्रभु, यह स्थिति असह्य है। इसके प्रतिकार में क्रूर राज्यवर्धन के साम्राज्य को पीड़ा से आतंकित होना होगा।"

विक्षिप्त भावनाओं का ऐसा प्रदर्शन! चौंककर ज्ञानमित्रा ने कीर्तिसेन की ओर देखा। "मातृद्रोह की बात न करो, देवर। विधना के परिहास को शांत हृदय से निहारो।"

नववधू की यह शांति उस दिन भंग हो गई, जब अपराधी की गरदन पकड़कर उसे कालकोठरी की सुदृढ़ और गर्वोन्नत प्राचीरों में धकेल दिया गया।

"याद रखना," उसने बंदी को सुनाते हुए घोषणा की, "यह आशाओं का अंधकूप है। इसमें जिसने भी आज तक प्रवेश किया, वापस नहीं लौटा। यहाँ से भागने की चेष्टा करनेवाले का पीछा विषबुझे तीरों से किया जाता है।"

बाहर खड़े निरीह दर्शकों को आतंकित करते हुए उसने प्राचीरों के भीतर से भीषण अट्टहास किया। मुख्य द्वार चरमराकर फिर किसी भाग्यहीन के स्वागत में खुलने के लिए बंद हो गया।

कीर्तिसेन घर लौटा, किंतु अपने मानस का संतुलन कालकूप की प्राचीरों में छोड़कर।

उसने जलते नेत्रों से राज्यवर्धन का राज्यरोहण देखा। उसने भयानक व निश्चल निश्चय किया।

"इस पाप का प्रायश्चित्त, इस अन्याय का प्रतिकार राज्यवर्धन को अपने प्राण देकर चुकाना होगा।" उसकी अंगुलियाँ अपने मस्तिष्क की उसी चोट पर घूम रही थीं।

परिताप के बोझ से आहत ज्ञानमित्रा अपने हृदय की पीड़ा को अपने मुख पर प्रकट नहीं होने दे रही थी। उसका मस्तिष्क पूरी शक्ति लगाकर शरीर और भावनाओं के साथ दाँवपेंच खेल रहा था। अपने अंतर में चलते हुए आंदोलन से संघर्ष करते हुए उसने अपने अभागे और विक्षिप्त देवर का निश्चय सुना—"देवी, गुरुकुल में जो शक्ति और ज्ञान संचित किया, उसका प्रयोग किसी अन्य क्षेत्र की खोज करके करना होगा।"

"देवर," ज्ञानमित्रा ने कहा, "यहाँ क्या अवसर कम हैं ? इस दु:खद घटना से तुम्हारा दिमाग अस्थिर हो गया है।" उसने उसे कुछ दिन प्रवास करने की सलाह दी।

कीर्तिसेन प्रवास के लिए बंगाल की राजधानी गया, जहाँ का राजा शषांक बल और शस्त्र की प्रतियोगिताएँ आयोजित कर रहा था। उसकी तीव्र और कुशल बुद्धि से यह बात छिपी न रह सकी कि इन प्रतियोगिताओं में जो युवक प्रथम स्थान पाने वाला है, वह उसके देश का तो नहीं है। उसे महसूस हुआ कि उसका मन भी शांत नहीं है।

विजेता का नाम और पता जानकर शासक शशांक के नेत्रों में चमक आ गई। "महान् गुरुकुल का स्नातक! उसका नाम कौशल में सदैव आदर के साथ लिया जाता है। हम विजेता को उप-सेनापति के सम्मानित और वीरोचित पद से विभूषित करते हैं।"

अपने जीवन में इस प्रकार का अनपेक्षित परिवर्तन आने से कीर्तिसेन पुलकित हो उठा। क्या इसका लाभ उठाकर वह अपने अर्ध-प्राण राज्यवर्धन के कालकूप से मुक्त करा सकता है! क्या उसकी विज्ञ भाभी उसकी इस योजना में उसका साथ दे सकती है ?"

और एक दिन राज्यवर्धन की सीमा लाँघकर एक अश्व तीव्रगति से ज्ञानमित्रा के द्वार पर आकर खड़ा हो गया। राजकीय वस्त्रों से सुसज्जित अपने देवर की छवि देखकर ज्ञानमित्रा के हाथ में पकड़ी हुई पुस्तक उसके हाथ से छूटकर जमीन पर

गिर पड़ी। उसने उल्लसित मन से उसे आसन दिया और बोली, "मालूम होता है, मेरे देवर ने कहीं से राज-सम्मान प्राप्त किया है ?"

"इस समय बंगाल का उपसेनापति देवी से बातें कर रहा है।" कीर्तिसेन ने उतनी ही प्रसन्नता के साथ उसे सूचना देते हुए उत्तर दिया।

ज्ञानमित्रा स्तंभित रह गई, "राजा शशांक का उपसेनापति! देवर, कहीं अपनी मातृभूमि को तो नहीं बेच आए हो ?"

कीर्तिसेन ने अपना आशय प्रकट करते हुए उससे पूछा, "इसका अर्थ यह नहीं है, देवी! इसका तात्पर्य है भाई ध्रुवसेन के प्रति हुए अन्याय का प्रतिकार और उनकी स्वतंत्रता! देवी प्रसन्न भाव से इस यज्ञ में योगदान दें। हम अवश्य ही विजयी होंगे।"

तिरस्कार और अंतर्पीड़ा से ज्ञानमित्रा के माथे पर रेखाएँ खिंच गईं। "माँ का गला घोंटकर भाई को बचाना चाहते हो ? हा देव, यह कैसा व्यापार है!"

उसी तिरस्कार के साथ कीर्तिसेन बोला, "कैसी माँ है वह, जो अपने एक पुत्र को तिल-तिल करके खा रही है ? एक राज्य की इधर-उधर की सीमाएँ मिल जाएँ तो क्या वह माँ बन बैठती है ?"

"कुतर्क से अनुचित को उचित नहीं ठहराया जा सकता, देवर! जो अधिपति न्याय की व्यवस्था करके प्रजाजन को सुरक्षा का आश्वासन देता है, निर्भय हो कमाने-खाने की प्रेरणा देता है, वह कभी भूल भी कर सकता है। इसीलिए क्या भूमि की वे सीधी-सादी सीमाएँ, जिसके अंदर खून-पसीने से उपजाया गया अन्न शत्रुओं और लुटेरों से सुरक्षित रहता है, माँ का पद पाने का हक खो देंगी ? देवर, इन सीमाओं की सुरक्षा करने का प्रयत्न करो, नहीं तो माँ का वक्षस्थल फट जाएगा और प्राणदायक दूध की धारा रक्त बनकर फूट पड़ेगी।" यह बोलते हुए ज्ञानमित्रा के नेत्र अपलक उस पर जमे थे।

"मैं इस माँ के उस विषैले वक्षस्थल पर एक जोंक लगाना चाहता हूँ, जो प्राणदान के बजाय विषपान करा रहा है। समय बीतने पर राजनीति में स्नातक सुविज्ञ भाभी के हृदय से भाई के प्रति प्रेम हट सकता है। किंतु जिस भाई की रगों में बहता हुआ रक्त सदा अपने सहचर की याद दिलाता है, उसकी ममता खो नहीं सकती। धन्यवाद, मैं चलता हूँ।"

"देवर," व्यंग्य से आहत आँखों में आए आँसुओं को पीकर ज्ञानमित्रा ने कठोर भाव से कहा, "मैं तुम्हें नहीं जाने दूँगी। यदि तुम यहाँ से चले गए, तो याद रखो, मैं अपनी समस्त शक्ति से तुम्हारा विरोध करूँगी। तुम शायद नहीं जानते कि शस्त्र से राजनीति अधिक शक्तिशाली होती है।"

''तो देवी, आप शक्ति का प्रयोग करेंगी? करें, मैं तो चला।''

किंतु चलने से पहले कीर्तिसेन ने देखा कि ज्ञानमित्रा के हाथ में एक कटार चमचमा रही है। ''यदि अपने स्थान से हिले तो यह कटार चूकेगी नहीं।''

कीर्तिसेन फिर भी नहीं रुका। कटार का निशाना तो नहीं चूका, कितु समय चूक गया। वह कीर्तिसेन के पीछे बंद हुए दरवाजे में जाकर धँस गई।

इस दूसरे प्रतिघात से विक्षुब्ध ज्ञानमित्रा अपने कर्तव्य के पालन हेतु राज्यवर्धन के सामने जा उपस्थित हुई। ''बंगाल की ओर से एक भयानक और कपटपूर्ण आँधी उठने वाली है। साम्राज्य की रक्षा के लिए पड़ोसी राज्यों से संधि की जाए।''

राज्यवर्धन इस लड़की की विज्ञता पर संदेह कर रहा था, इसलिए उसने कोयले से फर्श पर राज्य की तत्कालीन सीमाओं का नक्शा खींच दिया। एक स्थान पर उँगली रखते हुए उसने बताया, ''यह कन्नौज है। राज्य का यह सबसे संवेदनशील इलाका! यहाँ के राजा गृहवर्मन से श्रीमान की बहन का विवाह हो चुका है। सबसे पहले राजा शशांक का आक्रमण यहीं पर होगा। फिर श्रीमान को अपना आदर और सम्मान बचाने के लिए मजबूर होकर शत्रु की भूमि पर ही युद्ध करने के लिए प्रयाण करना होगा। दूसरे की भूमि पर युद्ध करना भारी पड़ सकता है।''

दूसरे ही दिन ज्ञानमित्रा की यह भविष्यवाणी सही सिद्ध हुई। गुप्तचारों ने सूचना दी कि मालवा के शासक ने कन्नौज पर चढ़ाई करके गृहवर्मन को मार गिराया और राज्यवर्धन की बहन राज्यश्री को कैद करके कारागार में डाल दिया है।

राज्यवर्धन अपने छोटे भाई हर्षवर्धन पर राजकाज का भार सौंपकर एक विशाल सेना साथ लेकर मालवा की ओर कूच कर गया और विजयी भी हुआ। लेकिन लौटते समय वह द्वंद्वयुद्ध करते हुए कीर्तिसेन के हाथों मारा गया।

कीर्तिसेन के हृदय में भाई के साथ हुए अन्याय के बदले की ज्वाला अभी शांत नहीं हुई थी। अपने शिविर में लौटते हुए मार्ग में उसे एक रोगी के दर्शन हुए। उसके शरीर पर ऐसे छूत के रोग के चिह्न थे, जिसकी परीक्षा में उसके भाई ध्रुवसेन ने अच्छा किया था। उसके मन में एक विचार उठा, जिससे उसकी आँखें चमक उठीं। गुप्त रूप से उसे चांडालों से उठवा लिया। फिर उसने राज्यवर्धन के एक सैनिक को मरवाकर, उसकी वरदी उस रोगी को पहनवाई और उसे राज्यवर्धन की सेना के बीच फिंकवा दिया।

धीरे-धीरे वह रोग फैलता चला गया। अपनी राजधानी तक लौटते हुए राज्यवर्धन की सेना कुत्तों की मौत मरने लगी। वहाँ से वह रोग प्रजा में भी फैल गया। उससे पीड़ित हो कुछ ही दिनों में सारा देश हाहाकार कर उठा। नित्य सैकड़ों

अर्थियाँ राजमहल के सामने से गुजरतीं और हर्षवर्धन हाथ मलता रह जाता।

ज्ञानमित्रा भी चिंतित हो उठी और एक दिन उसने राजा हर्षवर्धन से एकांत में भेंट करके बताया, ''श्रीमान्, आपके कालकूप में कैद एक बंदी ने इसी रोग की दवा पर शोध कर, उसे अच्छा करके स्नातक की पदवी प्राप्त की थी। यदि श्रीमान् चाहें तो उसकी सेवाएँ प्राप्त करेंगे, तो संकट टल सकता है।''

हर्षवर्धन यह प्रस्ताव लेकर बंदीगृह में जाकर ध्रुवसेन से मिला। उसका शरीर सूखकर अस्थि-पंजर मात्र रह गया था। इस प्रस्ताव को सुन वह ठठाकर हँस पड़ा, ''बचो सम्राट्, बचो! सारे देश को विष दिलाने की व्यवस्था कर रहे हो?''

हर्षवर्धन इस व्यंग्य के लिए तैयार नहीं था। उसने कहा, ''ध्रुवसेन, वह न्याय न्यायाधीशों ने किया था। तुम्हें उसका परिताप मन में रखकर अपने कर्तव्य से मुँह नहीं फेरना चाहिए।''

''हूँ!'' ध्रुवसेन की भृकुटी तन गई। ''आज फिर सम्राट् कर्तव्य और न्याय की बातें कर रहे हैं। उसी के परिणामस्वरूप यह अकिंचन बंदी कालकूप के अंधकार में पड़ा कर्तव्य जैसी चीज को भूल चुका है। अब निर्दोषिता अंधकार की अभ्यस्त हो चुकी है। श्रीमान्, क्षमा करें।''

उसकी बातें सुन हर्ष क्षणभर के लिए स्तंभित खड़ा रह गया। बोला, ''बंदी, तुम अपने लिए स्वतंत्रता का अपूर्व अवसर खो रहे हो। एक चिकित्सक को कभी चिकित्सा के लिए पात्र के दोष को नहीं देखना चाहिए। तुम इस अवसर पर अपने उस कलंक को धो सकते हो, जिसे तुम मिथ्या समझते हो।''

ध्रुवसेन ने दृढ़ होकर कहा, ''काल की गति से जो मिथ्या कलंक मुझ पर लग गया था, मैं उसे कलंक नहीं मानता। इस कालकूप में उसके लिए मुझे लांछित करनेवाला कोई नहीं है।''

इस नैतिक मोर्चे से पराजित होकर हर्ष तो लौट आया, किंतु ज्ञानमित्रा ने एक बार और प्रयत्न करने की ठानी। पति से मिलने के लिए सोलह शृंगार करके वह कालकूप में उससे मिलने गई। ध्रुवसेन नाम के उस हड्डियों के ढाँचे को देखकर अपने आँसू रोके नहीं रोक पाई। उसकी आँखों से अश्रुधारा बह निकली। ध्रुवसेन निर्निमेष दृष्टि से उसे देखता रहा।

आँसू पोंछते हुए उसने कहा, ''देव, क्या सम्राट् ने आपसे कुछ प्रार्थना की थी?''

''आज्ञा देने आए थे कि मैं अपना सारा अपमान और दुःख भूलकर फिर उनकी प्रजा को जीवनदान दूँ।''

"सम्राट् आज्ञा देने या प्रार्थना करने नहीं आए थे। देव, वह आपको ऋण चुकाने का अवसर देने आए थे। आपने गरुकुल के आचार्यों से जल्दी ही उस ऋण को चुकाने का वचन लिया था। काल की गति क्या कभी कर्ज की जिम्मेदारी को कम कर सकती है?"

"ज्ञान!" ध्रुवसेन व्यथित स्वर में बोला, "क्या तुम अपने कैदी और अपमानित पति से तर्क करने आई हो?"

"मैं तर्क नहीं करती, देव! न्याय की जिस भूख ने मेरे और देशवासियों के भाग्य पर मोहर लगा दी, जिस झूठे कलंक ने गुरुकुल का ऊँचा मस्तक नीचा कर दिया है, जिस पाप ने मेरे देवर जैसे निष्पाप प्राणी को देशद्रोही बना दिया है, मैं उसका परिमार्जन करने के लिए अपने देवता से आँचल पसारकर भीख माँग रही हूँ।" उसकी आँखों से झर-झर आँसू बहने लगे।

"क्या कहा तुमने? तुमने कीर्ति के बारे में कुछ कहा?" ध्रुवसेन चौंका।

राजा शशांक के साथ मिलकर उन्होंने सम्राट् राज्यवर्धन का वध किया है। शीघ्र ही एक बड़ी सेना लेकर वह शशांक के उपसेनापति के पद से हमारे देश को तहस-नहस करने आ रहे हैं।"

"ज्ञान, मैं इसी समय बाहर जाना चाहता हूँ। सम्राट् से कह दो, मैं उस व्यक्ति का सिर चाहता हूँ, जो अपने देश के साथ द्रोह कर रहा है।"

ध्रुवसेन को लेकर ज्ञानमित्रा बाहर आई। ध्रुवसेन देशवासियों की चिकित्सा में जी-जान से जुट गया। रोगी अच्छे हो-होकर उसे आशीषें देने लगे। तिरस्कार और कलंक का स्थान श्रद्धा और प्रशंसा ने ले लिया। कुछ ही दिनों में ध्रुवसेन देश का प्यारा और लाड़ला सितारा बन गया। वह सबसे अधिक आदरणीय व्यक्तियों में गिना जाने लगा।

एक दिन सम्राट् हर्षवर्धन बीमार पड़ गए। उनके लिए भी उसी प्रकार की पुड़िया का प्रबंध करने के लिए ध्रुवसेन जंगल में बूटी लेने चला गया। किंतु इस बार पुड़िया बदलती हुई दासी पकड़ी गई और उसे पता चला कि हर्षवर्धन का रोग उसे पकड़ने के लिए एक चाल-मात्र थी। दासी को कालकूप की सजा मिली।

इसी समय राजा शशांक ने चढ़ाई कर दी। ज्ञानमित्रा के प्रयत्नों से पड़ोसी राज्य हर्ष के साथ मिल गए। ध्रुवसेन लड़ाई के शिकार जख्मियों की चिकित्सा करने रणक्षेत्र में गया। वहाँ उसे कीर्तिसेन ने देखा। उसे देखते ही वह भ्रातृप्रेम से विह्वल होकर मिलने के लिए उसकी ओर तेजी से बढ़ा। लेकिन ध्रुवसेन ने कठोर मुद्रा धारण करके उसे बंदी बनाने का हुक्म दिया।

राजा शशांक लड़ाई में हारकर भाग निकला।

कीर्तिसेन का न्याय करने के लिए सम्राट् ने ध्रुवसेन को न्यायाधीश के पद पर नियुक्त किया।

उद्वेलित भावनाओं और भ्रातृप्रेम से तृप्त हृदय के साथ नीची दृष्टि किए, उसने कीर्तिसेन को मृत्युदंड की सजा सुनाई। उसी समय उसकी छाती के पुराने घाव में पीड़ा उठ खड़ी हुई।

बुझे मन से वह घर वापस आया। मन की जलन को शांत करने की उसने भरसक कोशिश की। उसने चारों ओर की खिड़कियाँ खोल दीं। इस विचार से कि उसने अपने छोटे भाई को प्राणदंड दिया है, वह विक्षिप्त-सा होकर भोज-पत्र और कलम लेकर बैठ गया। प्राणदंड लिखता ही गया, लिखता ही गया। उस विचार में वह यह भी भूल गया कि वह अपने हाथ में कलम से बने घाव में से ही स्याही की जगह खून ले-लेकर लिख रहा था।

जो भी हो, उसे लिखे हुए भोज-पत्र उसके मन के द्वंद्व को दर्शाती हुई तेज हवा के झोंकों से उड़-उड़कर खुली खिड़कियों से बाहर हो गए। वे प्रजा के उन लोगों के हाथ लगे, जिन्हें ध्रुवसेन की सेवाओं का अवसर प्राप्त हुआ था।

एक शिष्टमंडल हर्ष के पास प्रार्थना-पत्र लेकर पहुँचा। देश की विभूति को बचाने के लिए कुछ करना आवश्यक था। अपराधी को दंड देने के लिए इतना भारी मूल्य नहीं दिया जा सकता था।

निश्चित समय पर फाँसी देने के लिए कीर्तिसेन को शूलीगृह ले जाया गया। सम्राट् और न्यायाधीश दोनों ही मौके पर उपस्थित थे। विक्षिप्त दृष्टि से ध्रुवसेन भाई को फाँसी के फंदे तक जाते देखता रहा। कीर्तिसेन ने एक बार जी भरकर ध्रुवसेन को देखा और प्रसन्न भाव से अपने प्राणोत्सर्ग करने के लिए आगे बढ़ चला।

इस अवसर पर ज्ञानमित्रा एक पुस्तक लेकर आ गई। वह बोली, ''यह पुस्तक न्याय के लिए सबसे अधिक प्रसिद्ध स्वर्गीय सम्राट् विक्रमादित्य की धर्म-पुस्तक है। इसमें लिखा है कि प्राण-दंड की सजा जब तक दो बार न लिखी जाए, किसी के प्राण नहीं लिये जा सकते। मनुष्य के प्राण इतने सस्ते नहीं होते।''

भोज-पत्र और कलम मँगाकर छाती के दर्द से व्याकुल ध्रुवसेन दूसरी बार दंडाज्ञा लिखने के लिए तत्पर हुआ।

इस बार हर्ष ने कहा, ''देश के लिए हम अपने भाई की हत्या को क्षमा करते हैं। क्योंकि इन सबका कारण एक राजनीतिक भूल थी, इसलिए अपराधी पर लगे देशद्रोह का आरोप, सम्राट् की हैसियत से हम वापस लेते हैं।''

''ठहरिए, सम्राट्, ठहरिए,'' हाथों में काँपती कलम लिये ध्रुवसेन चिल्लाया, ''न्याय को अपना कर्तव्य पूरा करने दीजिए। भाई और सम्राट् का पद न्याय के सामने तुच्छ हैं। मैं दूसरी बार दंड-पत्र लिखूँगा।''

''तो यह देखो,'' हर्ष ने भोज-पत्रों का बंडल खोल, उसमें से एक पत्र बाहर खींचा। खोलकर उसके सामने कर दिया, ''क्या ये शब्द तुम्हारे लिखे हुए नहीं हैं?''

यह पत्र उन्हीं में से एक था, जिन्हें विक्षिप्त अवस्था में ध्रुवसेन ने अपने रक्त से लिखा था। उसमें लिखा था—''कीर्ति नियति का खिलौना है। वह निर्दोष है। उसे छोड़ दो।''

यह सुनकर ध्रुवसेन आँखें फाड़े उसे पढ़ता ही रह गया और सब हँस पड़े। उसकी आँखों से आँसू की दो बूँद पृथ्वी पर गिरकर पसर गईं। ये हर्ष के आँसू थे!

□

# गिरजे का कंगूरा

हस्तिनापुर पांडवों की प्रसिद्ध नगरी थी। उसका बहुत कुछ इतिहास हस्तिनापुर से संबद्ध है। आजकल वहाँ पर जैनियों के दो मंदिर हैं—एक दिगंबरियों का और दूसरा श्वेतांबरियों का। यहाँ के दिगंबर मंदिर और महाराष्ट्र जनपद में सरधने के सबसे ऊँचे कँगूरे वाले गिरजाघर में कुछ आपसी संबंध भी है। यह संबंध कैसे बना—यह कहानी उसी की है।

समरो की बेगम विधवा थी, हजरत ईसा में विश्वास रखती थी और सरधने के इलो की एकमात्र कठोर शासिका थी। दीवान संगमलाल जैन युवा थे, मसें उभरी हुई थीं, खूबसूरत भी थे और साथ ही बेहद धर्मभीरू!

दसलाक्षणी पर्व समाप्त हो चुका था। चतुर्दशी निराहार व्रत से निवृत्त हो दीवान संगमलाल पड़वा के दिन बेगम से उत्सव की स्वीकृति लेने महल में पहुँचे थे। सब जरूरी कामों में निश्चय दीवान का होता था और अंतिम स्वीकृति बेगम की होती थी। बालाखाने में दीवान को बैठा लौंडी ने बेगम के हुजूर में आदाब बजाई—"दीवान संगमलाल तशरीफ रखे हुए हैं।"

"आते हैं।"

बहुत देर हो गई। दीवान के आने पर बेगम कभी इतनी देर नहीं लगाती थी। अचानक सिर उठाकर दीवान ने देखा—परी की तरह सजी हुई सरधने की निरंकुश शासिका की गंभीर पदचाप बाजाखाने की खिड़की के सामने जाकर रुक गई। एक नन्हीं किरण ने तड़पकर बेगम के होंठों को चूम लिया। ठंडी और हल्की धूप ने वक्षस्थल के उभार पर पसरकर उसके नीचे के साये को गहरा दिया था। दीवान ने नजरें नीची कर लीं।

"दीवान!" बेगम ने सूरज की ओर दृष्टि गड़ाए हुए पुकारा।

"श्रीमती जी!" दीवान ने उत्तर दिया।

"तुम्हें मैं इस वक्त कैसी लगती हूँ ?" बेगम ने अप्रत्याशित प्रश्न किया।

"खूबसूरत!" दीवान ने उत्तर दिया।

"बहुत खूबसूरत ?" बेगम खिल उठी।

"बहुत ही खूबसूरत!" दीवान ने आँखें बंद कर लीं।

"कितनी ?" बेगम ने विभोर होकर पूछा।

"मेरी माँ भी अगर शाही लिबास में होती तो ऐसी ही लगती।"

"दीवान!" बेगम गुस्से से चिल्लाई।

स्थिति बिगड़ चुकी थी। दीवान संगमलाल इसकी चपेट में आ चुके थे। उन्होंने घबराकर सिर झुका लिया।

"किसलिए आए थे ?" बेगम ने कठोर होकर पूछा।

"जैनियों के उत्सव के लिए आपकी मंजूरी के लिए।" संक्षिप्त उत्तर देते हुए दीवान ने कागज खोलकर बेगम के सामने रख दिया।

बेगम ने उस पर हस्ताक्षर कर दिए और बोली, "जाओ!"

दीवान सिर झुकाए बालाखाने से उलटे पैरों बाहर निकल गए। उस दिन उत्सव हुआ, किंतु आश्चर्यचकित होकर लोग यह देखते रह गए कि श्रीजी की गद्दी के लिए दीवान संगमलाल की नीलामी बोली नहीं बोली गई। कुछ सोचते-सोचते दीवान ने पूरा दिन दीवानखाने में व्यतीत कर दिया। अपने निश्चय की पक्की थी बेगम, दीवान उसकी आदतों से अच्छी तरह वाकिफ थे। बेगम के क्रोध का शिकार उनका बेटा स्वयं हो चुका था। उसे उसने चरित्रहीनता के आरोप में सूली पर चढ़वा दिया था। बालाखाने की घटना भी रंग लाएगी। आज की शाम खैरियत से गुजर जाना मुश्किल बात थी। जब कभी बेगम क्रोधित होती तो उसकी निगाह सबसे पहले अपराधी के गर्वोन्नत मस्तक की ओर रहती थी और बाद में उस गरदन को उड़ा देने का आदेश हो जाता था।

अंधकार हो जाने पर कुछ निश्चय कर दीवान संगमलाल पगड़ी सिरपर रख, रेशमी अँगरखा पहन और तलवार कमर में लटकाकर बेगम के महल की ओर चले। चलते जाते और सोचते जाते थे—एक काली घटा उनके ऊपर घिर आई थी, न जाने कब गाज गिर जाए और सबकुछ समाप्त हो जाए! बेगम के कोप से बचना असंभव था। किंतु एक बार बेगम जो निश्चय कर लेती तो उसे कुछ इधर-से-उधर होते दीवान ने कभी नहीं देखा था।

ड्योढ़ी पर पहुँचे तो लौंडी आदाब बजा लाई। दीवान आँखें नीची किए अंदर

चले आए। हाथ जोड़कर ताजीम से खड़े खवास से कहलवाया, "दीवान साहब कदमबोसी चाहते हैं।"

आरामगाह में पड़ी बेगम ने अपनी खास लौंडी से पुछवाया, "क्या काम है ?"

यह तो बिल्कुल नई बात थी। पहली बार हो रही थी ऐसी बात। आज तक हर एक खास और आम बात किसी बिचौलिए के जरिए बेगम ने नहीं कहलवाई थी। यह उपेक्षा मिश्रित मान है या क्रोध ? बेगम अपराधी की सूरत भी नहीं देखना चाहती। दोनों ही बातें भी हो सकती हैं। दीवान ने सोचा और फिर कहलवाया, "हुजूर को अभी फुरसत न हो तो नाचीज फिर कभी हाजिर हो जाए ?"

वह उत्तर से मिलता-जुलता प्रश्न था। दीवान ने कभी बेगम के सामने अपने को नाचीज नहीं कहा था। समरू की बेगम का दीवान और नाचीज! बेगम के दिल पर यह बात सीधे जाकर तीर की तरह लगी। हुक्म हुआ कि उन्हें सीधे आरामगाह में भेजा जाए।

"हे भगवान्," दीवान ने सोचा, "क्या सब अनहोनी आज ही घटेगी ? बेगम अपनी आरामगाह में मुझसे बात करेगी!" वह आश्चर्य से खवास के पीछे-पीछे एक सुंदर से कमरे में पहुँचे। अपनी तीन साल के दीवान के पद ग्रहण के बाद उन्होंने पहली बार इस कमरे में प्रवेश किया था। वह कभी यहाँ नहीं आए थे।

उन्हें मोढ़े पर बैठने का इशारा किया और मसहरी के अंदर, अपनी बाँहें ऊपर किए सीधी लेटी हुई बेगम ने पूछा, "अब क्यों आए हो ?"

बेगम के यौवन-प्रदर्शन से घबराकर दीवान की नजरें फिर झुक गईं। वह बोले, "डर था कि आपके दर्शन किए बिना यों ही चला गया तो कहीं रात को सूली पर न चढ़ा दिया जाऊँ।"

यह सुना तो बेगम ज्यादा देर गंभीर न रह सकी। उनकी ओर करवट लेते हुए मुसकराकर उसने पूछा, "क्यों, तुम्हारे लिए सूली पर चढ़ने से पहले मेरे दर्शन करना क्या जरूरी था ?"

"जी हाँ, बहुत जरूरी था।"

दीवान के इस उत्तर को पाकर बेगम ने छत की ओर देखा और हँसते हुए पूछा, "क्यों ?"

"सुना है कि मरने से पहले, बिना मालिक के दर्शन किए नौकर को स्वर्ग नसीब नहीं होता।"

मालिक और नौकर! आशा के प्रतिकूल दीवान के उत्तर से बेगम बेशक खुश तो नहीं ही हुई, लेकिन इस बात से बेगम को दीवान की अब तक की उसके प्रति

की गई वफादारी अवश्य ध्यान आ गई। उसका क्रोध तिरोहित हो गया। उसने पूछा, "क्या चाहते हो ?"

दीवान ऐसे ही सवाल की प्रतीक्षा कर रहे थे। बोले, "मैं जानता हूँ, आपके गुस्से से बचना मुश्किल है। इससे पहले कि मैं सूली पर चढ़ूँ, मैं चाहता हूँ कि गृह-कलह में अपनी जान बच जाने के एवज में जो मनौती मैंने माँगी थी, वह पहले पूरी हो जाए, ताकि मरने के बाद उसका बोझ कंधों पर न रखा रह जाए।

राजगृह में काफी झगड़ा और खून खराबी होने के बाद ही बेगम का सिक्का चला था। एक बार उसके और दीवान के जानलेवा फंदे में फँस जाने पर दीवान ने यह मनौती मानी थी कि अगर वह बेगम को इस फंदे से बचा सके तो अपनी जन्मभूमि शाहपुर में एक विशाल जैन मंदिर बनवा देंगे। यह तो पता नहीं कि उनके बचने में इस मनौती का कहाँ तक भाग रहा, किंतु इसके बाद तीन साल तक एक व्यवस्था में फँसे रहने के कारण दीवान को उसका खयाल तक न रहा। समरू की बेगम को मालूम था कि यह मनौती दीवान ने अपने लिए नहीं, बल्कि स्वयं बेगम के लिए माँगी थी।

आज मौत को अपने सिर पर मँडराता देख दीवान ने उसकी चर्चा न करके वह अपनी जान बचने के एवज की बात की थी। उससे दीवान के प्रति बेगम का मोह द्विगुणित हो गया। उसके ऊपर से दीवान की उसके प्रति उपेक्षा से उसके नेत्र आर्द्र हो आए और उसने पीठ फेरकर कहा, "आप जाइए, छुट्टी का परवाना पहुँच जाएगा।" वह थोड़ा रुकी और फिर बोली, "सूली से पहले ही।"

अनुभवी दीवान बेगम के उन आँसुओं को अपनी आँखों से नहीं देख सके। लेकिन उसकी आँखों की नमी देखकर उनके मनःप्रदेश में एक ठंडी-सी सिहरन दौड़ गई। घर पर उनकी सुंदर-सी पत्नी है, बच्चा है, किंतु क्या किसी के प्यार की तुलना बेगम के मोह से की जा सकती है ?

उसी रात एक तेज घोड़ी पर सवार होकर दीवान संगमलाल शाहपुर की ओर दौड़ पड़े। अगले दिन सुबह मंदिर की नींव रख दी गई। हजारों मजदूरों ने खून-पसीना एक कर बेगम की जान बचाने के लिए भगवान् को धन्यवाद भेंट किया। सात दिन तक ताबड़तोड़ मेहनत की गई। आठवें दिन वेदी की प्रतिष्ठा कराके दीवान संगमलाल ने पूजा की और साष्टांग दंडवत् कर निरंकार निर्लेप पारसनाथ की मूर्ति के सामने गिर पड़े। सकल जनों को सुनाते हुए उन्होंने कहा, "हे भगवन्, यदि बेगम के क्रोध से मेरी रक्षा हो तो हस्तिनापुर के उजड़े हुए वनखंड में एक मंदिर और बनवाऊँगा, वहाँ हर वर्ष हजारों धर्म के दीवाने जाकर धर्मलाभ करेंगे।"

निर्विकार भगवान् ज्यों के त्यों ही बने रहें और अपने मन की भावना से आप ही संतोष प्राप्त कर दीवान संगमलाल रोते हुए घरवालों से बिदा ले सरधने की ओर चल दिए। किंतु बेगम का गुप्तचर उनसे पहले सरधने रवाना हो चुका था।

अगले रोज बेगम के हुजूर में हाजिर होते ही सबसे पहले बेगम ने पूछा, "तुमने नए जैन मंदिर में कुछ मनौती मानी है?"

दीवान ने नतमस्तक होकर कहा, "जी हाँ!"

"तुम समझते हो, दीवान," बेगम ने चहलकदमी करते हुए पूछा, "यह मनौती माँगकर तुमने कितनी बड़ी तोहमत हम पर लगाई है? जिसे तुम दुनिया की सबसे बड़ी ताकत मानते हो, उसे तुमने हमारे खिलाफ भड़काने की कोशिश की है। हमने तुम पर ऐसा कोई जोर नहीं डाला, न ही तुम्हें मजबूर किया। औरत ऊँचे-से-ऊँचे पद पर भी बैठ जाए, तो भी वह चाहेगी कि कोई छाती ऐसी भी हो, जो उसे जीत ले। हमने तुम्हें उसका एक मौका दिया था। मगर अफसोस, दीवान! तुम हमारी जात की नब्ज को पहचानने में कासिर रहे।"

दीवान ने उसी मुद्रा में बिना किसी भाव को मुख पर लाए उत्तर दिया, "मुझे अपनी गलती का आभास है।"

अचानक घूमकर कठोर दृष्टि से देखते हुए बेगम ने कहा, "तब क्यों तुमने हमें उस बगावत में हलाक नहीं होने दिया? क्यों तुमने हमारी जान के एवज खुदा को उसका बड़ा घर बनवा देने का लोभ दिया? क्या तुम अपनी गलती को ठीक करने के लिए तैयार हो?"

"मुझे अफसोस है, बेगम," दीवान ने असहमति को दूसरी तरह बयान करते हुए कहा, "मेरा मजहब इसकी इजाजत नहीं देता।"

"और तुम एक गैरमजहबी जान पर मनौती मान सकते हो, और उसके ऊपर इतना बड़ा मंदिर बनवा सकते हो! मोहब्बत के लिए मजहब में अजीब फतवे हैं! ईसामसीह की कसम, तुम्हारी जगह अगर और कोई होता तो उसके मजहब का नामोनिशान हमारे इलाके में नजर न आता। हमारी जान के अमान पर जैन-मंदिर नहीं, गिरजाघर बनता। दुनिया में रहकर दुनिया की मोहब्बत पर ईमान लाने और उसकी कद्र करने की इजाजत जिसका मजहब नहीं देता, वह समरू की बेगम का दीवान नहीं रह सकता। हमें तुम पर और तुम्हारे मजहब पर रहम आता है। ऐसे आदमी सूली देकर भी दुनिया बैरागियों से पाक नहीं होगी। जाओ, चौबीस घंटे के अंदर अपनी जान की सलामती लेकर हमारी रियासत की हद से बाहर निकल जाओ।"

दीवान बिना पीठ फेरे ही झुकते हुए बाहर निकल गए। अगले चौबीस घंटों में उन्होंने रियासत छोड़ दी। उनकी जान बच गई थी। समरू की बेगम के कोप से वे सही-सलामत रहे थे, किंतु किस बेगैरती और बेइज्जती के साथ!

बुझे मन से पंडितों, संगसाजों और राजों व बिरादरी के दूर-दूर के मुखियाओं को साथ लेकर दीवान संगमलाल अपनी मन्नत पूरी करने के लिए हस्तिनापुर की ओर कूच कर गए। पंडितों ने शास्त्रों का अवलोकन किया। उन्होंने हस्तिनापुर की जमीन को देखकर मंदिर का एक स्थान निश्चित किया। लेकिन वहाँ हस्तिनापुर के आसपास के गाँवों के आदि-निवासी गूजरों का वृक्ष देवता पीपल खड़ा था। वह पीपल का पेड़ वहाँ से हटाकर ही मंदिर की नींव वहाँ पड़ सकती थी। उन्हें प्रलोभन देने की बहुत कोशिश की गई, लेकिन इस प्रश्न को लेकर एक तुमुल विरोध ग्रामीण जनता की ओर से उठ खड़ा हुआ। संगमलाल को धमकी दी गई कि अगर पेड़ कट गया तो उनकी जान की खैर नहीं। पंडितों से फिर विचार-विमर्श हुआ। शास्त्रों के अनुसार और कोई स्थान मंदिर बनाने के लिए इतना उपयुक्त दिखाई नहीं दिया।

शनैः-शनैः जैन समुदाय के लोग वहाँ एकत्रीत होने लगे। रात के अँधेरे में एक तेज आरे से उस पेड़ को काटने के लिए पहलवानों को लगा दिया गया। पंद्रह मिनट में वृक्ष कटकर धरती पर गिर पड़ा। हजारों की संख्या में जनसमूह, गूजरों के गोल-के-गोल अपने देवता की रक्षा करने के लिए हस्तिनापुर की ओर निकल पड़े। जैसे ही पेड़ कटा, वैसे ही उस जगह पर नींव की ईंट रखकर दीवान संगमलाल बहली पर सवार हो, तेज बैल जुतवाकर, वायुवेग से बहसूमे की ओर प्रस्थान कर गए। गूज़रों को पंछी के उड़ जाने का पता चला, तो सैकड़ों घोड़े बहली के पीछे-पीछे अपराधी को पकड़ने के लिए दौड़ पड़े।

आधे रास्ते में ही घोड़ों ने बहली को पकड़ लिया। छतरी पर सैकड़ों लाठियाँ पड़ीं और उसकी झिर्री-झिर्री उड़ गई। इससे पहले कि दीवान अपने किए के नतीजे को भुगतते, पीछे से मार-काट शुरू हो गई। सिर उठाकर दीवान ने उधर देखा तो पाया, वे समरू की बेगम के सिपाही थे। थोड़ी देर में खेत साफ हो गया, लेकिन डर अभी बाकी था। सिपाही बहली को अपनी रक्षा में लेकर जल्दी से बहसूमे के राजा के महर की ओर बढ़ चले। यथास्थान शरण मिल गई थी। अगले दिन प्रातः सिपाहियों के नायक से दीवान ने पूछा, ''तुम्हें किसने भेजा था?''

''बेगम साहिबा ने।'' नायक ने उत्तर दिया।

''कहाँ हैं बेगम साहिबा?''

''शाहपुर का जैन मंदिर लूटने के लिए कल रात ही वे रवाना हो चुकी हैं।''

दीवान ने यह सुना तो स्तंभित रह गए। उन्हें बेगम का यह मिजाज समझ में नहीं आया। उन्होंने पूछा, ''तुम्हारे साथ खुद तशरीफ लाई थीं?''

''आपके महसूमे पहुँच जाने पर ही उन्होंने यहाँ से पलायन किया था।'' नायक ने बताया।

दीवान ने तुरंत एक घोड़ा लिया और शाहपुर की ओर दौड़ पड़े। हाँफते-हाँफते शाम को वे शाहपुर पहुँच गए। वहाँ जाकर मालूम हुआ कि मंदिर तो पहले ही लुट चुका था; बेगम ने लूट के माल के सात ऊँट भरे थे। लाखों-करोड़ों के हीरे-जवाहरात लादकर बेगम तीसरे पहर ही सरधने कूच कर गई थी। उजड़े हुए मंदिर को दीवान ने एक बार खड़े होकर निहारा। उन्होंने तुरंत घोड़े की रास मोड़ी और सरधने की राह पर उसे सरपट दौड़ा दिया।

घोड़ा फेन उगलने लगा था। दीवान करीब-करीब बेहोशी की हालत तक पहुँच गए थे। सरधने के करीब पहुँची बेगम ने ऊँट पर बैठे-बैठे दीवान को घोड़े की पीठ से गिरते देखा। ऊँटों को रुकवा दिया गया। दीवान की सेवा-शुश्रूषा शुरू हो गई। अपनी रानों पर दीवान का सिर रखे बेगम उनके मुँह में जल टपकाती रही।

आँखें खुलीं तो दीवान की नजर बेगम पर पड़ी। वे जल्दी से उठ गए और उससे पूछा, ''आपने उन लोगों से मुझे क्यों बचाया?''

बेगम ने गंभीर होकर जवाब दिया, ''अहसान का बदला चुकाना था।''

''आपने यह भी नहीं सोचा कि मंदिर लूटकर आपने हजारों लोगों की धार्मिक भावनाओं को चोट पहुँचाई है?''

बेगम उठकर खड़ी हो गई। बोली, ''काश कि हस्तिनापुर में वह पीपल का पेड़ कटवाते हुए भी तुम यही सोचते!''

दीवान निरुत्तर हो गए। वे बोले, ''लेकिन यह मंदिर आपकी जान के एवज में बनाया गया था।''

''हूँ,'' बेगम बोली, ''फिर तो मेरी जान की एवज में तुम्हें मंदिर नहीं, बल्कि गिरजाघर बनवाना चाहिए था।'' क्या कहते?

दीवान चुप हो गए। बेगम के अंदर जो यह धार्मिक पक्षपात की भावना उत्पन्न हुई थी, उसका कारण दीवान ही तो थे। वह निराश होकर उन्होंने अंतिम बात कही, ''किंतु मंदिर में मेरी जान बचने की मनौती भी तो शामिल थी।''

''उसके लिए तुम्हें एक ऊँट वापस किया जाता है। हम बुतशिकन नहीं हैं, चलो।'' और बेगम का काफिला एक ऊँट वहीं छोड़कर आगे बढ़ चला। दीवान वहाँ खड़े उस काफिले को पीछे से तब तक देखते रहे, जब तक वह उनकी आँखों

से पूरी तरह ओझल होकर एक धब्बे के रूप में परिवर्तित नहीं हो गया।

उसके बाद गिरजाघर बना और तब तक बनता रहा, जब तक कि मंदिर की लूट की एक-एक पाई उसमें खर्च नहीं हो गई। उसके तैयार हो जाने पर बेगम ने हुक्म दिया कि गिरजे का कंगूरा राजधानी के तमाम धार्मिक भवनों से ऊँचा रहे। बिना और कुछ कष्ट के एक जैन-मंदिर की जरा-सी ऊँचाई को गिरजे के कंगूरे के मुकाबले कम करने के लिए, उसके एक कलश को उखाड़कर अलग कर दिया गया।

गिरजाघर के इस कंगूरे में छिपा था—प्रेम से प्रवंचित एक नारी का सिर ऊँचा करके चलने का अभिमान!

□

# काली बेगम

सन् 1763 की छठी नवंबर को पटना का किला भी अंग्रेजों ने मीर कासिम के हाथों से छीन लिया। फिर उन्होंने रोहतासगढ़, दाऊदनगर, सरसराम और नदी कर्मनाशा तक उसका पीछा किया। बंगाल का वह समृद्धिशाली नवाब कटवा और उधवानाला के युद्धों में अपनी धन-संपत्ति, साथियों का विश्वास और अपने देशवासियों की स्वाधीनता गँवाकर फिर किसी स्थान पर, अपने पैरों तले मिट्टी जमाने के लिए भटकने निकल पड़ा था।

उस समय अवधपति शुजाउद्दौला ही एक ऐसी शक्ति थी, जिसके नीचे इस प्रकार भटकनेवालों को ठौर दिखाई देती थी। इन ठौर पाने वालों में स्वयं दिल्ली का बादशाह शाहआलम भी था। वह लखनऊ में शुजाउद्दौला दिल्लीश्वर का वजीर कहलाता था।

मीर कासिम और शुजाउद्दौला में व्यवहार चला और शुजाउद्दौला ने कुरान की जिल्द पर लिखकर अपनी प्रतिज्ञा भेजी कि मीर कासिम उसका भाई है। वह उसे आश्रय देगा, उसकी सहायता करेगा, और समय आया तो उसके लिए अपना रक्त भी बहा देगा। चारों ओर से विश्वासघात की क्रूर मार से पिटे मीर कासिम ने इस पर विश्वास किया और एक बार फिर बंगाल को अंग्रेजों से मुक्त कराने का स्वप्न लिये वह शुजाउद्दौला की फैली हुई हथेली के नीचे आ गया।

इस उत्साह के साथ आमंत्रित अतिथि का अग्रिम स्वागत करने के लिए शुजाउद्दौला लखनऊ से इलाहाबाद आया। कुछ बहुमूल्य रत्नाभूषण एक तश्तरी में सजाकर मीर कासिम ने मेजबान की अभ्यर्थना की। शुजाउद्दौला ने उन रत्नों को एक हाथ से उठाकर क्षण भर के लिए निरखा-परखा और फिर वापस तश्तरी में डालता हुआ बोला, ''इसे कहते हैं इत्तफाक! बंगाल के नवाब के लिए हम लखनऊ से जिस तोहफे को लाए हैं, यह तोहफा उस पर चार चाँद लगा देगा।''

यह ऐसा समय था, जब एक-दूसरे की एक-एक हरकत से, एक-एक भेंट से उसके मन के भावों को पढ़ने की आवश्यकता थी। सर्वत्र राजनीति का चक्र अपनी समस्त कुटिलताओं के साथ चल रहा था। शुजाउद्दौला उसके लिए क्या तोहफा लखनऊ से लाया है, यह जानने के लिए मीर कासिम व्यग्र हो उठा। फिर भी मन की उत्सुकता छिपाते हुए बोला, ''क्यों न हो! हसीन लखनऊ का तोहफा भी हसीन नहीं होगा तो हुस्न और कहाँ होगा?''

लेकिन रफ्ता-रफ्ता रात अपनी काली चादर समेटे चली आई और शुजा ने अपना तोहफा पेश नहीं किया। मीर कासिम मन-ही-मन डरने लगा। कहीं यह भी एक भाग्य का व्यंग्य हुआ तो?

नवाबों की रातें कभी बदमजा नहीं गुजरतीं। अब तो वैसे भी दो नवाब एक जगह ही आकर मिल गए थे। एक-दूसरे की अगवानी में एक सम्मिलित महफिल जमी। पहले लखनऊ के खूबसूरत भांडों ने मीर कासिम की शान और खुशामद में कसीदे पढ़े, फिर कुछ गुलामों ने बीच महफिल जरदोजी के काम का एक नफीस पिटा हुआ कालीन जाकर खड़ा किया। कालीन बहुमूल्य था। शुजा ने मीर कासिम की ओर दो उँगलियों से आदाब-अर्ज करते हुए कहा, ''यह है लखनऊ का तोहफा।''

इस तोहफे को देखकर मीर कासिम का अंतर जलभुनकर कबाब हो गया। फिर भी उसने अपने भावों पर संयम रखा और प्रकट में हँसते हुए बोला, ''हसीन है! लखनऊ के नवाब की शान को दोबाला करता है।''

''आप तो जर्रानवाजी करते हैं,'' शुजा ने कहा, ''यह कहाँ है, हुस्न तो इसके भीतर है।'' यह कहकर उसने इशारा किया और गुलामों ने कालीन का सिरा पकड़कर खींचना शुरू किया। लिपटा खड़ा हुआ कालीन जमीन से एक बित्ता ऊपर उठा और खुलता चला गया। फिर मीर कासिम की आश्चर्य से फटी आँखों ने देखा कि कालीन गुलामों के हाथों में ही रह गया। और जहाँ वह लिपटा हुआ खड़ा था, वही कयामत का शृंगार किए साक्षात् सौंदर्य किसी हसीन नाजनीन के पैरों की उँगलियों पर थिरक-थिरककर नाचता हुआ घूम रहा था। बाईं ओर से तबले पर थाप पड़ी और दो तोड़ नाचकर मीर कासिम की ओर हाथ बढ़ाए वह सुंदरी एकदम थम गई। धीरे से उसने माथे तक हाथ उठाया और मीर कासिम को अभिवादन किया।

''वल्लाह!'' मीर कासिम का बदन हिल गया, ''माशाअल्लाह, क्या अंदाज है!''

''यह सब आपकी नजर है,'' शुजा ने दोबारा दो उँगलियों को ऊपर उठाते

हुए कहा, ''यह लखनऊ की रोशनी है, जिसे हम इलाहाबाद उठा लाए हैं।'' फिर वह नर्तकी की ओर संकेत करके बोला, ''रोशन, हमारे सम्मानित मेहमान तुम्हारा सितार सुनेंगे।''

अनिंद्य सुंदरी ने आज्ञा पालन करने के अंदाज में सिर झुकाया और मीर कासिम ने देखा कि साजिंदों के पास बैठते ही फूलों की रस्सी के सहारे बँधा एक सितार हवा में तैरता हुआ आया और रोशन के सामने रख दिया गया। शुजा ने खुशी से तालियाँ बजाईं और मीर कासिम ने उसका साथ दिया।

सितार की धुन उठनी शुरू हुई। हवा में तैरते स्वरों ने जैसे साकार रूप धारण कर लिया और नन्हीं-नन्हीं पायलों की रुनझुन वातावरण में मुखरित होने लगी। मीर कासिम को लगा कि वक्त के छोटे-छोटे पैर चारों दिशाओं में थिरकने लगे हैं और अंतरिक्ष में जाकर विलीन हो गए हैं। उन पैरों में मेहंदी लगी हुई है, जो रह-रहकर कुमकुमों की रोशनी में चमक जाती है। सहसा वायु-पथ में असंख्य सफेद-सफेद नुकीले काँटे खड़े हो जाते हैं और वक्त के ये पैर उन पर भी नाचते चले जाते हैं। कुछ ही देर में जहाँ मेहंदी की बिंदियों की खूबसूरत कतारें बनी हुई थीं, वहीं से रक्त की बूँदों का आकार बढ़ता जा रहा है, बढ़ता जा रहा है...

मीर कासिम का स्वप्न अचानक टूट गया। सितार बंद हो गया था, मीर की आँखों में खून की बूँदों का चिह्न पानी के कतरों के रूप में रह गया था और शुजा कह रहा था, ''लखनऊ में एक भी ऐसा शख़्स नहीं, जो इस लड़की का सितार सुनकर रो न पड़ता हो। लोग लखनऊ को नजाकत का शहर कहते हैं। हम देखना चाहते थे कि बंगाल की आँखों में कितना दम है। और हमने वह भी देख लिया। ''रोशन!'' शुजा ने पुकारा और मीर कासिम के दिए हुए समस्त अलंकार पास ही खड़े गुलाम के हाथों में थमी तश्तरी से लेकर उसने रोशन के ऊपर वारफेर कर डाले, ''यह तुम्हारा ईनाम है। हम तुम्हें बंगाल की नजर करते हैं।''

अलंकार अपनी मुट्ठी में लेकर रोशन ने सिर झुकाकर मुट्ठी को माथे से लगा लिया। इलाहाबाद में ही शरणागत नवाब की रंगीन रात का प्रबंध किया गया। चारों ओर इत्र-फुलेल की खुशबू महक रही थी, परदों के पीछे अविराम मधुर संगीत बज रहा था, शीशों के गोलों के पीछे कुमकुमों की रोशनी मचल रही थी। इस वैभव की छाया के बीच बंगाल का निर्वासित नवाब अपने तोहफे के सज-धजकर पेश होने का इंतजार कर रहा था।

कुछ ही देर में उसके बेकरार इंतजार में दरवाजे का परदा हिला और उसके पीछे से पायलों की ध्वनि से वातावरण झंकृत हो उठा। मीर कासिम के होंठ किसी

अलक्ष्य भाव से सिकुड़ गए, वह मुड़ा और सागर की रंगीन सुरा अपने जाम में उँड़ेलकर उसे भर लिया। रोशन जब अंदर आई तो उसने देखा कि लालपरी मीर कासिम के गले से नीचे उतर रही है। रोशन के देखते-देखते उसने दूसरा जाम भी भर लिया और गटागट पी गया।

आँखों पर पड़े दुपट्टे के पार से रोशन को दिखाई दे रहा था—चाँदी का एक पलंग, जिस पर फूलों की लड़ियों की चादर सजी थी, दूसरी ओर मेवों की तश्तरियाँ, तीसरी तरफ एक कदे आदम शीशा लगा था और सामने थे पारदर्शक मीना और सागर, जिनमें से अंगूरी झाँक रही थी।

एक हाथ में जाम और एक में सागर पकड़े बंगाल के बिगड़े हुए नवाब ने बड़े अंदाज से झुककर कहा, ''खुशामदीद!''

रोशन के कोमल स्वर होंठों पर थिरके, ''कनीज गुलाम है।''

मीर कासिम हँस दिया, ''तुम्हें देखा तो एक और नाजनीन याद आ गई। उसका नाम था जहाँआरा। हमने उसे लखनऊ से कलकत्ते बुलवाया था। दो साल हो गए। तुम्हारी और उसकी सूरत बहुत मिलती-जुलती है। क्या तुम्हारा उससे कोई रिश्ता है?''

कुछ क्षण रोशन खामोश रही। फिर संतप्त स्वर में बोली, ''वह मेरी बहन है। अब वह नवाब साहब के हरम में है और अपने दिन काट रही है।''

''बहुत खूब!'' मीर कासिम ने बिना प्रभावित हुए भावनाशून्य होकर कहा, ''अपना दुपट्टा तो हटाओ, रोशन! शायद तुम्हें खुद नहीं पता कि तुम कितनी हसीन हो। दुपट्टा तुमसे ज्यादा तो हसीन नहीं।''

रोशन ने झुका हुआ सिर ऊपर उठाया और उसका रेशमी दुपट्टा कंधे से खिसककर जमीन पर बिछे कालीन पर गिर पड़ा। मीर कासिम ने सागर और मीना को एक तिपाई पर रखा और बोला, ''लेकिन जहाँआरा तुमसे कहीं अधिक हसीन थी।''

रोशन चौंकी और उसने तड़पकर मीर कासिम की ओर देखा। मीर कासिम ने यह अंतिम वाक्य बोला है, उससे उसका अर्थ क्या है? उसे जहाँआरा क्यों याद आ रही है? क्या वह रोशन को अकारण ही अपमानित कर रहा है?

□

एक क्षण चुप रहकर मीर कासिम ने अपने दोनों हाथों को पीठ पीछे किया। फिर वह बोला, ''जहाँआरा इसीलिए तुमसे ज्यादा खूबसूरत थी, क्योंकि वह हमारी जवानी के दिनों में हमारे रू-ब-रू आई थी। और तुम? तुम तब आई हो, जब वक्त

की मार से हमारे परकैंच हो गए हैं। हम अब बूढ़े हो गए हैं। दो साल के भीतर-ही-भीतर हमारे ऊपर बचपन, जवानी, बुढ़ापा सबकुछ आ चुका है। हमें समझ ही नहीं आ रहा कि हम तुम्हारी इस सुंदरता का उपयोग कैसे करें।''

अब रोशन के विस्मित होने की बारी थी। वह एक वेश्या थी और नहीं जानती थी कि वासना के अतिरिक्त पुरुष के निकट नारी का और क्या मूल्य हो सकता है। उसने आजिजी के साथ कहा, ''कनीज हर खिदमत के लिए तैयार है।''

मीर कासिम ने फिर एक जाम भरा और होंठों से लगाकर उसे एक साँस में खाली कर गया, ''हमने तुम्हारा सितार-वादन सुना। हमें महसूस हुआ कि हिंदुस्तान की सरजमीं पर लंबे-लंबे काँटे उग आए हैं और तुम्हारे जैसी हजारों हसीनाओं का हुस्न उन पर नाच-नाचकर लहूलुहान हुआ जा रहा है। कलकत्ता और पटना के बाजारों में आज फिरंगी का बूट लोगों की छातियों को रौंदता चला जा रहा है। सैकड़ों सुंदरियों ने उनके अत्याचारों से घबराकर खुदखुशी कर अपनी जान दे दी है, जुलाहों ने अपने अँगूठे काट डाले हैं कि कहीं उनके बुने हुए कपड़े फिरंगियों के गोदामों में बेगार न चले जाएँ। रोशनी, तुम जो आज इस रूप के साथ हमारे सामने पेश हुई हो, हमारी समझ के बाहर है कि इसका इस्तेमाल हम कैसे करें। सच में हम बुढ़ा गए हैं। पी-पीकर अपनी जवानी जैसे वापस बुलाना चाहते हैं, जो अब तक वापस आने में नाकामयाब रही है।''

रोशन काँप उठी। वह जो कुछ सुन रही थी, वह सुनने की उसे कतई उम्मीद नहीं थी। उसने विनम्रता के साथ कहा, ''जहाँपनाह, आप आराम फरमाएँ। शायद आपके दुश्मनों की तबीयत खराब है।''

मीर कासिम फिर एक फीकी हँसी हँसा, ''रोशन, तुम्हारे जैसी सुंदरी को अपनी पहुँच के भीतर पाकर भी जिसका दिल उछालें न भरे, वह आदमी यकीनन रोगी ही है। लेकिन रोगी की सबसे बड़ी चाहत उसकी उम्मीद है, और हमने अभी तक उस उम्मीद का दामन नहीं छोड़ा है। मीरजाफर ने फिरंगी की मदद से कलकत्ता पर फिर से कब्जा कर लिया है, लेकिन फिरंगी की कंपनी और मीरजाफर के सिपाही भाड़े के हैं। उन्हें भारी इनाम का लालच दिया गया था। अब वह इनाम-इकराम की रकम जाफर कहाँ से लाएगा?''

रोशन को राजनीति की इस नीरस चर्चा में कोई रस नहीं था। फिर भी जिस व्यक्ति को वह कामवासना से उन्मत्त देखना चाहती थी, उसके भीतर उसने अपनी जन्मभूमि के प्रति अनुराग को देखा, तो उसके भीतर जीवन के प्रति मोह की एक किरण अवश्य उदित हुई। अपनी हैसियत से जरा आगे बढ़कर उसने कहा, ''नवाब

साहब के हरम में जिंदगी की खुशियों से दूर जहाँआरा ने भी अभी उम्मीद का दामन नहीं छोड़ा है।''

मीर कासिम ने एक क्षण के लिए रोशन की आँखों में देखा।''हमें ताज्जुब है कि शुजाउद्दौला ने तुम्हारे जैसा हसीन तोहफा कैसे हमारी नजर कर दिया! रोशन, सच बताओ, तुम हमसे क्या लेने आई हो?''

□

जिस मीर कासिम ने अंग्रेजों की मदद लेकर मीरजाफर के हाथों बंगाल की गद्दी छीनी, फिर वह अंग्रेजों से लड़-भिड़कर बंगाल से निर्वासित हो गया था। उसी मीर कासिम ने इस प्रकार की रहस्यपूर्ण चर्चा करके रोशन के अंदर के भेद को निकाल लिया और शुजाउद्दौला की कुटिलता से भी बच निकला। रोशन की नजरें सहसा भारी क्षोभ और लज्जा से नत हो गईं। वह घुटनों के बल फर्श पर बैठ गई और कंपित स्वर में बोली, ''कनीज आपकी लौंडी है।''

मीर कासिम पर उसकी इस बात का कोई असर न हुआ। वह बोला, ''हमारी भेंट के रत्नाभूषण, हमारी कनीज को पुरस्कार में देकर शुजाउद्दौला ने अच्छी पूँजी लगाई। लेकिन काँटे में रोटी का टुकड़ा फँसाकर मछली पकड़ने का यह तरीका अब बहुत पुराना हो गया है। रोशन, हमारे जैसे लुटे-पिटे आदमी के लिए तो तुम्हारे जैसा खाली काँटा ही बहुत था। उसमें रोटी का टुकड़ा लगाने की जरूरत ही कहाँ थी?''

रोशन की आँखों के सामने मेवों की तश्तरियाँ, सागर और मीना व कदेआदम शीशा फूलों की सेज पर चढ़-चढ़कर हजारों शक के साथ घूमने लगे। वह दौड़कर मीर कासिम के कदमों से लिपट गई—''कनीज गुनाहगार है। माफी के काबिल नहीं, मगर...मगर रहम चाहती है।''

मीर कासिम ने अपने हाथ छाती से बाँध लिये।''रोशन, हमारे पैर छोड़ दो। आज हमारी हालत ऐसी नहीं कि हम किसी को सजा दे सकें। एक जमाना था, जब हमने कसूरवारों को रोंगटे खड़े करनेवाली सजाएँ दी थीं। अब तो हम ऐसी स्थिति में पहुँच गए हैं कि हम किसी को प्यार भले ही दे सकते हैं, लेकिन सजा कतई नहीं दे सकते। तुम स्वयं अपनी आँखों से हमारे शरीर के अंदर के खून को देखो।''

रोशन अदब के साथ अलग होकर खड़ी हो गई। उसने नजरें उठाकर ऊपर देखा। उसने देखा कि मीर कासिम का एक बाजू नंगा था और उसके ऊपर चढ़ी एक काली-काली जोंक धीरे-धीरे मोटी होती जा रही थी। रोशन भयाग्रस्त हो चिल्ला उठी, ''जहाँपनाह!''

मीर कासिम हँसा।''उस सजा में भी कितना मजा है, जिसमें सजा पाने वाला,

स्वयं सजा देनेवाले के दर्द से चीख उठे। तुम सिर्फ इसलिए घबरा रही हो कि यह जोंक बंगाल के उस नवाब का खून चूस रही है, जिसके देशवासी उसे खुदगर्ज और मक्कार समझते हैं। लेकिन क्या तुम अपनी नजरें पसारकर उन सफेद जोंकों को देख सकती हो, जो अकार-प्रकार में इससे कहीं अधिक बड़ी हैं और धीरे-धीरे हिंदुस्तान की सरजमीं से चिपटती जा रही हैं? वे जो खून निरंतर चूस रही हैं, वह तंदरुस्त और रतनजोश की तरह लाल हैं और यह जोंक जो खून चूस रही है वह···।" यह कहकर मीर कासिम ने उस जोंक को अपनी बाँह से उतारा और रोशन के सामने उसे निचोड़ डाला। उसमें से कुछ लाल-पीला पदार्थ निकलकर पास रखे पीकदान में गिर पड़ा।

रोशन ने दोनों हाथों से अपनी आँखें ढाँप लीं और उस सेज पर मूर्च्छित-सी अवस्था में गिर पड़ी, जो शुजाउद्‌दौला ने उसकी विलास-क्रीड़ा के लिए तैयार करवाई थी।

□

इस योजना के अनुसार वह खूबसूरत लड़की अगले दिन गुप्तचरों के पहले दस्ते के साथ पटना के लिए रवाना हो गई।

पटना में अभी तक मेजर आदम की छावनी ने पड़ाव डाल रखा था। अवध में आश्रय लेनेवाले मीर कासिम को किस प्रकार वहाँ से खींचकर कलकत्ता लाया जा सकता है, यही मेजर आदम के सामने उस समय बड़ी समस्या बनी हुई थी। यह प्रश्न तो तय नहीं हो पा रहा था, उलटे जब भी वह अवसर देखता, हिंदुस्तानी सेना के नायकों को लताड़ देता था। उनका असिस्टेंट एक नौजवान लेफ्टिनेंट गिल्बर्ट था। मेजर आदम ने इस युवक को अपने असिस्टेंट के रूप में केवल इसलिए चुना था कि वह शांत स्वभाव और गंभीर व्यक्ति था। यही नहीं, वह मशीन की तरह अपने अफसरों की आज्ञा का पालन भी करता था।

इसी अंग्रेज युवक ने एक दिन बहुत से छोटे-मोटे आज्ञापत्रों के साथ मेजर के सामने एक प्रार्थना-पत्र रखा। इस पत्र में हिंदुस्तानी टुकड़ी के किसी नायक ने सेना के मनोरंजन के लिए रोशन नाम की किसी नर्तकी के लिए स्वीकृति माँगी थी। उसे देखते ही मेजर आदम का पारा चढ़ गया।

"कितनी वाहियात बात है। जब तक मीर कासिम हाथ नहीं आ जाता, किसी को मनोरंजन में वक्त बरबाद करने की कोई आवश्यकता नहीं है।"

"क्या मैं कुछ कह सकता हूँ, सर!" गिल्बर्ट ने सिर झुकाकर पूछा।

"ओह, यस! व्हाय नॉट?" मेजर ने आश्चर्य से उस युवक की ओर देखा, जो कभी किसी काम में हस्तक्षेप नहीं करता था।

गिल्बर्ट ने अपनी बात सामने रखते हुए कहा, "सर, हिंदुस्तानी सेनाओं की संख्या बहुत बड़ी है। हम लोगों के पास मनोरंजन के काफी साधन हैं। हिंदुस्तानी सिपाही यह देखकर जल-भुन जाते हैं। उनके भीतर पहले से ही काफी असंतोष व्याप्त है। हमें चाहिए कि हम उनका ध्यान बटाए रखें, नहीं तो खाली दिमाग शैतान की दुकान वाली बात हो जाएगी।"

"ओह, तुम्हारी सलाह गौर करने लायक है," मेजर आदम ने गिल्बर्ट के भावनाशून्य चेहरे की ओर देखकर कहा, "फिर भी किसी बाहरी व्यक्ति की नापजोख होना अत्यंत आवश्यक है। तुम खुद जाओ और देखो कि इस डांसर की ओर से कोई बदगुनामी तो होने नहीं जा रही है। तुम्हारी रिपोर्ट सही साबित होगी, उसके बाद ही हम इसकी इजाजत देंगे।"

मेजर आदम की आज्ञा सुनकर सेनानायक को साथ ले गिल्बर्ट पटना की घुमावदार गलियों को पार करता हुआ एक दुमंजिला मकान के सामने पहुँचा। ये लोग खटाखट जीना चढ़कर ऊपर जा पहुँचे। सबसे पहले सामने रोशन से ही सामना हुआ। इस तरह अचानक अपने सामने दो फौजियों को देख वह घबरा गई। एक हाथ छाती पर रखकर दूसरे से उसने फौजियों को आदाब फरमाया।

फिर उसने जो अपनी निगाहें उठाईं, तो सामने खड़े गिल्बर्ट से यकायक उसकी नजरें मिलीं। उसके रूप-वैभव को देखकर क्षण भर को गिल्बर्ट स्तंभित रह गया। उसके मुँह से जो केवल दो शब्द निकले, उनमें रोशन के सौंदर्य की व्याख्या छिपी थी, वे शब्द थे—"दी ब्लैक क्वीन (काली बेगम)!"

हिंदुस्तानी सेनानायक खुश था, "हमारे साहब ने तुम्हारी दरखास्त पर गौर किया। हमारे छोटे साहब को भी तो कुछ अपना कमाल दिखाओ। यदि तुमने इन्हें खुश कर दिया तो तुम्हें काम पर रख लिया जाएगा और तुम्हें भारी पगार भी मिलेगी।"

रोशन ने सिर झुकाया और कुछ क्षणों के बाद तबले की थाप के साथ रोशन ने सितार के तारों में अपने भावों को उँडेलना शुरू कर दिया। जब उसके अंतिम स्वरों के साथ उसकी हिचकियाँ निकलीं, तो हिंदुस्तानी सेनानायक अपने साफे से आँखों की नमी पोंछता हुआ अपने छोटे साहब की ओर घूमा, और उनसे कहा, "माफ करना साहब, मैं जरा भावुक हो गया था।" लेकिन उसने गौर किया कि छोटे साहब के गाल पहले से ही भीगे हुए थे और अब भी आँसुओं के दो बड़े-बड़े

डोरे लुढ़ककर बहने को तैयार हैं। उसने उनका कंधा झकझोर कर उनका ध्यान बटाते हुए कहा, "हुजूर, आप रो रहे हैं?"

रोशन सितार को वहाँ से हटाने में व्यस्त थी। नायक की बात उसके कानों तक पहुँची, तो उसने चौंककर गिल्बर्ट की ओर देखा और वह घबराकर भागती सी वहाँ आई। बनावटी भाव-भंगिमा मुँह पर लाती हुई वह बोली, "क्यों, साहब को कोई तकलीफ तो नहीं?"

गिल्बर्ट तुरंत सँभल गया। उसने जल्दी से अपना रूमाल जेब से निकालकर अपने आँसू पोंछ डाले और बोला, "ओह नो! तुम्हारा आर्ट बहुत अच्छा है। रुला देता है, लेकिन बहुत अच्छा है। यकीनन तुम ब्लैक क्वीन हो।"

इस अंग्रेज युवक की ऐसी खिसियानी भाव-भंगिमा देखकर वह अभिभूत हो गई। जब सेना के समक्ष उसे ले जाने को आश्वासन देकर वे नीचे उतरे, तो रोशन ने छज्जे से झाँककर नीचे देखा। उसने महसूस किया कि जाते-जाते गिल्बर्ट ने भी पीछे मुड़कर उसकी ओर चोर नजरों से देखा था, जैसे अपने अंतर के अनेक मोती वहाँ छोड़ आया था।

बूढ़े हो चले मेजर आदम ने जब गिल्बर्ट के मुँह से ब्लैक-क्वीन की बातें सुनीं, तो वह खूब हँसे और बोले, "तब तो हिंदुस्तान पसंद करने लायक जगह है। हम भी जरूर उस ब्लैक-क्वीन का दीदार करना चाहेंगे।"

गिल्बर्ट के साथ गए उस हिंदुस्तानी सेना-नायक द्वारा पटना स्थित अंग्रेजी और हिंदुस्तानी सेनाओं तक ब्लैक-क्वीन की ख्याति दो दिन के अंदर-अंदर फैल गई। वह एक ऐसी डकैत के रूप में मशहूर हो गई, जो लोगों के दिल के खजाने को बरबस उनकी आँखों की राह बाहर खींच लेती थी।

□

तीसरे दिन पहली बार हिंदुस्तानी सेनाओं के सामने मैदान में मंच बनाकर काली बेगम के नृत्य का आयोजन हुआ। मंच गोल था और इस तरह से बना हुआ था कि उसके चारों ओर बैठे सिपाही इस नृत्य का आनंद उठा रहे थे। कुमकुमों की रोशनी को शीशों की मदद से मंच पर फेंकने का कुशल प्रबंध किया गया था। यह पूरी व्यवस्था गिल्बर्ट ने की थी। यद्यपि यह पूरा प्रबंध हिंदुस्तानी फौज के लिए ही था, फिर भी अंग्रेजी सेनाओं के स्तंभ भी अपने दिलों को काबू नहीं कर पाए थे।

नृत्य आरंभ हुआ और समाप्त भी हो गया और इस बीच समय की गति जैसे रुक गई थी। चारों ओर सिपाहियों का कोलाहल था और वे सब जैसे काली बेगम को घोलकर पी जाना चाहते थे। उधर गिल्बर्ट संगीनधारी सिपाहियों की मदद से

रोशन को लेकर मेजर आदम के खेमे के निकट वाले खेमें तक ले आया।

वहाँ पहुँचाकर वह उससे बोला, ''मेरी बधाई स्वीकार करो।''

पलंग पर रखे तकिए पर सिर रखे निढाल हुई काली बेगम अदा से बोली, ''रोने वालों की बधाई मुझे क्यों स्वीकार होगी?'' अचकचाकर गिल्बर्ट टूटी-फूटी हिंदुस्तानी में अपने भाव व्यक्त करने के लिए शब्द टटोलता हुआ बोला, ''आँसू बड़ी अच्छी चीज है। दिल के बोझ को हल्का कर देती है। इंग्लैंड में हमारी एक प्रेमिका थी। हम उसे 'व्हाइट क्वीन' (सफेद बेगम) कहता था। वह बड़ा अच्छा वायलिन बजाती थी। तुम्हारा सितार सुनते-सुनते हमें ऐसा लगा कि हम उसका वायलिन सुन रहे हैं। हमारा आँसू आ गया।''

''और इसीलिए आपने मुझे 'काली बेगम' का खिताब दे डाला?'' हँसती हुई रोशन ने कहा।

गिल्बर्ट ने अपने आँसुओं का जो कारण बताया, उससे रोशन की हँसी बंद हो गई। उसने कहा, ''इंग्लैंड से खबर आया है। हमारा बेगम तपेदिक से मर गया। हमें उसकी याद आ गई। तुम्हारी सूरत में हमें अपना बेगम दिखाई दिया।''

रोशन को दुःख हुआ। वह समझती थी कि अपने क्रूर पंजे फैलाए हुए यह सफेद गिद्ध, जो आसमान से भारतभूमि पर मांस के लालच में उतर आए हैं, ये किसी मानवी संबंध को नहीं समझते। आज पहली बार एक अंग्रेज के प्रति उसके दिल में हल्की-सी करुणा का भाव उदय हुआ। उसने कहा, ''साहब, मुझे आपके साथ हमदर्दी है। अफसोस है।''

''डैम इट!'' गिल्बर्ट ने कहा, ''हमदर्दी और अफसोस अब बहुत पुराना बात हो गया है। खुद हमको अपने से हमदर्दी या अफसोस नहीं होता। अगर हमें अपने से हमदर्दी और अफसोस होता तो हम इस वक्त हिंदुस्तान में नहीं होता। अगर ऐसा होता तो जब हमारी जान वहाँ खिंच रहा था तब हम इंग्लैंड में होता।''

यह सुनकर काली बेगम के मुख पर क्षण भर के लिए एक घृणा का भाव आया और मिट भी गया। उसने कहा, ''साहब, यहाँ भी आप कोई शबाब का काम तो कर नहीं रहे हैं। अगर आपको अपनी प्रेमिका से सच्चा इश्क होता, तो आपको इंग्लैंड में ही होना चाहिए था, यहाँ नहीं।''

गिल्बर्ट ने एक क्षण रोशन के मुख को निहारा। उसे देखकर उसका भोला चेहरा दयनीय हो उठा। वह बोला, ''हमारा इश्क सच्चा था। अगर हम आजाद होता तो हम जरूर इंग्लैंड में होता। लेकिन हमारा किस्मत तो हमारा नहीं था। जब हमें भरती किया गया था तो हमसे कहा गया था कि सात समुंदर पार हिंदुस्तान में

ईसा-मसीह का मजहब और ईमान कायम करने के लिए अंग्रेजी सेनाएँ हिंदुस्तान जा रही हैं। जब हम यहाँ पहुँच गया तो संगीनों ने हमारे वापस जाने का रास्ता रोक लिया। हमें अपने को किस्मत के सुपुर्द करना पड़ा।''

□

रोशन विस्मित हो गिल्बर्ट का मुँह ताकती रह गई। उसका एक-एक बोल उसके कानों में जैसे उसके अंतर के कपाट खोल रहा था। वह सोच रही थी कि क्या उसके सामने सचमुच एक गिद्ध का बच्चा नहीं खड़ा है? क्या उसके सामने खड़ा हुआ प्राणी जीते-जागते दिल के साथ मनुष्य की संतान है? यदि ऐसा है तो वह बोली, ''तब यहाँ संगीनें चलाकर आप लोग जो दिल रखनेवालों की छातियाँ फाड़ देते हैं, यह भी क्या कोई मजबूरी है? गले में क्रॉस लटकाकर आप अनेक हिंदुस्तानी ललनाओं को विधवा बना देते हैं। क्या यह भी किसी जन्नत की सीढ़ी है? ओह, आप लोगों को क्या पता कि हिंदुस्तान में विधवाओं का जीवन मृत्यु से भी बदतर होता है।'' आवेश में यह सब कहते-कहते काली बेगम की आँखों से आँसू लुढ़कने लगे।

उन आँसुओं को देखकर खेमे का परदा थामे खड़ा गिल्बर्ट हिल गया— ''ओह!'' उसके मुँह से निकला और वह अपना रूमाल हाथ में लिये आगे बढ़ा।

सहसा काली बेगम का आँसुओं से भीगा चेहरा झटके के साथ ऊपर उठा और वह देशकाल भूलकर गरज उठी, ''आप लोग राक्षसी काम करते हैं और मानवीय भावनाओं की बातें करते हैं! हम सुख से जी रहे थे, हँस रहे थे, खेल रहे थे। क्यों आए हैं आप हमारे इस देश में, हमारे नंदनवन को उजाड़ने के लिए?''

गिल्बर्ट जहाँ-का-तहाँ खड़ा ही रह गया। रूमाल लिए बढ़ा हुआ उसका हाथ जैसे जड़ हो गया। उसे विश्वास नहीं हुआ कि इस सुंदर प्रतिमा के भीतर इतना गुबार भरा है। इसे ही उसने भावनाओं में बहकर 'काली बेगम' के खिताब से नवाजा था। ऐसे वातावरण में वह अपनी उस मजबूरी की व्याख्या नहीं कर पाया, जो उसके जैसे सैकड़ों अनिच्छुक युवकों को संगीनों से सजाकर इंग्लैंड से हिंदुस्तान ले आई थी। उसके मुँह से इतना ही निकला—

''आपकी भावना बहुत बड़ी है। यह दुनिया ऐसी जगह है, जहाँ आदमी जब मोहब्बत चाहता है, तो उसे संगीन मिलती है और वह जब संगीन का उपयोग करता है तो उसे मोहब्बत याद आती है। हम आपको कैसे बताएँ कि संगीन के पीछे भी एक और संगीन होती है! इन संगीनों का लंबा सिलसिला मजहब, तहजीब, दिमागी बनावट, सामाजिक बराबरी की हसरतों के जोर से चलता है। ऊँचे बैठे कुछ लोग

अपनी बराबर अपनी खुदगर्जी के लिए इस आग में ईंधन डालने का काम करते रहते हैं। ओह, ऐसा सारा गोरखधंधा हम कैसे बयान करें? हम सोचता गया, और सोचता गया, हमने अपने को चारों ओर से मजबूर पाया। हम काम करता है, लेकिन ऐसे जैसे एक लोहे का मशीन काम करता है।''

काली बेगम नागिन की तरह फुफकार उठी—''तुम लोग उसे काम कहते हो! जल्लाद भी अपने काम को काम ही कहता है। हमारे जुलाहों ने इसलिए अपने अँगूठे काट डाले कि तुम लोग कुछ काम कर रहे थे! सैनिकों के वेष में हमारे सीधे-सादे किसान इसलिए तुम्हारी तोपों की आग से भुन गए कि तुम लोगों की मशीन चल रही थी? हमारी मातम लोगों की संगीनें इसलिए घुस गईं कि उन संगीनों के पीछे कुछ और संगीनों की ताकत थी? और तुम, तुमने जो किसी खूबसूरत नाजनीं को काली बेगम का खिताब दिया है, वह सिर्फ तुमने दिया है, क्योंकि हुस्न पर केवल तुम्हारा ही अधिकार है और मजबूरी अल्लाह की देन है! छिः है तुम पर और तुम्हारे काम पर!''

□

गिल्बर्ट आँखें फाड़े अपनी समस्त ध्यानशक्ति एकाग्र करके काली बेगम के मुँह से निकलने वाले एक-एक शब्द को पी रहा था। सुनते-सुनते वह तड़प गया। उसने आगे बढ़कर रूमाल काली बेगम की गोद में रख दिया और हल्के से शब्दों में बोला, ''बेगम, मैं बहुत ज्यादा हिंदुस्तानी नहीं जानता। तुम्हारी बातों को फैलाकर उत्तर नहीं दे पा रहा हूँ। लेकिन मैंने जो कुछ भी कहा है, वह सोच-समझकर लंबा विचार करके ही कहा है। हो सके तो अकेले में बैठकर इस पर विचार करना। तब तक मैं तुम्हारी बातों को समझने की कोशिश करूँगा। अगर इंग्लैंड में भी इनसान रहते हैं और हिंदुस्तान में भी, सो इनसान एक है और इनसानियत एक अलग चीज है।''

जाते हुए गिल्बर्ट को संबोधन करती हुई काली बेगम भावावेश में बोली, ''तुम लोग मेरा देश छोड़कर चले जाओ, और फिर इनसानियत की बातें करो। तब तुम्हें लगेगा कि तुम्हारी प्रेमिका वापस लौट आई है।''

जाता हुआ गिल्बर्ट रुक गया। उसने मुड़कर एक निगाह काली बेगम के तमतमाए हुए मुख की ओर देखा और तेजी से बाहर निकल गया।

रोशन अपनी बाँहों में मुँह लेकर न जाने क्यों फफक-फफककर रो पड़ी।

इसी प्रकार न जाने कितना समय गया कि रात की नीरवता को भंग करता हुआ एक भयंकर सन्नाटा चारों ओर वायुमंडल में गूँज उठा। चौंककर रोशन ने

सिर उठाया और वह दौड़कर खेमे के बाहर आ गई। उसने देखा कि दूर छावनी में बड़ी भारी आग लगी हुई है।

धीमे कदमों से रोशन वापस अंदर आकर अपने पलंग पर बैठ गई। उसका साज-सिंगार पहले की तरह ही ज्यों-का-त्यों था। आँखें फाड़कर वह मानो अंधकार में रोशनी की तरह चमकते हुए गिल्बर्ट के कहे शब्दों में से अर्थ खोजने लगी।

थोड़ा सा समय और बीता और रोशन को सुनाई दिया कि उसके खेमे के बाहर बहुत से बूटों का मार्च हो रहा था। करीब आता हुआ उसका स्वर तेज होता जा रहा था और अगले ही क्षण में उसके खेमे का दरवाजा खुल गया। रोशन ने देखा, दरवाजे पर स्वयं मेजर आदम अपनी पूरी वरदी में खड़ा था।

मेजर आदम चिल्लाकर बोला, ''दरवाजे पर पहरा देनेवाला सिपाही बोलता है कि तुम में और गिल्बर्ट में कोई भारी फिसाद हुआ था। वह जहाँ से पागल हुआ-सा गया और राइफल उठाकर छावनी में पहुँचा। उसने मैंगनीज में आग लगा दिया और खुदखुशी कर लिया। क्या किया था तुमने उस पर?''

रोशन रोमांचित-सी उठकर खड़ी हो गई। उसके मुँह से यह सब सुनकर एक भी अक्षर नहीं निकल सका।

मेजर बुरी तरह झल्लाकर फिर चिल्लाया, ''व्हाट डिड यू डू अपोन हिम, ओ ब्लैक विच? (तुमने उस पर क्या जादू किया, ओ काली चुड़ैल?)

काली बेगम इस सारे व्यापार का रहस्य नहीं समझ पाई। केवल गिल्बर्ट के इस भयानक अंत से उसके अंतर पर जैसे किसी ने जोर के साथ एक घूँसा जड़ दिया था। वह पलंग से नीचे गिर पड़ी और फूट-फूटकर रोने लगी।

''इसे पकड़ लो!'' मेजर ने सिपाहियों को इशारा किया। ''इसका कोर्ट-मार्शल होगा।''

अगले दिन सारी काली और गोरी फौजों की एक परेड हुई। सबको अटेंशन की मुद्रा में करके, एक काली दीवार के सहारे काली बेगम को खड़ा कर दिया गया। मेजर आदम ने हुक्म दिया और एक साथ छह गोलियाँ उसके कोमल शरीर को पार कर गईं। अंतिम क्षण में उसके मुँह से केवल यह निकला—

''गिल्बर्ट तुम्हारी प्रेमिका आ रही है।'' और कटे वृक्ष की तरह वह वहीं भूमि पर गिर पड़ी।

□

# अंतिम नग

आगरे के किले में, जमना के सामने, सम्मन बुर्ज की जाली पर झुका मुगल सम्राट् शाहजहाँ तल्लीन था। पीछे या इधर-उधर मुड़कर देखने की उसमें ताब नहीं थी। हर बार जब वह नजरें उठाता था, तो लगता था कि उसकी अरजुमंद झाँक रही थी। हर जाली में उसे दो आँखें नजर आती थीं। अब उस हृदय-विदारक घटना को बीते डेढ़ साल हो गया था। और तब से जब भी वह सम्मन बुर्ज में आता था, मुमताज की दो आँखें उसे हर तरफ से, हर जाली से झाँकती दिखाई देती थीं।

दूर क्षितिज पर उसकी नजरें एकटक जमी हुई थीं। धीरे-धीरे क्षितिज पर किसी सूक्ष्म तत्त्व का उदय हुआ। शाहजहाँ के चेहरे पर एक मुसकराहट खिलनी शुरू हई, और अब वह तत्त्व आहिस्ता-आहिस्ता बढ़ता हुआ वृहदाकार हो गया, तो शाहजहाँ खिलखिला उठा। एकदम घूमकर वह जोर से चिल्लाया—

''बदरुन्निसा! बदरुन्निसा! वह देखो, मुमताज हँस रही है।''

बुर्ज के कोने पर खड़ी लौंडी ने सजल नेत्रों को छिपाते हुए सिर झुकाकर निवेदन किया—''जहाँपनाह को आज ग्यारहवीं बार यह लौंडी याद दिलाने की गुस्ताखी करती है कि बदरुन्निसा उस महान् शोक को सहन न कर पाने के कारण एक साल हुआ, किला छोड़कर चली गई।''

''ओह, हम भूले!'' शाहजहाँ ने निराश भाव से फिर क्षितिज की ओर देखा, जहाँ अब केवल निस्सीम के अतिरिक्त और कुछ नजर नहीं आ रहा था। होंठों-ही-होंठों में वह बुदबुदाया—'बदरुन्निसा किला छोड़कर चली गई, क्योंकि वह सदम-ए-अजीम को बरदाश्त नहीं कर सकती थी। हम बरदाश्त कर सकते हैं, तभी तो हम रोज-रोज सम्मन बुर्ज में आते हैं। तभी तो हम अभी तक इस किले में जिंदा हैं।'

डेढ़ साल से शाहजहाँ ने हर खास व आम से मिलना छोड़ रखा था। रंगमहल

का शयनकक्ष, नमाज के लिए कसौटी के पत्थर का काला तख्त या सम्मन बुर्ज—ये ही वे स्थान थे, जहाँ शाहजहाँ जीवित शव की भाँति घूमता था। बहुत कोशिशों के बाद एक दिन किसी तरह नमाज के समय वजीर-खास उस काले तख्त के सामने रखे सफेद तख्त तक आ पाए, जिस पर बैठकर वह डेढ़ साल पहले सल्तनत के खास मसलों पर शहंशाह के साथ बातचीत किया करते थे।

शाहजहाँ ने बहुत शांति के साथ बातचीत शुरू की थी।

"आप शायद हमसे यह पूछने आए हैं कि हम अभी तक कैसे जी रहे हैं! सवाल वाजिब है। हमारा जवाब है कि मुमताज हमारी रूह को हमारे जिस्म से बाँध गई है। हमें उस वक्त तक जीना पड़ेगा, जब तक कि हम मुमताज की मासूम कब्र पर एक ऐसा रोजा खड़ा नहीं देखते, जिसमें...जिसमें मुमताज जी उठे।"

जिसमें मल्का मुअज्जमा जी उठें ऐसा रोजा! चर्चा आम हो गई। समाचार नगर-से-नगर, प्रांत-से-प्रांत और देश से अन्य देशों में फैल गया। कुशल-से-कुशल कारीगरों ने दिन-रात एक कर दिया। नित्य दो-चार नमूने सम्मन बुर्ज में शाहजहाँ के सामने पेश किए जाते। इन नमूनों को देखकर कभी शाहजहाँ के चेहरे पर हँसी नहीं आई। और एक दिन जब बड़े गर्व के साथ एक नामी कारीगर का बनाया हुआ नमूना लिये खुद वजीर साहब हाजिर हुए और उसकी खूबियाँ बयान करने लगे, तो सबकुछ सुनने के बाद शाहजहाँ की आँखों में आँसू आ गए। उसने धीमे से अपनी नजर वजीर-खास के चेहरे पर गड़ाकर कहा—

"आप इनाम-इकराम देकर इस कारीगर को विदा कर दीजिए और नमूना अजायबघर में रख दीजिए।"

"और इस पर तामीर कब शुरू होगी, आलीजाह?" वजीर-खास ने पूछा।

"इस पर तामीर नहीं होगी," शाहजहाँ ने आँखें फेरकर कहा, "यह तो इतना भारी है कि बानो की रूह इससे दब जाएगी।"

तीन बार कोरनिश झुकाकर वजीर साहब नमूने को लिये-दिए वापस लौट गए। मगर उसके बाद कोई नमूना शाहजहाँ तक नहीं पहुँच सका। जो आता, वह अजायबघर वाले नमूने से घटकर होता और वजीर-खास बाहर-ही-बाहर उसे रोक लेते।

फिर एक दिन, ग्यारहवीं बार बानो की खास सहेली बदरुन्निसा के किले से चले जाने की सूचना देने के बाद उस गुस्ताख लौंडी ने निवेदन किया—

"जहाँपनाह, मुहम्मद ईसा अफनदी नाम का एक फनकार मुल्क तुर्किस्तान से आया है और आपके कदम चूमने की इजाजत चाहता है।"

"किस फन का माहिर है ?" शाहजहाँ ने पूछा।

"संगमरमर की रूह का।" लौंडी ने उत्तर दिया।

जहाँपनाह ने उस कलाकार को देखने की इच्छा प्रकट की। कुछ ही देर में वजीर-खास एक तुर्क जवान को अपने साथ लिये सम्मन बुर्ज में आए। शाहजहाँ ने दोनों को वहीं बुलाया, जहाँ खड़ा-खड़ा वह क्षितिज की ओर व्यर्थ ही उसी दृश्य के पुनः प्रकट होने की प्रतीक्षा कर रहा था।

जब लौंडी ने आगंतुक के आने की घोषणा कर दी, तो शाहजहाँ ने बिना मुँह फेरे ही पूछा, "क्या चाहते हो ?"

कलाकार ने कोरनिश झुकाने के बाद कहा, "यह गरीब कलाकार जहाँपनाह से संरक्षण चाहता है।"

"खुलासा बयान करो।" शाहजहाँ ने कहा।

"मैंने अपनी स्वर्गस्थ पत्नी का स्मारक बनाने के लिए अपनी समस्त कला की सहायता से एक रोजे का नमूना तैयार किया है, जहाँपनाह ! मैं जानता हूँ कि अपनी सारी जिंदगी मेहनत करके भी मैं उस नमूने के अनुसार भवन धरती पर खड़ा नहीं कर सकता। मैं यह भी जानता हूँ, जहाँपनाह, कि हुजूर भी उसी दुःख से दुःखी हैं, जिससे मेरा अंतर छटपटा रहा है। मुझे आशा है कि जहाँपनाह कला को संरक्षण देंगे और कला के उस नमूने को साकार होने का अवसर देंगे।"

"तो तुम जानते हो कि हम भी अपनी स्वर्गीय मल्का की एक यादगार बनाना चाहते हैं ?" शाहजहाँ ने भावनापूर्ण शब्दों में पूछा।

"जी, जहाँपनाह !" कलाकार ने उत्तर दिया।

"तो क्या हम यह न समझें कि तुम इस बहाने अपने बनाए हुए नमूने को हमारी कल्पना पर हावी कर देना चाहते हो ?"

"जी नहीं, जहाँपनाह।"

"क्यों ?"

"इसलिए कि जहाँपनाह और स्वर्गीय मल्का मुअज्जमा का अलौकिक प्रेम इस लोक की किसी कलाकृति को अपनी तुलना में सिर उठा कर खड़े होते देखकर दुखित होगा।"

"और तुम्हारी और तुम्हारी स्वर्गस्थ पत्नी का प्रेम इस तुलना को देखकर रंजीदा नहीं होगा ?"

"जी नहीं, जहाँपनाह," कलाकार ने उत्तर दिया, "हम साधारण लोगों का प्रेम इसी लोक में जन्म लेता है और इसी में दफन हो जाता है। मैं एक स्वार्थी

कलाकार हूँ, जब तक जिंदा रहूँ तब तक अपनी प्रेमिका को उस इमारत के भीतर जिंदा देखना चाहता हूँ, जिसका नमूना मेरे पास है।''

आश्चर्य से अभिभूत होकर शाहजहाँ ने पीठ फेरी और उस कलाकार की आकृति को देखा। एक दुबला-पतला छरहरा शरीर, बढ़ी हुई नुकीली दाढ़ी, सफेद रंग—और उसकी आँखों की पुतलियों में शाहजहाँ की पीठ की ओर स्थित क्षितिज झाँककर मुसकरा रहा था।

सहसा ही शहंशाह की नजरों से टकराकर कलाकार की नजरें नीचे झुक गईं।

शाहजहाँ ने आज्ञासूचक स्वर में कहा, ''वह नमूना माँ बदौलत के रू-ब-रू पेश किया जाए।''

''सेवक इसमें असमर्थ है, जहाँपनाह,'' कलाकार ने दीन स्वर में कहा, ''वह नमूना अभी कल्पना में है।''

शाहजहाँ ने डेढ़ साल में पहली बार क्रुद्ध होकर कहा, ''यह क्या मजाक है! हकीकत में नमूना तैयार किए बिना तुमने हमारे हुजूर में आने की जुर्रत कैसे की?''

''कला का संरक्षण प्राप्त करने के लिए, आलीजाह,'' कलाकार ने सम स्वर में उत्तर दिया। ''मैंने वह नमूना इसीलिए तैयार नहीं किया था कि जहाँपनाह और यह दीन कलाकार आजकल एक सी ही अवस्था से गुजर रहे हैं।''

''क्या मतलब?''

''यही जहाँपनाह, कि सेवक को भय था कि नमूना देखने के बाद आलीजाह उसके आधार पर इमारत जरूर बनवाते, लेकिन वह इस तुच्छ कलाकार के लौकिक प्रेम के स्मारक के रूप में नहीं, मल्का मुअज्जमा के अलौकिक प्रेम के स्मारक के रूप में।''

''क्या बकते हो?'' शाहजहाँ क्रोध से काँपकर बोला।

''सेवक सही निवेदन करता है, आलीजाह!'' कलाकार ने अविचलित भाव से कहा, ''यह दुनिया है और यहाँ अमीर लोग गरीबों की भावनाओं को भी खरीद लेते हैं।''

शाहजहाँ के क्रोध का पारावार न था। उसने अपनी अत्यंत क्रुद्ध दृष्टि वजीर-खास की ओर उठाई, जो एक तरफ सहमे हुए से खड़े थे। उन्होंने उस दृष्टि को अनुभव किया और एक कदम आगे बढ़कर बोले—

''गुलाम इस फनकार को पेश करने की गुस्ताखी की माफी चाहता है, जहाँपनाह, मगर यह आदमी जो कुछ कहता है, सही कहता है। यह तुर्किस्तान और ईरान में जादूगर संगतराश के नाम से मशहूर है। इसने लफ्जों-ही-लफ्जों में एक ऐसे

मकबरे का नक्शा खींचकर मेरे सामने रख दिया कि वह साकार नजर आने लगा।''

शाहजहाँ ने एक क्षण विस्मय से वजीर की ओर देखा। फिर कड़े स्वर में उन्होंने कहा, ''माँ बदौलत हुक्म देते हैं कि इस फनकार से चंदन की लकड़ी में वह ढाँचा तैयार कराया जाए। हम उस कल्पना को देखना चाहते हैं।''

''जो हुक्म, जहाँपनाह!'' वजीर ने गरदन झुकाकर फनकार को कोरनिश करने का इशारा किया, और शाहजहाँ की पीठ फेरकर फिर उन्हें क्षितिज की ओर देखते छोड़ दोनों आदमी सम्मन बुर्ज से बाहर आ गए।

ढाँचा बनाने के लिए ईसा ने राजा जयसिंह का उद्यान चुना। बाग में हर खास व आम की आवाजाही बंद कर दी गई। ईसा अपने बारीक औजारों से चंदन की लकड़ी में उलझ गया। कल्पना सुगंधित काष्ठ में साकार रूप धारण करने लगी। अंत में पूर्णिमा की संध्या को, अठारह दिन बाद, उसने सदर वजीर सादुल्लाखाँ को सूचित किया कि ढाँचा तैयार है। वह किले में नहीं लाया जा सकता, इसलिए बादशाह सलामत उसे उद्यान में ही देखने की तकलीफ गवारा करें।

शाहजहाँ को खबर दी गई। वह डेढ़ साल में पहली बार किले के बाहर निकला। बड़े-बड़े सरदार और अमीर-उमरा उसके साथ थे। सभी यह देखने को उत्सुक थे कि जिस आदमी को जादूगर संगतराश कहा जाता है, देखें, उसने अपनी कल्पना कहाँ तक दौड़ाई है।

ईसा के सरदारों और अमीर-उमराओं को ढाँचे के चारों ओर करीने से खड़ा कर दिया। ढाँचे के ऊपर एक मखमल का कपड़ा पड़ा था। शाहजहाँ को सामने खड़ा करके उसने मखमल का परदा ढाँचे के ऊपर से हटा दिया। उसके नीचे बारीक मखमल का एक परदा और था, जिसके उस पार चाँदनी झिलमिला कर मानो एक श्वेतवर्ण नवयौवना को अपने शुभ्र वर्ण में छिपाकर अनावृत होने से बचाने की असफल चेष्टा कर रही थी। शाहजहाँ के सामने पानी का एक छोटा सा हौज था, जिसमें ताजमहल की शुभ्र प्रतिमा मानो आकाश से झाँक रही थी।

कितनी ही देर तक सभी लोग मंत्रमुग्ध-से खड़े रह गए। शाहजहाँ एकटक उसे देखता ही रहा। अंत में उसने पलकें झपकाईं और बोला—

''जादूगर फनकार, हमें अफसोस है कि तुम्हारी कला को दौलत का संरक्षण हम नहीं दे सकेंगे।''

दुःख और आश्चर्य के मिश्रित भाव से कलाकार शाहजहाँ की ओर ताकने लगा। फिर उसने पलकें झपकाते हुए कहा, ''क्या यह नाचीज कलाकार इसकी वजह जानने की जुर्रत कर सकता है, जहाँपनाह?''

शाहजहाँ ने मुसकराकर कहा, ''जरूर, हमें मालूम नहीं था कि कोई इतनी खूबसूरत इमारत इस जमीन पर बन सकती है। हमने मृत्यु-शैया पर लेटी अपनी मल्का मुअज्जमा को वचन दिया था कि दुनिया की सबसे खूबसूरत इमारत उनकी रूह पर खड़ी की जाएगी। तुम देख रहे हो फनकार, हम उस वादे को तोड़ने की हालत में नहीं हैं।''

कलाकार ने गले-ही-गले में कुछ गटका और दयनीय दृष्टि से राजा जयसिंह की ओर देखा, जो उस समय मृत्यु-शैया से कुछ दूर सादुल्लाखाँ के पास खड़े थे। वही उस उद्यान के स्वामी थे, जिसमें रात-दिन एक करके कलाकार ने संसार के सबसे सुंदर भवन का नमूना तैयार किया था।

राजा जयसिंह ने एक कदम आगे बढ़कर कलाकार को संबोधित करते हुए कहा, ''कलाकार, मृत्यु-शैया सिर्फ मृत्यु-शैया ही नहीं है, एक इनसान भी है। जो कुछ उन्होंने कहा है वह सही कहा है। दूसरी ओर, कलाकार केवल कलाकार होता है। उसे अपनी कला के अतिरिक्त अन्य किसी वस्तु से प्रेम नहीं होता। तुम्हारी कला प्रकट होने के लिए तड़प रही है। उसे यह अवसर देना तुम्हारा धर्म है। अगर तुमने इस ढाँचे को हू-ब-हू इमारत का रूप दे दिया, तो जहाँपनाह इतने पुरस्कार से नवाजेंगे⋯।

शाहजहाँ ने बीच में ही उसे टोका, ''कि तुम इस हौज की परछाईं की तरह एक दूसरा रोजा अपनी बीवी की इमारत पर खड़ा कर सको।''

ढाँचे के चारों ओर खड़े अमीर-उमराओं ने भी नारा लगाकर समर्थन किया— ''जहाँपनाह का इकबाल बुलंद हो।''

डबडबाई आँखों से कलाकार अपने बनाए उस नमूने को अपलक देखता रहा था। क्या सचमुच कलाकार को अपनी कला के अतिरिक्त अन्य किसी से प्रेम नहीं होता? क्या दूसरों को तृप्ति-दान करने के लिए अपनी कला को प्रकट करना ही उसका धर्म है? तब इस अनन्य प्रेम और तृप्ति-दान का स्वयं कलाकार के लिए क्या महत्त्व है?

इसी प्रकार देखते-ही-देखते भावी ताजमहल का वह सौम्य प्रतिरूप उसकी आँखों से ओझल होने लगा। पीड़ा से अधगले नेत्र उसने शाहजहाँ की ओर उठाए और बोला, ''अच्छी बात है। शाहजहाँ हुक्म दें। यह इमारत इस धरती पर खड़ी होगी।''

शहंशाह ने आगे बढ़कर ईसा की पीठ थपथपाई और कहा, ''लेकिन एक शर्त है।''

"हुक्म कीजिए!" कलाकार ने उसी भाव से कहा।

"हमें पूरा यकीन है कि हमारी अरजुमंद इस इमारत के भीतर हमें जिंदा दिखाई देगी। लेकिन अगर ऐसा नहीं हुआ, तो हम तुम्हारे फन की वह कद्र नहीं कर सकेंगे, जिसका हमने वादा किया था।"

यह दूसरा आघात था। वह स्वयं कलाकार की ईमानदारी और सच्चाई पर अविश्वास था। अपने गिरते हुए आँसुओं को छिपाने के लिए ईसा ने सिर झुकाकर भरे हुए स्वर में कहा, "बहुत खूब, जहाँपनाह!"

शाहजहाँ ने सादुल्लाखाँ की तरफ देखकर आज्ञासूचक स्वर में कहा, "खान साहब, राजा-महाराजाओं के पास खबरें भेजने का इंतजाम किया जाए। इस जमीन पर जन्नत की इमारत खड़ी होगी। हमारी अरजुमंद की रूह को जिंदा करने के लिए हमें जो भी कोई खास व आम मदद करेगा, हमारी शहंशाहियत उसकी शुक्रगुजार होगी।"

खबरें भेज दी गईं। शहर-शहर में मुनादी पिट गई। जगह-जगह से तोहफे आने शुरू हो गए। कारीगरों के दल-के-दल आगरे की तरफ चल दिए। जिसे भी अपनी कला पर थोड़ा-सा नाज था, उसी ने ईसा के हाथों को चूम लिया। पचासों प्रमुख कारीगर और बीस हजार मजदूरों ने मुमताजमहल की रूह को जिंदा करने के लिए विश्व के अप्रतिम आश्चर्य के निर्माण में हाथ लगाया। मुमताजाबाद के नाम से उनका एक छोटा सा शहर आबाद हो गया। सुंदर लेख लिखने के लिए मुल्क तुर्किस्तान का सत्तारखा, चित्र खींचने के लिए समरकंद का मुहम्मद शरीफ, तुग्रालेखन के लिए शीराज का अमानतखाँ और राजगीरी के निरीक्षण के लिए अकबराबाद का मुहम्मद हनीफ, ईसा अफनदी के हाथ बन गए।

इस बीच शाहजहाँ के राज्य का विस्तार बढ़ने लगा। अहमदनगर लेने से जो सिलसिला शुरू हुआ तो बीजापुर, गोलकुंडा व कंधार शाहजहाँ के अधीन हो गए। सम्मन बुर्ज के कटहरे पर खड़े होकर दूर क्षितिज पर जो धूमिल नारी-मूर्ति कभी-कभी उभरती मालूम देती थी, वह राजा जयसिंह के उद्यान में बननेवाले रोजे की पाड़ों के पीछे छिप गई। सम्मन बुर्ज की जालियों में से जो दो प्यासी आँखें जब-तब झाँकती दिखाई देती थीं, उनका दिखाई देना बंद हो गया। इसके साथ ही सम्मन बुर्ज में आने का अंतर भी धीरे-धीरे बढ़ता गया और जब तक रोजा बनकर तैयार हुआ, तब तक तो यह अंतर छह-छह महीने का हो गया। सम्मन बुर्ज अब अरजुमंद के प्रेम का स्थान न रहकर, एक अज्ञात भय का स्थान बन गया। ऐसा स्थान, जहाँ आते हुए शाहजहाँ के मन में सिहरन चपला की भाँति कौंध जाती थी।

एक दिन सादुल्लाखाँ ने सूचित किया कि ताज बीबी का रोजा तैयार हो गया है। शाहजहाँ दौड़ा-दौड़ा सम्मन बुर्ज पर उसकी एक झलक देखने के लिए आया। मगर रोजा पाड़ों से एक इंच ढँका हुआ था। शाहजहाँ ने पूछा—

"वे पाड़ें कब तक हट जाएँगी?"

"शायद एक महीना लग जाए।" वजीर ने जवाब दिया।

"लेकिन हम तो रोजा आज ही देखना चाहते हैं।" शाहजहाँ ने कहा।

"मगर यह मुमकिन नहीं, जहाँपनाह!" वजीर चकित होता हुआ बोला।

"यह शाही हुक्म है," शाहजहाँ ने कहा, "रिआया को आगाह कर दो, पाड़ें मुफ्त लूट ले जाएँ। आज रात की चाँदनी में हम रोजा देखेंगे।"

आगरा और आसपास के देहातों में मुनादी पिट गई। लाखों आदमी रोजे की तरफ भागे। पाड़ें एक दिन में ही साफ हो गईं। दसियों हजार लोगों का समूह उल्लसित हो किले के सामने एकत्र हो गया। शाहजहाँ के द्वारा रोजा देखे जाने का दृश्य देखने के लिए। लोगों के मन में एक उत्सुकता थी—देखें, अपनी प्रेमिका की याद में बनवाया अपूर्व स्मारक देखने पर एक प्रेमी, जिसका सिक्का मुल्क में चलता है, उसका क्या हाल होता है।

चाँद पूरा खिला हुआ था। किले से ताज तक हाथियों और घोड़ों की कतारें लगी थीं। ढोल, ताशे और नगाड़े पीटे जा रहे थे। शाहजहाँ अपनी अरजुमंद की रूह का महल देखने जा रहा था।

ताज के दरवाजे पर ताज के कलाकारों ने शहंशाह का स्वागत किया। ईसा अफनदी आज खुश था। उसके चेहरे पर जहाँ-तहाँ झुर्रियाँ दिखाई देने लगी थीं। मगर उसके भीतर का एक अपूर्व तेज उसके चेहरे पर झाँक रहा था। वही तेज, जो एक सुंदर कलाकृति के पूर्ण हो जाने पर, एक कलाकार के मुँह पर दिखाई देता है।

जिसकी कल्पना ने ताज को साकार किया था, वही ईसा शाहजहाँ के आगे आगे चला। ताज दरवाजे के उस पार खड़े होकर शाहजहाँ ने एक बार ताज के उस वृहद रूप को आँखों में उतारा और उसका मुख प्रसन्नता से दीपायमान हो उठा। ताज के बाहर हजारों कंठ 'शाहजहाँ जिंदाबाद!' 'मल्का मुअज्जमा जिंदाबाद!' के नारे लगा रहे थे।

शाहजहाँ आगे बढ़ा। बीच का बड़ा हौज सामने आया और ताज पर से फिसलती हुई शाहजहाँ की निगाहें पानी पर पड़ीं, जिसके भीतर ताज का प्रतिरूप झाँक रहा था। शाहजहाँ अवाक्, स्तब्ध, अपलक उसे निहार रहा था।

बहुत से प्रमुख सरदारों ने शहंशाह के साथ-साथ ताज के दरवाजे के भीतर

प्रवेश किया। गुंबद की छत से झाड़-फानूस लटक रहे थे और उनसे स्वच्छ प्रकाश अरजुमंद की नकली कब्र पर पड़ रहा था। शाहजहाँ अबोध बच्चे की तरह उसके पास जाकर खड़ा हो गया। सब ओर एक निस्तब्धता छा गई। सुई गिरे तो आवाज सुनाई दे, बिल्कुल ऐसी।

सहसा एक चीत्कार शाहजहाँ की ओर से सुनाई दी—

"अरजुमंद! बानो!"

विशाल गुंबद में यह ध्वनि पंद्रह मिनट तक गूँजती रही—'अरजुमंद! बानो!'

मोह-विमूढ़ भारत का शहंशाह शाहजहाँ फूट-फूटकर रो पड़ा। गुंबद में उसके रोने की प्रतिध्वनि कई गुना करुणामयी होकर गूँजती रही। ईसा ने आगे बढ़कर निवेदन किया—

"जहाँपनाह, यह सम्मानित बानो की नकली कब्र है, जो सिर्फ इसलिए बनाई गई है कि इसे देखकर जहाँपनाह गलतफहमी में न पड़ें। जिस नकली कब्र में हम अपनी रूह को बंद करके दुनिया में घूमते हैं, उसे देखकर इनसान इसीलिए नहीं रोता कि असली कब्र तक पहुँचने के लिए उसे थोड़े-से समय का अंतर चाहिए। जहाँपनाह, उस अंतर को याद रखें और गम को भुला दें।"

ईसा के ये शब्द भी उसी तरह प्रभावकारी होकर गुंबद में गूँजने लगे। शाहजहाँ कुछ स्थिर हुआ और क्षण भर में ही उसने अपने चारों ओर खड़े मुसाहबों और सरदारों की उपस्थिति का अनुभव किया। वह उसी क्षण उस नकली कब्रगाह से बाहर आ गया।

नीचे तहखाने में जब वह असली कब्र के पास पहुँचा, तो उसकी आँखों में एक भी आँसू नहीं था। कब्र के पास खड़े होकर उसने कुछ देर तक चुपचाप मन-ही-मन कुछ पढ़ा और लौटकर तेजी के साथ वहाँ से भी बाहर आ गया। इसके बाद वह तेज कदमों से कब्रगाह के चारों ओर बने जालीदार कमरों में चक्कर काटने लगा। ईसा को हैरत थी कि बादशाह इतना तेज क्यों चल रहा है! शाहजहाँ की गहरी नजरें दीवारों और जालियों के चप्पे-चप्पे पर घूम रही थीं और विचित्र गति से आगे बढ़ जाती थीं।

वह कुछ ही देर में ताजमहल की मुख्य इमारत से बाहर निकल आया और हौज के पास जा खड़ा हुआ, जिसमें ताज की परछाईं झाँक रही थी। जनसाधारण अब भी ताज के दरवाजे के बाहर खड़े नारे लगा रहे थे, किंतु उस शोर से भी ताजमहल की शांति भंग होती प्रतीत नहीं हो रही थी। ईसा शहंशाह से कुछ दूरी पर खड़ा प्रशंसा के दो शब्द सुनने की प्रतीक्षा कर रहा था।

मगर खोई-खोई दृष्टि से ताज को देखते हुए शाहजहाँ ने हसरत भरी आवाज में कहा, ''इस खूबसूरत इमारत में हमारी अरजुमंद कहीं हमें जिंदा दिखाई नहीं दी।''

इस भर्राई हुई आवाज को कलाकार के अतिरिक्त अन्य अनेक सरदारों ने सुना और भौंचक्के रह गए। ईसा ने घबराहट और आश्चर्यचकित दृष्टि से बादशाह को देखा, और मानो उसे यकीन न आया हो, उसकी निगाह ताज के मनोरम दृश्य की ओर घूम गई।

पता नहीं कितनी देर बीती, कितनी आशाओं-निराशाओं का आवागमन ईसा के मन के भीतर हुआ। उस समय भी उसे विश्वास नहीं हुआ, जब शाहजहाँ ने उसके कंधे थपथपाते हुए कहा, ''फनकार, तुमने एक ऐसी इमारत बना दी है, जो इस दुनिया में न आज तक बनी थी और न कभी बनेगी। हम तुम्हें इसका वाजिब मुआवजा देंगे···मगर···मगर अफसोस कि हमारी मुमताज इसमें कहीं भी हमें जिंदा दिखाई नहीं देती।''

ईसा ने सुना या नहीं, कौन जाने। उसके साथ काम करनेवालों ने बादशाह की अभ्यर्थना की और उसे ताज के बाहर ले चले। ईसा जहाँ खड़ा था, वहीं पर मानो किसी ने उसे पत्थर के बुत की तरह कील दिया हो।

नारों की आवाज ताज से दूर होती सुनाई पड़ती रही। घंटों और नगाड़ों के शब्द मद्धिम पड़ते चले गए। ईसा के चारों ओर उसके सहयोगी इकट्ठे हो गए। सबकी आँखों में संवेदना और आशंका थी। बात सबके बीच फैल चुकी थी। तरह-तरह की सम्मति प्रकट की जा रही थी। सत्तारखाँ का विचार था कि ताज में दो-तीन करोड़ से ऊपर का अकूत धन लगा है। इतना रुपया बादशाह ईसा को देना नहीं चाहता। सहानुभूति प्रकट करता हुआ अमानतखाँ कह रहा था कि बादशाह को डर है कि रुपया पाकर कहीं ईसा ताज से भी सुंदर भवन धरती पर खड़ा न कर दे। भला कहीं मुर्दा जिंदा दिखाई दे सकता है ? कला की सजीवता ही मुमताज की सजीवता का प्रमाण है और कौन कहता है कि ताज सजीव कला का प्रतिनिधित्व नहीं करता ?

मगर ईसा की नजरें ताज के ऊपर टिकी हुई थीं। उसके साथी जो राय दे रहे थे, उनका उसे कुछ पता नहीं था। जब शाहजहाँ ने नमूना देखने पर उससे वादा लिया था कि ताज में मुमताज जीवित दिखाई देनी चाहिए, तो उसने कभी उसे कला की सजीवता के अर्थों में नहीं लिया था। उसका विश्वास था कि इस अनोखी कल्पना के साकार होने पर मुमताज शाहजहाँ को जीवित दिखाई न दे यह असंभव है।

मौन बैठा ईसा दो घड़ी के बाद उठा और उसने शीराज के अमानतखाँ को बुलाकर कहा, ''कारवाँ तैयार करो। मुझे ऐसा मालूम होता है कि मेरा आखिरी

वक्त नजदीक ही है। मैं अपने मुल्क की सरजमीन पर मरना चाहता हूँ। सबसे कह दो—हम कल सुबह ही यहाँ से चल देंगे।''

अमानतखाँ ने कहा, ''लेकिन हम लोगों को अभी आखिरी महीने की तनख्वाहें तो मिली नहीं।''

ईसा ने उत्तर में कहा, ''फन की कोई कीमत नहीं होती, अमानतखाँ कद्रदानी में बादशाह जो देना चाहता था, वह दे चुका। अब और देने में उसे तकलीफ होगी। हम उसकी शर्त पूरी नहीं कर सके।'' अपनी ही बात के अविश्वास में वह ताज की ओर फिर से देखकर बोला, ''हमें उससे अब और ज्यादा लेने का हक नहीं है।''

इन सभी कलाकारों में भाईचारे का व्यवहार था। एक-दूसरे के ऊपर निर्भर रहने का भाव था। सभी लोगों ने ईसा की भावना की प्रशंसा की और ईरान, तुर्किस्तान आदि पश्चिमी देशों के रहनेवाले कारीगरों का एक लंबा काफिला तैयार होने लगा। मुमताजाबाद में सारी रात रोशनी के हंडे जलते रहे।

पौ फटी, सुबह हुई और लंबे काफिले का अग्रगामी दस्ता ताज के बाहरी दरवाजे पर आया, जो उस वक्त बंद था। उस दरवाजे की सुरक्षा में खड़े दो शाही पहरेदारों से एक क्षीणकाय बुढ़िया उलझ रही थी। सुबह की उगती हुई किरणों में अंतिम बार अपनी सर्वश्रेष्ठ कलाकृति को निखारने के लिए ईसा अपने ऊँट से उतरा और उसके साथ उसके अनेक साथी दरवाजे तक आए। पहरेदारों ने सम्मान में सिर झुकाया और बुढ़िया से एक तरफ हट जाने को कहा। मगर बुढ़िया किसी तरह राजी नहीं हुई।

ईसा ने आगे बढ़कर उससे पूछा, ''क्या बात है, माई? तुम क्या चाहती हो?''

बुढ़िया ने एक हाथ से माथे पर छाया करते हुए ईसा को गहरी नजरों से देखा और बोली, ''अरे बंदे खुदा के, सुना है अरजुमंद बानो बेगम की कब्र पर अल्लाह के फरिश्तों ने एक रोजा खड़ा किया है। खलकंत देखने आ रही है, पर ये मुए मुझे नहीं देखने देंगे। मुझे, बदरुन्निसा को, जिसे इस दुनिया में बेगम सबसे ज्यादा अजीज थीं, जिसने उसे पालने में झुलाकर पैरों पर खड़ा किया, जिसने उसकी बलाएँ अपने सिर लीं, और जिसकी दुनिया अल्लाह ने उसकी बानो को उठाकर सूनी कर दी। दस कोस से चलकर आ रही हूँ, और ये कह रहे हैं…''

ईसा ने पूछा, ''तो तुम मल्का मुअज्जमा अरजुमंद बानो बेगम की सहेली थीं?''

''और मैं इतनी देर से क्या कह रही हूँ, मर्देखुदा!'' बुढ़िया ने आश्चर्य से अपनी भोली आँखों के ऊपर तनी हुई भौंह को और ऊँचा करते हुए कहा।

''तो आओ हमारे साथ,'' ईसा बोला, ''मैं दिखलाऊँगा तुम्हें ताजमहल।''

बुढ़िया ने उसे सौ-सौ दुआएँ दीं, अल्लाह का नाम लिया और डगमगाते कदमों से उसके पीछे-पीछे चल दी। लोगों ने अनुभव किया कि वास्तव में वह बेहद थकी हुई थी। पैरों के साथ-साथ घुटनों तक उसका पायजामा धूल में अँट चुका था।

ईसा अपनी कला से स्वयं विभोर था। सबसे आगे चलता हुआ वह बुढ़िया के बहाने मानो अपनी स्वर्गस्थ पत्नी के सम्मान में अपनी कला का वर्णन करने लगा।

''बीबी, तुम इस रोजे को देखने आई हो, मगर यह रोजा नहीं है। यह प्रेम से पगी किसी कोमल, श्वेतवसना, श्वेतवर्ण नारी की मूर्ति है। इसके वस्त्रों में हमने अपनी शैतान तबीयत का इजहार करने के लिए सीप, मोती, पन्ने और पुखराज जड़ दिए हैं। यह बीच में हमने हौज नहीं बनाया, बल्कि उस मानिनी के लिए एक दर्पण रखवा दिया है, जिससे वह एक बार अपनी मुँदी हुई आँखों को खोलकर इसमें अपनी छवि देख ले और मुसकरा दे।''

बुढ़िया अधखुली आँखों से सब कुछ देखती हुई आगे बढ़ रही थी और उसके कान ईसा के एक-एक शब्द को पी रहे थे। ईसा वर्णन करने में मस्त था—

''किसी प्रेमी के घर को सूना करके, वह चार हाथोंवाली परी यहाँ आकर अमर होने के लिए तप करने लगी और इसके चार हाथ पत्थरों की मूरत में बदलकर मीनार बन गए हैं। उसके ऊपर की बुर्जियों में इस परी के हाथों की उँगलियाँ दिखाई दे रही हैं। ठहरो बीबी, इस तापसी देवी के दिल के भीतर कदम रखने से पहले धर्म-पुस्तक कुरान की इन आयतों को तो पढ़ लो। नहीं तो कुफ्र होगा और तुम उसके दिल के अंदर की हालत को नहीं समझ सकोगी।''

बुढ़िया के कदम अब डगमगाने बंद हो गए थे। वह जैसे हवा में तैरती हुई इस अपूर्व और विचित्र दृश्य को देख रही थी। ईसा कह रहा था—

''दिल के दो परदों की तरह हमने भी इस नाजनीन के दिल को दो हिस्सों में बाँटा है। ऊपर के हिस्से में जो कब्र बनी है, वह इस देवी के रूप के प्रति उठने वाली भावनाओं को दफन करने के लिए है। यह ठोस सोने का जालीदार परदा, जो इस कब्र के चारों ओर लगा है, उन छेदों को प्रकट करता है, जो उस प्रेमी के वियोग में इस देवी के दिल में पड़ गए हैं। मूक नारी की वेदनापूर्ण आह को संसार नहीं सुन पाता। इसलिए उस आवाज में गूँज पैदा करने के लिए हमने यह गुंबद बनाया है। इन आहों को अगर कोई सुन पाता है, तो इस छत के बीच में लटका हुआ यह झाड़-फानूस है, जिसमें काफूर की बत्तियाँ दिन-रात जलती रहती हैं।

सहारा देकर ईसा ने बुढ़िया को तहखाने में उतारा। अपने एक साथी के हाथ

से कपूर की बत्ती का एक दीपक लेकर उसने कब्र पर रखा और चुप रहा। केवल बुढ़िया के कान में फुसफुसाकर उसने इतना कहा, "चुप रहना, यहाँ पर कोई सो रहा है!"

बुढ़िया ने ये शब्द सुने तो उसका तन-मन सिहर उठा और आँखें फाड़े वह कब्र की ओर देखती रह गई।

तहखाने से निकलकर ईसा ने बुढ़िया को अठपहलू कक्ष दिखाने शुरू किए और अपने साथियों को इशारे से नीचे ही रहने का आदेश दिया। उसकी वाणी लुप्त हो गई थी। वह अपनी कला का वर्णन करते-करते कहीं सुदूर अतीत में पहुँचकर भटक गया था। कमरों का एक चक्कर लगा लेने के बाद उसे यही अनुभव हुआ कि बुढ़िया उसके साथ नहीं है और वह अकेला ही घूम रहा है।

सचेत होकर वह वापस लौटा और उसने देखा कि बीच के एक कमरे में बुढ़िया बीचो-बीच खड़ी है और उसका मुँह भीतर की ओर एक जाली की ओर घूमा हुआ है। यही नहीं, बल्कि वह बातें कर रही है—

"बानो, अपनी बदरुन्निसा को नहीं पहचानती? इन बीस बरसों में ही मैं परायी हो गई? मैं तो एक पल को भी नहीं भूली। हाँ, सच, पर तुमने तो आज सफेद-ही-सफेद कपड़े पहन लिये। अच्छा, याद आया, जब जवाहरात और सलमे-सितारे पहन-पहनकर तुम उकता गई थीं, तो एक दिन मैंने ही तुम्हें यह पोशाक पहनाई थी।"

शब्द धीमे जरूर थे, मगर साफ थे। ईसा हैरत से कुछ बोलता-बोलता रुक गया। वह आश्चर्य से बुढ़िया को देख रहा था और बुढ़िया बातों में मशगूल थी।

"मुझे क्या पता था कि तुम यहाँ आ बैठी हो। मैंने तो देखा कि तुम महल में नहीं रहीं और मैं किला छोड़कर यहाँ चली आई। हाँ, अच्छी तो क्या रही! पर देखो, तुम ऐसी आँख-मिचौनी न खेला करो। तुम्हें मेरी मोहब्बत की कसम! बन्नो, अब मेरे साथ चलोगी न? बोलो, चलोगी न! बोलो, बोलो, बानो, बोलो!"

यह सब नजारा देखकर ईसा की आँखों में एक विचित्र चमक आई और वह दबे पैरों उस कमरे से बाहर निकल आया। दौडा-दौड़ा वह नीचे आया और फुसफुसाकर अपने आदमियों से बोला, "खबरदार, सब लोग यहाँ से बाहर हो जाएँ। दरवाजे पर पहरा लगा दो। कोई अंदर न जाने पाए। जरा भी शोर न हो। मैं एक घड़ी में लौटकर वापस आता हूँ।"

लोगों ने देखा कि वृद्ध ईसा दौड़ने के बहाने उड़ा चला जा रहा था। देखते-ही-देखते उसने ताज का दरवाजा पार किया। एक-दो से टकराया भी, फिर मुख्य

द्वार पर आया और उसने पेड़ से बँधे पहरेदार के मजबूत घोड़े को खोल दिया। इससे पहले कि कोई उससे इस बाबत कोई प्रश्न करता, वह उछलकर घोड़े पर बैठ गया। उसने उसकी लगाम हाथ में ली और उसे दो-तीन झटके दिए। एक बार को घोड़ा पिछले पैरों पर खड़ा हो गया। उसके बाद वह हवा की तरह दरवाजे से निकलकर किले की ओर सरपट दौड़ चला।

किले के द्वार पर पहुँचकर वह जोर से चिल्लाया—

"ताजमहल को बनानेवाला ईसा आया है। द्वार खोलो!"

ईसा के स्वागत में द्वार भरभराकर खुल गया। तीर की तरह हवा में सनसनाहट पैदा करता हुआ ईसा का घोड़ा लंबा गलियारा पार करके दूसरे, फिर तीसरे मुख्य द्वार पर पहुँचा। तब तक राह के कई चौकीदार उसके साथ लग लिए थे।

मुख्य द्वार पर पहुँचकर उसने द्वारपालक को सुनाते हुए जोर से कहा, "बादशाह सलामत को खबर कर दो कि ईसा आया है। कहो कि ताजमहल में मल्का मुअज्जमा जिंदा सूरत में तशरीफ लाई हैं। ओह! शहंशाह ने अगर एक पल की भी देर की, तो वह दीदार उन्हें जिंदगी भर हासिल नहीं होगा।"

किले में हलचल मच गई। खबर हू-ब-हू, एक-एक लफ्ज, एक-के-बाद-एक संदेशवाहक से लौंडियों तक पहुँची। शहंशाह शाहजहाँ नमाज अदा करने के बाद वजीर सादुल्लाखाँ को कुछ आवश्यक संदेश देते रह गए थे। उसी समय लौंडी ने खबर शाहजहाँ तक पहुँचा दी। वह एकदम आश्चर्यचकित-सा उछलकर खड़ा हो गया। एक बार उसने वजीर की तरफ देखा कि उसका क्या मतलब हो सकता है।

वजीर ने कहा, "मैंने तो पहले ही अर्ज किया था, आलीजाह, कि वह जादूगर संगतराश के नाम से मशहूर है। अब देर न कीजिए।"

अंगरक्षकों ने एक बड़े दस्ते के साथ शाहजहाँ मुख्य द्वार के बाहर निकला और घोड़े पर चढ़ा। बेचैनी से इंतजार कर रहे ईसा ने बादशाह को देखते ही अपने घोड़े के मुँह को मोड़ दिया और बिना कोई ताजीम किए, तेजी से दौड़ पड़ा। पीछे शाहजहाँ व उसके अंगरक्षकों का दल था।

ताजमहल में सबकुछ ज्यों-का-त्यों था। बादशाह सलामत को देखते ही प्रत्येक व्यक्ति आधा झुक जाता। ताज-दरवाजा पार करके शाहजहाँ ने एक बार ताजमहल की इमारत को देखा और ईसा के पीछे-पीछे झपट चला। कलाकार ने अपने आदमियों से कुछ पूछा।

ताज के द्वार पर पहुँचकर ईसा ने कहा, "जहाँपनाह, सब लोगों को यहीं छोड़

दें और बिना आवाज किए अकेले तशरीफ ले चलें।''

सबको पीछे छोड़ दिया गया। ईसा और शाहजहाँ सीढ़ियाँ चढ़कर जालीदार कमरों में पहुँचे—आहिस्ता, आहिस्ता, दबे पैरों। केवल जालियों से हवा टकराकर ध्वनि उत्पन्न कर रही थी। उस ध्वनि में भी एक विचित्र गंभीरता थी। बुढ़िया अब तक उसी अवस्था में ज्यों-की-त्यों खड़ी थी। आँखें उसी जाली की तरफ थीं। ईसा ने होंठों पर उँगली रखकर बुढ़िया की ओर इशारा किया। फिर फुसफुसाकर अत्यंत धीमे स्वर में बोला, ''जहाँपनाह, इस खातून को पहचानते हैं ?''

शाहजहाँ ने भी उसी प्रकार धीमे स्वर में जवाब दिया, ''हाँ, यह तो बदरुन्निसा है। पर या खुदा, यह कितनी बदल गई है।'' फिर ईसा को लक्ष्य करके कहा, ''पर बानो कहाँ है ? यहाँ तो कहीं दिखाई नहीं देती।''

ईसा ने कहा, ''इस बुजुर्ग खातून से पूछिए, जहाँपनाह! यह मल्का मुअज्जमा से बातें कर रही थी।''

शाहजहाँ को हैरत हुई। उसके स्वर में तेजी आ गई—

''खानम, क्या तुमने बानो को देखा है ?''

बुढ़िया की ओर से इस प्रश्न का कोई उत्तर नहीं मिला। बादशाह ने आवाज को जरा और तेज करके फिर से वही प्रश्न दोहराया। किंतु प्रश्न जालियों से होकर बाहर निकल गया। उसने प्रश्नसूचक दृष्टि से ईसा की ओर देखा। ईसा ने धीमे से कहा, ''आगे बढ़कर पूछिए, जहाँपनाह!''

शाहजहाँ आगे बढ़ा और फिर वही सवाल किया। जवाब न पाकर उसने बुढ़िया का कंधा पकड़कर हिलाने का इरादा किया। किंतु हाथ लगते ही, किसी अत्यंत सूक्ष्म संतुलन पर स्थित, कठोर काष्ठ-प्रतिमा की तरह वृद्धा का अचेत शरीर फर्श पर ढह गया। फिर भी उसकी मुद्रा में कोई अंतर नहीं आया, आँखें जैसी-की-तैसी खुली थीं। झपटकर ईसा ने उसकी नब्ज पर हाथ रखा।

शाहजहाँ वेदनापूर्ण स्वर में चीख उठा—

''बानो, बानो! ईसा, कहाँ है बानो? तुमने वादा किया था कि बानो यहीं मौजूद है और तुम मुझे उससे मिलवाओगे।''

बुढ़िया की नब्ज छोड़कर ईसा दुःखी मन से धीरे-धीरे उठकर खड़ा हुआ। गर्वीले कलाकार की भाँति अत्यंत शांतिपूर्वक ढंग से, शाहजहाँ की आँखों में आँखें डालकर, नपे-तुले शब्दों में वह बोला—

''जहाँपनाह, आपकी बानो ताज के हर पत्थर में, हर फूल में और यहाँ के चप्पे-चप्पे में जीवित है। मगर उसे वही देख सकता है, जिसके मन में उसके प्रति

पवित्र और अनवरत प्रेम की धारा बह रही हो। जिसके हृदय में वह धारा प्रवाहित थी, उसने उसे देखा, बातें भी कीं, और इतने में भी जब उसका जी न भरा तो वह उसके साथ लोप भी हो गई। पिछले बीस वर्षों में खूनखराबा, युद्ध, मारकाट और जय-पराजय के इतने तूफानों में आपका मन ऐसा उलझा कि काल ने अवसर पाकर आपके भीतर पलती मोहब्बत को रगड़कर पोंछ डाला। इसीलिए न बानो अब आपको दिखाई दी, और न कभी आगे दिखाई देगी। यह आनेवाला समय बताएगा कि यह ईसा का अपराध था या शहंशाह शाहजहाँ का?''

शाहजहाँ अवाक् खड़ा उसका मुँह देख रहा था।

कहते हैं, ईसा को बहुत बड़ा पुरस्कार मिला। शायद इतना अधिक कि दूसरा ताजमहल बनकर खड़ा हो सके। यह भी कि शायद तुर्किस्तान पहुँचने तक वह जीवित ही न बचा हो। जो भी हो, मगर मुमताजमहल से सच्चा प्रेम करनेवाली उसकी सहेली बदरुन्निसा का मकबरा ताज के दक्षिणी दरवाजे के दाईं तरफ, मुमताजाबाद की दिशा में, आज भी उसके स्मारक के रूप में वहीं खड़ा है। ताज का एक अभिन्न अंग, वह उसका अंतिम नग ही तो है।

□

# गलत गली

अँधेरे में वह भूतनी की तरह बैठी थी। दरवाजा चौपट खुला था। बाहर के बरामदे की बत्ती भी गुल थी। रात का एक बज रहा था। बैठे-बैठे भी बहुत देर हो गई थी, घर में कोई और नहीं था। उसे लग रहा था कि स्वयं उसका अस्तित्व एक प्रेत में बदल गया है।

अँधेरे में भी उसे मालूम हो गया था कि एक बजकर तेरह मिनट पर कोई उस गली में दाखिल हुआ है, जिसका नंबर 35 या 53 है। वह अकसर भूल जाती है कि इन दोनों नंबरों में से उस गली का असली नंबर कौन-सा है। उसके लिए अकसर इसमें भेद करना कठिन हो जाता है, और कभी उसे याद भी रह जाता है, तो वह पूछनेवाले को जान-बूझकर गलत बताती है। फिर जब वह चला जाता है, तो उसके होंठों का एक सिरा बाईं आँख की ओर उठ जाता है। उसे अब याद नहीं पड़ता कि इस प्रैक्टिकल जोक की आदत उसने कब की थी, अगर वह उसका काफी पुराना मजाक हो गया है अब। 18 गलियों का चक्कर लगाकर जब कोई भूल सुधारते हुए उस गली में वापस आता है, तो उसका हुलिया देखने लायक होता है।

कभी-कभी ऐसा होता है कि वह आगेवाला उसी से मिलने आया हो। उसी का स्वार्थ साधने आया हो। मगर इससे उसके इस मजाक में कोई फर्क नहीं पड़ता, क्योंकि अकसर आनेवाला भी 18-20 का फेर देने आता है। वह उससे 18-20 बरस छीनने के लिए आता है। वह उसे भरी जवानी में बुढ़िया बनाने आता है।

एक बजकर तेरह मिनट पर गली में घुसनेवाले के पैर सीधे नहीं पड़ रहे हैं। उसे यह भी मालूम हो गया है कि उसने क्रेप सोल के जूते पहन रखे हैं। वे जूते उसने खुद उसे लाकर दिए थे। वह उसके मन में विश्वास भरना चाहती थी। वह उसका चोरों की तरह पैरों से जूते निकालकर घर में घुसना पसंद नहीं करती थी। वह रोज उसका इंतजार भी नहीं कर पाती थी। इंतजार करने के लिए वह घर में ही

कहाँ होती थी! अकसर किसी-न-किसी स्टूडियो में उसकी शूटिंग चलती। उसमें उसका रोल हमेशा पचास-पचपन बरस की अधेड़ औरत का होता``न केवल मेक-अप से, बल्कि शरीर से भी और आत्मा से भी। उसके नेत्रों में बुढ़ापे का जल होता था, खोई-खोई सी नजरें, होंठों का एक सिरा बाईं आँख की ओर संकेत करके उसे छोटा कर रहा था, उसे ऐसे संवाद दिए जाते, जिनमें उम्र की लरज दिखाई देती थी। एक बार एक डायरेक्टर उसका अभिनय देखकर रो पड़ा था—शायद उसे अपनी माँ की याद आ गई थी। उस डायरेक्टर की उम्र चालीस से ऊपर थी।

आनेवाले के क्रेप सोल की आवाज भी रुक गई। वह जानती है कि वह इस समय पड़ोसी की कॉटेज की दीवार का सहारा लिये खड़ा है। शायद वह कुछ सोचने का उपक्रम कर रहा है। उसे नहीं मालूम कि उसके सोचने का समय बीत गया है—फिर भी वह है कि सोचे ही जा रहा है, बेवकूफ का बच्चा!

वह मुंबई में हीरोइन बनने के लिए आई थी। वह केवल सोलह बरस की थी, जब वह पहली बार सिनेमा के रुपहले परदे पर उतरी थी, तो रजतपट चकाचौंध होकर रह गया था। लोग जैसे अपना दिल निकाल-निकालकर परदे पर फेंक रहे थे। सिनेमाघर के फर्श के सफैये को जब-तब दो-चार चवन्नियों के सिक्के सीट के नीचे लुकी-छिपी मिल जाती थीं। यह वह समय था, जब आम लोगों को इस हीरोइन के घर के नंबर की बात तो छोड़ ही दें, उसकी गली तक का पता नहीं था, न मालूम होने दिया जाता था। उस वक्त तक वह अविवाहित ही थी। स्टेज पर सीता का अभिनय करनेवाली से रजतपट की सीता-सावित्री बनाने वाले उसके मेहरबान बुजुर्ग ने उसे एक नेक सलाह दी थी कि विवाह हीरोइनों का सबसे बड़ा शत्रु है। उसके विवाहित होते ही लोग समझने लगते हैं कि उस पर एक ही पुरुष का अधिकार हो गया है। अकसर भावुक दर्शक मानसिक रूप से उन्हें उसे अपनी प्रेयसी के रूप में देख पाने में असमर्थ महसूस करते हैं। उनकी 'जियरा कसक-मसक जाए' वाली स्थिति नहीं रह जाती। अब उनकी जेब से चवन्नी निकलते-निकलते रह जाती है।

उसे आश्चर्य हो रहा है कि कैसे क्रेप सोल के जूते की आवाज आज उसे सुनाई दे रही है। उसके घर आनेवाला व्यक्ति पड़ोस की कॉटेज की दीवार से हटकर फिर से अपने टेढ़े-मेढ़े रास्ते पर चल पड़ा है। हालाँकि उसका गंतव्य स्थान ज्यादा दूर नही है, लेकिन लगता है, उसे वहाँ पहुँचने में काफी देर लगेगी।

एक-दो फिल्मों में बिजली गिराकर और लाखों के दिल की रानी बनकर भी उसे यह महसूस नहीं हुआ कि अब उसे शादी कर ही लेनी चाहिए। यद्यपि उसके

पास पैसा इतना नहीं था, फिर भी उसके कॉटेज की नींव तो पड़ ही गई थी। नींव पूरी ही हुई थी कि वह घटना घट गई थी।

खलनायक ने अपनी तलवार का जौहर दिखाने के लिए फ्रेंच शमशीर का एक ऐसा हाथ चलाया था कि उसके बाएँ गाल के ऊपर की चमड़ी उधड़ गई थी। एक दर्दनाक चीख उसके मुँह से निकली थी और सारे स्टूडियो में हल्ला मच गया था। दो सप्ताह तक वह बिस्तरे पर पड़ी रही। उसके बाएँ गाल की सर्जरी की गई थी। जब तक वह पलंग पर थी, उसे शीशा देखने की इजाजत नहीं थी। फिर ठीक होने पर जब उसने पहली बार अपने मुँह को शीशे में देखा, तो अपने चेहरे का अक्ष देखकर उसकी आँखें फटी-की-फटी रह गई थीं। एक मिनट तो वह देखती रही, फिर उसके मुँह से जो चीख निकली, वह वैसी थी जैसी कि उस दिन स्टूडियों में फैल गई थी।

किंतु बाद में वह स्थिर हो गई थी। बड़ी सावधानी से उसने मेक-अप किया और फिर से एक बार शीशे में अपने मुख को निहारा, तो उसे पहले की हीरोइन और आज की भवभीता में कोई अंतर दिखाई न दिया। अंतर केवल यह था कि उस मुख-मुद्रा में एक अवर्चनीय सौम्यता, स्निग्धता और करुणा का भाव दिखाई दिया। एक बार को उसे लगा कि उसके अप्रतिम सौंदर्य में बिना किसी प्रयास के भावना का समावेश हो गया है।

क्रेप सोल फिर बंद हो गए हैं। आनेवाला शायद गंतव्य स्थान तक पहुँचने का रास्ता आँखों से नापने की कोशिश कर रहा है। आँखों से कहीं रास्ते नपते हैं! रास्ते तो हमेशा कदमों से नापे जाते हैं। आँखें हमेशा धोखा देती हैं।

दुर्घटना के बाद जब वह स्टूडियो में पहली बार गई, तो स्टूडियों के कर्मचारियों को मिठाई बाँटी गई। फ्लैश लाइट में उसे खड़ा करके डायरेक्टर ने उसके कान में कहा था, ''यह कौन-सा नशा भरकर लाई हो आँखों में, हाय जालिम, यह तो कभी चखा नहीं था?''

लजाकर उसने कहा था, ''थैंक्यू!''

उस दिन बड़े उत्साह के साथ शूटिंग हुई थी। प्रोड्यूसर कापड़िया भी आया था और वह अपनी हीरोइन को देखकर बड़ा ही खुश था। उसने उसकी पगार बढ़ाने की बात भी डायरेक्टर से की थी। जब वह बात कर रहा था तो उसके साथ आया एक नौजवान बार-बार उस तक पहुँचने की कोशिश में था। मेकअपमैन और डायरेक्टर दोनों उसकी इस कोशिश में रोड़ा बने हुए थे। थोड़ी देर में जब ये बाधाएँ खत्म हो गईं, तो मौका पाकर वह स्प्रिंग की तरह उछलकर उसके सामने

पहुँच गया। सामने खड़ा वह कभी झेंपने लगता, कभी शरमाकर खीसें निपोर देता और फिर झेंपने लगता। कापड़िया ने यह सब देखा तो सोचा, इसका परिचय ही क्यों न हीरोइन से करवा दिया जाए। नहीं तो वह अपनी अजीब हरकतों से उसे यों ही शर्मिंदा करता रहेगा। सो उसने ऐसा ही किया और तब पता चला कि साहबजादे कापड़िया साहब के दूर के साले निकले।

शूटिंग खत्म हुई। साले साहब ने कापड़िया साहब के सामने हीरोइन को उसके घर तक पहुँचा आने की इजाजत माँगी। इजाजत मिल भी गई और वह खुद ड्राइव करके उसे उसके घर तक ले आए। बीच रास्ते में उससे उन्होंने कहा था, "मैंने आज तक कोई हीरोइन ही नहीं देखी थी। पहली बार तुम्हें देख रहा हूँ।"

"अच्छा!" आश्चर्य प्रकट करते हुए उसने पूछा था, "आप कौन से जंगल से आए हैं ?"

"मैं...मैं... ?" दो बार पूछकर उसने शायद किसी वन का ही नाम लिया था, "हाँ, वृंदावन से..." वृंदावन से आए थे वे महाशय। बाद में तो कभी उसने उस वन का नाम ही नहीं लिया। और-तो-और तब भी नहीं, जब उन्होंने उन्हीं हीरोइन से शादी करने का बीड़ा उठा दिया था। उस समय कापड़िया साहब उससे बेहद नाराज थे।

वास्तव में कापड़िया साहब के यह इतनी दूर के साले थे कि चाहे वह किसी भी हीरोइन से शादी करते तो कापड़िया साहब उसमें शरीक हों या न हों, वह इसका स्वतंत्र निर्णय लेने के लिए स्वतंत्र थे। उसमें जाना उनके लिए जरूरी नहीं था। मुख्य बात थी, जो चार दिन बाद सामने आई। फिल्म के रशेज जब कापड़िया और उनके डायरेक्टर ने देखे, उन्होंने दस दिन तक बात का खुलासा नहीं किया, क्योंकि इतने दिन तक शूटिंग का चलना तय था। उनके चेहरे फक थे, क्योंकि कहानी में क्रांतिकारी बदलाव किया गया था। अब उसे एक कार दुर्घटना का शिकार होकर अस्पताल ले जाया गया था और उसके प्रेमी के पिता के द्वारा शादी से इनकार करा दिया गया था। अब उसका प्रेमी आदर्शवादी हो चला था, हीरोइन का मुख विकृत हो जाने पर भी वह उससे शादी करके ही माना। डायरेक्टर ने उसके मुँह को जानबूझकर विकृत बनवाया भी था।

फिल्म हिट हो गई। कापड़िया खुश था। लेकिन एक दिन उसने और डायरेक्टर शंकर ने उसे दफ्तर में बुलाया और कापड़िया ने बात शुरू की—

"मिस राधा, मेरा खयाल है कि आप अब अपनी शोहरत की चोटी पर पहुँच चुकी हैं। हमने काफी सोचने के बाद यह तय किया कि आपको इस मामूली सी

तनख्वाह पर अपने आप से बाँधे रखना नाइनसाफी होगी···क्यों, मिस्टर शंकर?''

''जी हाँ, दुनिया जानती है कि आप एक ईमानदार प्रोड्यूसर हैं। वे तो कोई और होते हैं जो दूसरे का खून पीकर जीते हैं।''

लेकिन यह बात सुनकर वह वहीं रोने लगी थी और दोनों हथेलियों से अपना मुँह ढककर मेज पर औंधी हो गई थी। सारा माजरा उसके सामने शीशे की तरह साफ था—उसी शीशे की तरह, जिसमें अपनी रोग-शैया से उठकर वह अपना मुख देखकर चीख उठी थी।

कापड़िया उसका यह हाल देखकर खड़ा-का-खड़ा रह गया, लेकिन शंकर ने डायरेक्शन के समय उसकी भावनाओं के साथ काफी माथा-पच्ची की थी। उसने सहानुभूति के साथ अपना हाथ उसके कंधे पर रखा और बोला—

''मिस राधा, असल में आप सब कुछ समझती तो हैं। शायद हमने बात गलत तरीके से शुरू की। आप निराश न हों। यह दुर्घटना आपके लिए एक वरदान भी सिद्ध हो सकती है। भले ही आप हीरोइन के रोल में फिट न हो पाएँ, अगर मैं इस फिल्म-इंडस्ट्री में लंबे समय तक रहा, तो मैं दावे के साथ कह सकता हूँ और विश्वास दिलाता हूँ कि आप एक बहुत बड़ी करेक्टर एक्ट्रेस साबित होंगी। यहाँ हर एक्ट्रेस पाँच-साल बाद फीकी पड़ जाती है और फिर वह करेक्टर रोल्स लेना शुरू कर देती है और जिंदगी भर अपना कमाल दिखाती रहती है। इंडस्ट्री भी उसे किसी हाल में खोना नहीं चाहती। इसके अलावा कापड़िया साहब आपको आपकी तनख्वाह के अलावा पाँच हजार का चैक भी तो अलग से दे रहे हैं। अब आप अपनी लक ट्राई कीजिए। हममें से कोई अपनी जबान नहीं खोलेगा।''

अब यह निश्चित था कि उसकी ख्याति के चरम तक पहुँचने का समय आ चुका था और इसी के साथ शुरू हो गया था—उसका सर्वनाश। कापड़िया ने उसे चैक दिया तो वह उसके थरथराते हाथों से छूटकर जमीन पर गिर पड़ा था। वह होश में नहीं थी, बहकी-बहकी सी वह वहाँ से लौट गई। अगले दिन कापड़िया साहब का साला ही वह चैक लेकर वहाँ आया था। बहुत दिनों तक वह चैक उसकी मेज की दराज में पड़ा रहा था। वह चैक उस दिन भुना था, जिस दिन निर्देशक शिरोमणि घोष बाबू ने उसे देखकर कहा था, ''मिस राधा, आप नहीं जानती, आपके चेहरे पर क्या लिखा है। इसमें एक बहुत बड़े कलाकार का भविष्य दिख रहा है। कोई अच्छे चेहरे वाली हीरोइन गधे की दुम भी हो सकती है, लेकिन एक करेक्टर एक्ट्रेस एक करेक्टर ऐक्ट्रेस ही हो सकती है। आप फ्रस्ट्रेशन को दिमाग से निकाल दें। मुझे अपनी इस फिल्म-हीरोइन की माँ चाहिए। लेकिन मेरी कहानी में हीरोइन

की माँ ही असली हीरोइन है, जिसके ऊपर खजाने कुर्बान हैं—भले ही चवन्नियाँ हीरोइन पर फेंकी जाएँ।''

उसने इसी समय तो प्रस्ताव स्वीकार नहीं किया। घर आकर सबसे पहले उसने अपना चैक भुनवाया। फिर उसने कापड़िया के साले सत्येंद्र से शादी के प्रस्ताव को स्वीकार किया। जिस दिन कापड़िया के लाख मना करने पर भी सत्येंद्र ने उससे शादी की थी, उसी दिन उसने हीरोइन का जामा भी उतार फेंका था। उसी दिन उसने हीरोइन की माँ का रोल निभाने के लिए घोष बाबू का कॉण्ट्रैक्ट भी साइन कर लिया था। उसके चेहरे पर विधना ने जबरदस्ती उस महान् कलाकार को लाकर बिठा दिया था, अब वह उसका मुँह देखना चाहती थी।

सत्येंद्र खुला व्यक्ति था। वह रसिक तो था ही, साथ ही मजाकिया भी था। वह उसके दिल की बातों को गहराई से समझता था, उसके साथ सहानुभूति रखता था। वह निर्धन जरूर था, पर उससे सच्चा प्रेम करता था। दूसरी ओर राधा ने उसे कभी यह महसूस नहीं होने दिया कि वह उसकी कमाई पर जिंदा है। उसने खुद ही उसका बैंक में अकाउंट खोल दिया था और स्वयं ही उसके खाते में जब तब पैसे भी जमा कर आती थी।

घोष बाबू ने उसे एक सफल माँ बना दिया था—करुणामयी, सौम्य और शालीन माँ, स्निग्धा माँ, ऐसी माँ, जिसका मुकाबला कोई अन्य नारी नहीं कर सकती। जिस दिन सत्येंद्र ने इस जुल्म का प्रीमियम देखा था, वह उस पर बुरी तरह आसक्त हो गया था। उस दिन उसने जी भरकर उस पर अपना प्यार उड़ेला था और हँसकर कहा था—

''डार्लिंग, अब मेरा भी एक बार तुम्हें माँ पुकारने का दिल चाहता है।''

उसने उसे हाथ मारकर कहा था, ''शर्म नहीं आती, तुम्हें?''

''वाह! यह एक ही कही। शर्म कैसी? क्या हमारे शास्त्रों में नहीं लिखा कि पत्नी के चार रूप होते हैं—माँ, मंत्रिणी, दासी और वेश्या।''

यह भी सत्येंद्र ने ही कहा था कि जिस दिन आदमी अपनी पत्नी के मातृत्व को पहचान जाता है, उसी दिन से अपनी गृहस्थी की नींव में सुख-समृद्धि बो देता है। हाय, फिर क्यों वह उससे विमुख होता गया? क्यों वह उसकी फिल्म देखकर आता तो शराब पीने लगा? क्यों वह उसकी उपस्थिति में घर से अनुपस्थित रहने लगा? क्यों वह एक दिन बैंक के खाते से सारे पैसे निकालकर कहीं लोप हो गया? और क्यों उसे गायब हुए इतने वर्ष बीत गए—पूरे अठारह साल! क्या वह अब भी उसकी फिल्में देखता होगा, अब जब करुणामयी माँ का उसका किरदार परदे पर

मातृत्व उँड़ेलता है, तो क्या रजतपटल की ओर उँगली उठाकर भोले बच्चे की तरह कभी पुकारते हुए कह उठता होगा—"माँ?"

और उसका अंतर साथ-साथ पुकार उठता है—"अरे, तू कहाँ है, मेरे बच्चे? कहाँ है तू? पता नहीं तुझे कोई खाने-पीने को भी पूछता होगा या नहीं! पता नहीं तू किसी को अब भी माँ कहता होगा कि नहीं?"

या यह उसकी किसी नई फिल्म के संवाद मात्र थे? पता नहीं। अब उसे संवाद याद ही नहीं रहते। शूटिंग के समय जो संवाद उसे बोलने को कहा जाता है, वही स्वाभाविक कुशलता के साथ वह बोलती चली जाती है। शायद उसके अंतर का कुछ उसमें उमड़ पड़ता है। जाने कहाँ से उसके चेहरे पर अनगिनत झुर्रियाँ उत्पन्न हो जाती हैं, जो मेकअप धुलते ही विलीन हो जाती हैं। उसका सारा वात्सल्य-भाव स्टूडियो में पीछे छूट जाता है और एक अतृप्त-सी वासना उसे घेरने लगती है।

पता नहीं यह क्रेप-सोल यहाँ तक कब पहुँचेंगे!

कभी-कभी उसे लगता है कि उमेश सत्येंद्र से ज्यादा समझदार था। उसने यह स्वीकार किया था कि उसने उसकी केवल एक फिल्म देखी थी और उसे देखकर उसे लगा था कि डायरेक्टर ने माँ के रोल में उसे चुनकर निहायत बेवकूफी का काम किया था। साफ दिखाई दे रहा था कि वह पच्चीस बरस की एक जवान स्त्री लगती थी, और उसके चेहरे से यौवन फूट पड़ता था। उसने कहा था कि मेक-अप इतना बचकाना था कि कोई भी आँख वाला उसके पार उमड़ती नदी को पहचान सकता था। यह कि उसे वह रोल अच्छा-खासा मजाकिया लगा था और जब भी वह परदे पर आती थी, वह डायरेक्टर की मूर्खता पर हँसे बिना नहीं रह सकता था।

उमेश राधा को अच्छा लगा था। पर वह काफी सावधान थी। वह उसी की एक फिल्म का असिस्टेंट डायरेक्टर के रूप में आया था और उसने एक ही दिन काम किया था, फिर वह वापस लौट गया था। जो पद उसे दिया गया था, उससे वह संतुष्ट नहीं था। असल में उसे वह काम ही पसंद नहीं था। तीसरे दिन वह उसे अचानक ही चौपाटी पर मिल गया था। बातों-ही-बातों में पता चला कि उसने कहीं कोई दूसरा काम ढूँढ़ने का प्रयास नहीं किया, वह सोच रहा था कि उसके पास जो चार-पाँच हजार रुपए हैं, उनसे क्या वह कोई छोटा-मोटा धंधा कर सकता है! तब वह उसे अपनी कार में बैठाकर घर ले आई थी। उसे प्रेम से खाना खिलाया था और उससे अनुरोधपूर्वक कहा था कि जब तक उसे कोई काम न मिल जाए, वह उसी के घर को अपना घर समझे। दूसरे दिन उसने उसके हाथ में हजार रुपए भी

रख दिए थे और कहा था कि यदि कभी और जरूरत हो, तो वह और ले ले। न उसे कोई काम मिल पाया और न कोई और पैसे की जरूरत ही पड़ी। एक महीना ऐसे ही बीत गया। फिर एक दिन जब वह स्टूडियो से वापस लौटी तो मेज पर उसे एक अधलिखा उपन्यास पड़ा मिला। उसने वहीं बैठकर उसके एक-दो पेज भी पढ़ने. चाहे, लेकिन वह उसमें इतना रम गई कि जितना लिखा हुआ था, सब पढ़कर ही छोड़ा। तब उसे एक खयाल आया कि कहीं उसे उससे प्रेम तो नहीं हो गया है!

यह खयाल आते ही वह व्यावहारिक हो गई। घंटे भर बाद ही उमेश लौट आया और उसने पाया कि राधा उसे घूर रही थी। उसने सकपकाकर पूछा—

''क्या बात है? आप कुछ नाराज लग रही हैं, मुझसे कोई गलती हो गई क्या?''

''मैं पूछती हूँ कि तुम महीने भर से मेरे साथ यहाँ रह रहे हो—मुझे पुकारने के लिए तुम्हें कोई नाम नहीं मिला?''

''क्यों नहीं, मिस राधा! मैं आपका नाम जानता हूँ—देखिए न!''

''मेरा मतलब है, कोई रिश्ता नहीं मिला तुम्हें?'' उसने पूछा।

''ओह! तो यह बात है,'' उसने समझदारों की तरह गरदन हिलाकर कहा, ''बात यह है, मिस राधा, मैं आपको दीदी, बड़ी बहन या बहन कहकर इसलिए नहीं पुकार सका कि मेरा इन बेकार के संबंधों में विश्वास नहीं है। बहन बहन होती है और आप मेरी बहन हैं नहीं। परदे पर आप गधों को माँ लगती होंगी, मुझे तो उस बनावट में अभिनय भी मालूम नहीं होता। माफ कीजिए, मुझ पर आपके अभिनय का कोई प्रभाव नहीं पड़ा और मैं मुँहफट हूँ। अब आप ही बताइए, मैं आपको क्या कहकर पुकारूँ?''

अपने मन की खुशी को वह अंदर ही खपा गई। एक बार को सतर्क भी हुई कि कहीं यह उसकी पूर्व-नियोजित याचना तो नहीं है। लेकिन उसके लिए उमेश का व्यवहार हमेशा निष्कपट रहा था। अभी तक उसके चार हजार रुपए उसी के पास थे। वह उसे कहीं से भी काँइयाँ मालूम नहीं दिया था। प्रकट में उसने बहुत गंभीरता से पूछा था—

''उमेश, क्या तुम हमेशा मेरे साथ रहना पसंद करोगे?''

''बिना शादी किए ही?'' वह शैतानी से उसकी तरफ देखता हुआ बोला था।

''हाँ, बगैर शादी के ही। मैं विवाहित हूँ और भगोड़ा तलाक देकर नहीं गया। अब इस बात को लेकर अदालत जाने का मन नहीं होता।''

''लेकिन आप जानती हैं कि मुझे आपकी कला से कोई लगाव नहीं है।

अपने लिए मुझे कोई फिल्मी काम भी पसंद नहीं आया और मैं यों ही निठल्ला बैठा अपना वक्त काट रहा हूँ।''

''कोई बात नहीं। मैंने तुम्हारा लिखा वह अधूरा उपन्यास पढ़ लिया है। बस तुम घर में बैठकर ऐसे ही लिखते रहो, पैसा मैं कमाकर लाऊँगी। मेरी कला-वला पर तुम्हें कोई ध्यान देने की जरूरत नहीं। सिर्फ एक वचन देना होगा तुम्हें!''

''वह क्या?'' उसने वही शैतानी का भाव अपने मुँह पर लाकर पूछा।

''यही कि मेरी कोई फिल्म तुम नहीं देखोगे और जब मुझे छोड़कर जाना चाहोगे, तो मुझे कहकर जाओगे।''

''यह कहकर तो आपने मेरे सिर पर से एक भार ही उतार दिया। मैं समझ रहा था कि आप अपनी फिल्में देखने के लिए मुझे मजबूर करेंगी, और जहाँ तक छोड़कर जाने की बात है, शायद यह सवाल ही न उठे।''

लेकिन एक दिन यह सवाल उठ ही खड़ा हुआ—तीन ही बरस में। उमेश ने उसकी एक भी फिल्म नहीं देखी। उसने आठ-दस सस्ते उपन्यास लिखे, वे छपे भी। उसने शराब पी, लेकिन पूछकर। वह एक दिन रेस भी गया और जुआ भी खेला और एक-डेढ़ हजार रुपए उसमें गँवाकर उस लत को छोड़ भी दिया। इस सबके बीच उसने किसी भी प्रकार की सलाह उसे नहीं दी, न वह कुछ बोली। लेकिन दो बरस बीतते-न-बीतते उसे महसूस हुआ कि वह मानसिक रूप से उससे दूर होता जा रहा है। लेकिन क्यों? उसने ऐसा क्या अपराध किया था? हर संभव तरीके से उसने उसकी सेवा की, उसके निहोरे किए—तब भी?

फिर एक दिन उसी ने बताया, ''राधा, मैं इस अजीब से खयाल से अपना पिंड नहीं छुड़ा पाता कि तुम संसार की नजरों में एक माँ हो और अब तो शायद एक बुढ़िया भी हो। इतने दिन हो गए तुम्हारी एक कायम तसवीर मेरे मानस पर नहीं बन सकी। मैं अब शायद यह समझने लगा हूँ कि कला की बात पर जो मुझे हँसी आती थी, वह मेरा एक वहम ही था। शायद तुम ही अपनी कला में यकता थीं और उसे बनावट मानकर मैं उसे स्वीकार नहीं करना चाहता था। तुम एक ऐसी जवान वृद्धा हो, जिसके मन में आवश्यकता से अधिक वात्सल्य है। मैं धोखेबाज नहीं हूँ, मैं तुम्हें छोड़कर नहीं भागूँगा, अगर तुम ही यह न समझ लो कि मैं निठल्ला हूँ और पड़े-पड़े खाना चाहता हूँ।''

उसने उसके मुँह पर हाथ रख दिया था, उसे आगे बोलने नहीं दिया था। उसे और भी सहेजकर रखा था। पर एक दिन उसका अंतर रो उठा था और मूक स्वर में जैसे कह रहा था, ''जाओ, जाओ, मुझसे दूर चले जाओ। तुम मेरे नहीं हो। तुम

उस भगोड़े से भी बुरे हो, जिसकी मुझे आज तक याद आती है। तुम मेरे लिए एक जिंदा लाश की तरह हो, तभी उस दिन तुमने झेंपते हुए मुसकराकर मुझसे पूछा था, 'आज चला जाऊँ?'

"जाओ," उसकी आँखों में आँखें डालकर अपना सारा व्यतीत खोजते हुए उसने हौले से उससे कह दिया था। उमेश भी पूरब की बयार की तरह आया और चला भी गया था, और अपने पीछे छोड़ गया था एक उमस, दम घोंटू वातावरण और कॉटिज में समाया अंधकार।

अब तीस बरस से ऊपर होने को आई, राधा को अब दादी का रोल भी मिलने लगा था। यह एक विचित्र संयोग था कि जैसे-जैसे उसका अंतर शुष्क, नीरस, रसहीन और कटु होता जा रहा था, वैसे-वैसे उसकी कला का निखार उज्ज्वल से उज्ज्वलतम होता जा रहा था। उसके सामने-सामने अनेक चोटी की हीरोइनें डिब्बे में बंद होकर रह गई थीं। लेकिन उसके चेहरे पर यौवन की लाली उसी परिमाण में बढ़ती ही जा रही थी। वह काम करते थकती नहीं थी, बल्कि वृद्धा का अभिनय करते-करते वह उन स्वनामधन्य युवाओं को थका देती थी, जो उसका फिल्मांकन करते थे। अब उसने एक निश्चय कर लिया था—वह था प्रेमरहित वासना की पूजा करने का निश्चय!

और ये जो क्रेप-सोल दरवाजे तक आकर, लड़खड़ाकर, संदली का सहारा लेकर रुक गए हैं, यह उसके जीवन में आनेवाले क्रेप सोलों में से एक चोर-क्रेप-सोल हैं। इस व्यक्ति को उसके पास रहते तीन साल हो चुके हैं। उमेश पर उसने बंधन लगाया था कि वह कभी उसकी फिल्में नहीं देखेगा। उस आदमी को अब तीन सालों में उसने अपनी हरेक पिक्चर का पास लाकर दिया है। वह लेखक भी है, कवि भी है, असिस्टेंट डायरेक्टर भी है, कंटीन्यूइटी-मैन भी है, क्लैपर ब्वॉय भी है, सपने भी देखता है और इसकी दोनों जेबें बाहर लटकी रहती हैं। यह अपनी हर आवश्यकता के लिए हथेली फैला देता है और उस पर उनकी पूर्ति के लिए चंद सिक्के भी आ जाते हैं। इसको शराब पीने के लिए, जुए के लिए, रेस के लिए—सबके लिए बराबर भत्ता भी मिलता रहा है, जो खुले हाथों से वह खर्च करता रहा है।

पिछले कुछ महीनों में इसमें भी परिवर्तन आना शुरू हो गया है। अब जब इसके पास भत्ते का पैसा नहीं होता, यह तब भी घर से बाहर मिलता है, तब भी शराब में धुत्त होकर लौटता है, तब भी नशे की झोंक में रेस की बातें करता है। यही नहीं, पिछले कुछ दिनों से इसमें एक झख ने घर कर लिया है कि इससे प्रेम

करो! बिना उसके यह आगे चलने वाला नहीं है।

और अब यह सतर्क हो गया है। इसने दरवाजे के पास का स्विच टटोलना शुरू कर दिया है—शायद स्विच मिल भी गया है। एक क्लिक की आवाज, और कमरे में झकाझक रोशनी हो जाती है।

इस रोशनी में उसने मिचमिचाती नजरों से दोनों टाँगों पर खड़े रहने का असंभव सा उपक्रम करते हुए, सामने उँगली से संबोधन बनाते हुए, जिस व्यक्ति को देखा, तो देखता ही रह गया, बस! फिर नशे में धुत हिलते हाथ से उसे हटने का इशारा करते हुए आँखें तरेर कर कहा—

"ऐ बुढ़िया, कौन है तू? भाग यहाँ से—भाग! ऐं, नहीं भागती? क्या तेरे बाप का घर है? भाग, नहीं तो पुलिस को बुलाता हूँ, अभी।"

गड़ गड़ गरदन हिलाती हुई श्वेतकेशा, झुर्रीदार मुँह को ऊपर उठाए, उसकी ओर कूबड़ मटकाती जा रही वृद्धा कह रही थी—"अरे, मेरे राजा, आ जा, आ जा! कहाँ था तू अब तक? तेरी महबूबा तेरे लिए पलकें बिछाए बैठी है, मेरे राजा, आ जा, आ जा! अपनी बुढ़िया रानी को नहीं पहचानता रे तू? मैं ही तो हूँ तेरी राधा, आ जा, आ जा, आ जा!"

मालूम हुआ कि उसी क्षण उस आदमी का नशा हिरन हो गया। वह एकदम सतर हो गया। फिर जैसे एक हॉरर फिल्म का आतंक उसके चेहरे पर छाने लगा और अपनी ओर बढ़ती हुई बुढ़िया को हवा-ही-हवा में दोनों हाथों से दूर रखने की चेष्टा करता हुआ वह पीछे हटने लगा। और हटता-हटता वह दरवाजे से बाहर निकल गया। जब मिस राधा दरवाजे पर 'आ जा, आ जा' करते हुए पहुँची, तो पलटकर वह उस गली में उतर गया और बिना पीछे मुड़े भागा चला गया।

उसने दरवाजा बंद कर लिया। अपनी पीठ बंद दरवाजे पर टिकाकर बरसों बाद वह ठठाकर हँसी और काफी देर तक हँसती रही।

□

# नाई

नाई का काम है हजामत बनाना, लाल रँगे हुए कपड़ों को बगल में दबाए, औजारों की संदूकची को एक हाथ में लटकाए, ग्राहकों की खोज करते हुए संयुक्त प्रांत के नाई कस्बों और नगरों की गलियों में प्राय: ही चक्कर काटते दिखाई देते हैं। गाँवों में वे ही नाई परंपरागत पारिवारिक एकाधिकार रखते हैं। यजमानों को हजामत बनवाने के अतिरिक्त सभी शुभ अवसरों पर एक कर्मकांडी नाई की जरूरत पड़ती है। उसके अधिकार बहुत कम होते हैं, किंतु उनकी सीमा के भीतर ही कभी-कभी यह नाई परिवार की नाव को डूबने से बचा लेता है।

मुरारी नाई ठाकुर बलवंतसिंह का खानदानी नाई था। शहर से गाँव तक घोड़ी की सवारी से जब ठाकुर थक जाते, तब वह उनके पैर दबाता, तीसरे दिन हजामत बनाता। इन सब कार्यकलापों के बीच रियासत का प्रत्येक छोटा-बड़ा समाचार नाई अपने लंबे अनुभव से भरी आलोचना-प्रत्यालोचना करता हुआ ठाकुर के पेट में उतर जाता।

ठाकुर बलवंतसिंह की जितनी बड़ी रियासत थी, उतना ही उसका दबदबा था। लोग कभी एक बात उनसे कहना चाहते, तो पहले तीन बार सोचते थे। स्वभाव कड़ा और हृदय के कठोर। एकमात्र मातृहीन कन्या रूपकुँवरी उनके कठोर हृदय की शेष कोमल भावना की प्रतीक थी।

मुरारी नाई का उठना-बैठना धीरसिंह दर्जी के पास था। मंगसिर का महीना था। चबूतरे के नीचे पुआल जलाकर धीरसिंह ने हुक्का भरा। उसे मुरारी के सामने रखते हुए वह बोला, "दादा, लगाओ दम।"

दम लगाकर मुरारी ने कहा, "अब कब तक जोखिम जोड़-तोड़कर रखते रहोगे, धीरसिंह? इस साए में कर डालो तुम भी कारज। अकेला भाई है, कौन रोज-रोज साए रहते हैं।"

''अरे दादा!'' धीरसिंह ने कहा, ''यहाँ अपने दिल की लगी बुझे तो कुछ भाई का भी कारज हो। एक बात कहूँ, दादा, बुरा न मानना—धीरसिंह की एक-एक पाई तुम्हारी है।''

''हूँ!'' मुरारी ने सुनने के लिए कहा।

''किसी तरह परबी के मेले पर रूपकुँवरी को ले आओ।'' धीरसिंह ने अर्थपूर्ण दृष्टि से मुरारी की ओर ताका।

मुरारी हुक्के की निगाली धरती पर पटककर खड़ा हो गया। क्रोध से उसने कहा, ''बात कहने से पहले तुम ने बुरा न मानने के लिए कहा था, लेकिन आज से पीछे, अगर सिर धड़ पर रखे रहना चाहते हो, तो फिर कभी रूपकुँवरी की तरफ नजर न उठाना।''

बच्ची के प्यार और रैयत की आई गई अपने सिर मोल लेने से ठाकुर भूले हुए थे कि लड़की कभी बड़ी भी होती है और उसका कभी विवाह भी करना होता है। वह गली-कूचों की चर्चा का विषय हो सकती थी, किंतु ठाकुर के सामने कौन उसकी रूपसी कन्या के विवाह के बारे में अपनी चिंता प्रकट करता!

मुरारी नाई ने ठाकुर की ठोड़ी पर ढेर-सा साबुन लगाकर चर्चा छेड़ी, ''राजपुर के ठाकुर प्रतापसिंह को तो आप जानते ही हैं! सरकार को एक लाख रुपए सालाना तो मालगुजारी देते हैं।''

''हूँ!'' ठाकुर ने हामी भरी।

''उनकी रैयत लड्डू खाने के लिए मुँह पिनाए बैठी है, सरकार। बिटिया सयानी हो गई है,'' मुरारी ने कहा, ''ये साए भी गुजर गए, तो फिर सालभर तक आस लगानी पड़ेगी।''

एक लंबी 'हूँ' करते हुए ठाकुर को जैसे कोई भूली बात याद आ गई हो। उन्होंने कहा, ''कल सुबह घोड़ी कसकर ले आना। अब कुँवर का एक जोड़ा भी सिलवा लेना।''

नाई की बाँछें खिल गईं। बजाज से लट्ठा लेकर उसने केसर में रँगा और धीरसिंह के पास पहुँचकर बोला, ''इसका वर-जोड़ा सिलेगा, ऐसा सीना कि जैसा आज तक किसी का न सिला हो। शाम तक सी डालना। इस साए में रूपकुँवरी के हाथ पीले हो जाएँगे समझो।''

उसके जाने के बाद धीरसिंह कटुता और तिरस्कार से मुरारी को जाता देखता रहा। होठों-ही-होठों में वह बुदबुदाया, ''हूँ! जोड़ा—जैसा आज तक न सिला हो।''

यह वर-जोड़ा उस समय तक तैयार नहीं हुआ जब तक मुरारी ने ठाकुर

बलवंतसिंह का परवाना लिये घोड़ी दर्जी की दुकान के सामने लाकर खड़ी नहीं कर दी। अच्छी तरह लपेटकर धीरसिंह ने जोड़ा मुरारी के हाथ में देते हुए कहा, ''ऐसा सिला है कि इसे बस, सीधे वर के ही सामने खोलना।''

मुरारी ने खुश होते हुए घोड़ी को एड़ दी। बीच राह में शिवाजी के मंदिर में जल पीने के लिए घोड़ी की लगाम पेड़ से बाँधी। लौटकर देखा कि जोड़ा गायब। वह घबरा गया, इधर-उधर देखा। नजर पेड़ पर गई तो देखा हनुमानजी के वंशज केसरी लट्ठे की प्रदर्शनी लगाए बैठे थे। मुरारी सनाका-सा खा गया। ध्यान से देखा तो पाया कि वह जोड़ा नहीं था, बल्कि एक मुग्गी (कफनी) सिली हुई थी। उनके सामने उसने एक रोटी का टुकड़ा डाला और लट्ठा छुड़ा लिया। ठाकुर प्रतापसिंह के सामने यदि वह इसे पहले खोलता तो क्या होता, इसकी कल्पना मात्र से मुरारी नाई सहम गया।

मुरारी जिस समय राजपुर पहुँचा तो शाम हो चुकी थी। उसने सीधे दरबार की राह ली। दरबार में पाँव रखते ही उसके कानों में किसी के चीखने-चिल्लाने की आवाज आई। आसपास पूछा तो पता चला कि हजारासिंह ने ठाकुर प्रतापसिंह के पैसे से राजपुर में एक सराय खोली थी। कुछ दिनों बाद ही ठाकुर के कानों में उसकी शिकायतें आने लगी थीं कि सराय की आड़ में वहाँ औरतों की इज्जत बेची जाती है। आज ठाकुर ने स्वयं अपनी आँखों इसका सबूत पा लिया था। दरबार में हजारासिंह की पीठ पर कोड़े पड़ रहे थे और ठाकुर क्रोध में बिफरे हुए बैठे थे। यह हजारासिंह शाहपुर के धीरसिंह दर्जी का ससुर था।

अगले दिन सुबह मुरारी ने पैगाम पेश किया। तीसरे दिन रिश्ता पक्का होने की स्वीकृति मिल गई। जब मुरारी नाई विदा होने लगा, तो वृद्धा ठकुराइन ने रोपना लेकर टीका उसे सौंप दिया और ताना कसा, ''लड़की का संयोग जोड़ने के लिए तो भेज दिया। ठाकुर को क्या शुभ का एक जोड़ा भी नहीं जुड़ा?''

मुरारी ने हँसकर कहा, ''अब जबकि राजाओं से योग हुआ है तो सब जुड़ने लगेगा, सरकार।'' ठकुराइन ठकुरसुहाती सुनकर खुश हो गई।

चलती बार नाई हजारासिंह से सहानुभूति प्रगट करना और उसे धीरसिंह की अनकही 'जयराम' कहना न भूला।

साए शुरू हो गए और रूपकुँवरी के विवाह के दिन निकट आने लगे। राजपुर से लेकर शाहपुर तक पहली बार पक्की सड़क बनकर तैयार हुई। ठाकुर बलवंतसिंह की मोम से पैनी कर ऊपर चढ़ाई हुई मूँछों को किसी तरह भी नीचा न किया जा सके, इसका प्रबंध बड़ी बारीकी से होने लगा। मुरारी ने कहीं से यह सुना था कि

बाराती पलंगों की निवाड़ काटकर ले जाते हैं। उसने इकट्ठी की हुई बान की खाटें वापस भिजवाकर पलंगों का प्रबंध कर दिया। ठाकुर बलवंतसिंह के आमों से लदे सबसे बड़े बाग में जनवासा बनाया गया। परिचारिकाओं के रूप में वेश्याओं की नियुक्ति की गई। यह सब इसलिए कि बारात वापस जाने के बाद कन्यापक्ष को यह कहने का अवसर मिल जाए कि बाराती पलंगों की निवाड़ काटकर ले गए, बंदरों की तरह सारे आम झाड़ लिये और गाँव की शरीफ बहू-बेटियों का पीछा करते घूमे। बारातियों के फिसलने का प्रत्येक संभव अवसर पहले ही उपस्थित करके बाग में छोलदारियाँ तनवा दी गईं।

बाग से ठाकुर बलवंतसिंह का दरबार एक कोस था। यहाँ से लेकर ठाकुर बलवंतसिंह के दरबार तक बंदनवार सजा दी गई। आवाजाही का ताँता लग गया। प्रबंध करने में मुरारी नाई फिरकनी बन गया। दो सौ भारकस और डेढ़ सौ बहलियों को टिकाने का प्रबंध ठीक-ठाक था। लेकिन बारात आने के बाद मुरारी नाई ने देखा कि सबके पीछे सौ हाथी और थे। मुरारी के देवता कूच कर गए। उधर हाथियों पर बैठे बाराती तसले भर-भरकर रुपयों की वर्षा कर रहे थे और सड़क पर मानव की दीनता का हुजूम पसरा पड़ा था।

आते ही चाँदी के गिलासों में बारातियों को केसर की ठंडाई पेश की गई। अपनी आँखों के सामने यह काम ठीक होता देख मुरारी घोड़ी पर चढ़कर घबराया हुआ दरबार में पहुँचा। मुरारी ने ठाकुर के सामने जाकर हाँफते हुए कहा, "गजब हो गया, सरकार!"

"क्या हुआ?" ठाकुर ने शांति से पूछा। इस शांति के पीछे सबकुछ कर सकने की क्षमता का जोम था।

मुरारी ने कहा, "ठाकुर प्रतापसिंह भारकसों और बहलियों के साथ सौ हाथी भी लाए हैं!"

"तो क्या हुआ?" ठाकुर ने फिर पूछा, "तुम्हारा इंतजाम तो दुरुस्त है?"

"इंतजाम कैसे होता, सरकार। हमें हाथियों के आने की खबर दी ही कब दी गई थी?"

ठाकुर साहब ने एक लंबी 'हूँ' की। पीछे आकर खड़े हुए ठाकुर प्रतापसिंह के संदेशवाहकों ने मुरारी की आखिरी बात सुनकर कानों पर ढाल दी और संदेश दिया, "हाथियों के लिए चारे की खबर लाए हैं, साहब।"

ठाकुर बलवंतसिंह ने रोष भरे नेत्रों से उनकी ओर देखते हुए कहा, "अभी पहुँचता है।" वे लोग मुसकराते हुए वापस चले गए।

ठाकुर ने मुरारी को आज्ञा दी, ''असामियों से कहला दो, बारह बजे से पहले एक-एक खड़ा हुआ ऊख का खेत कटकर बाग में पहुँच जाए। भंडारियों को बुलाकर गेहूँ के रोट तैयार करवाओ। हाथियों को इतना खिलाओ कि वापस पहुँचते-पहुँचते सबके पेट फट जाएँ।''

किंतु बारह बजने की ताब किसे थी? भगवान् के बाद ऐसी इच्छाएँ पूरी करने के लिए बेटीवालों का घर ही तो होता है। जब भगवान् के कामों में देर नहीं होती, तो फिर बेटीवालों के काम में क्यों हो? आधा घंटा भी न बीता था कि चुकड़ायत ने आकर कहा, ''ठाकुर प्रतापसिंह गरम हो रहे हैं। कहते हैं, रिश्ता राजाओं के यहाँ जोड़ा है कि कंगालों के यहाँ? राजाओं की बारात में हाथी नहीं आएँगे तो क्या गधे आएँगे? इसकी खबर पहले से ही देने की क्या जरूरत थी? लगता है, ठाकुर बलवंतसिंह का पाला कभी राजाओं से नहीं पड़ा।''

ठाकुर की भौंह तन गईं। इन बिगड़े रईसों की यह हिम्मत! शेर को दबा जानकर लुंडियार कंकड़ी फेंकने लगे! ठाकुर आज लड़की वाला है, इसीलिए क्या ये लोग उसकी मूँछों पर नाचेंगे! फिर चुकड़ायत से कहा, ''जाकर कह दो, बड़े बोल बोलने से पहले वे अपनी छाती नाप लें तो ठीक रहेगा।''

वह आधा घंटा और बोला। चुकड़ायत दौड़ा हुआ आया। बोला, ''सरकार, इज्जत उतर गई। महावतों ने भूखे हाथी खेतों में घुसा दिए। रैयत की खड़ी फसल का सत्यानाश हो रहा है। लोग सरेआम सरकार को कोस रहे हैं और हमारी इज्जत उतरती देख बाराती दाँत फाड़-फाड़कर हँस रहे हैं।''

ठाकुर बलवंतसिंह के नथुने फूल गए। समधी से मिलने जाने के लिए कसी-कसाई घोड़ी तैयार खड़ी थी। रोष में वह उस पर उचककर सवार हो गए। घोड़ी बाग की ओर तेजी से दौड़ चली।

रास्ते में हजारों गाँववालों का समूह हो-हल्ला कर रहा था। सामने खेत में हाथियों ने तोबा मचा रखी थी। जल्दी ही हाथियों पर बल्लम उठने शुरू हो जाते यदि ठाकुर की घोड़ी लोगों के बीच आकर खड़ी न हो गई होती। घोड़ी की हाँफती हुई साँस के साथ ऊपर-नीचे होते हुए ठाकुर ने चिल्लाकर कहा, ''सुनो, हाथियों के द्वारा फसल उजाड़ लेने दो, हरजाना मैं दूँगा।''

लोग शांत हो गए। घोड़ी ने फिर कुदान भरी। घबराया-सा मुरारी नाई अपनी टट्टुई घोड़ी को एड़ लगाकर पीछे-पीछे हो लिया। उसके देखते-देखते ठाकुर की घोड़ी दृष्टि से ओझल हो गई।

ठाकुर बाग में पहुँचे। एक खेमे के बाहर स्वयं ठाकुर प्रतापसिंह खड़े थे।

रुकते ही सबसे पहले ठाकुर बलवंतसिंह बोले, "इतने भूखे थे तो हमारी रैयत में क्यों नहीं भेज दिए?"

"क्या मतलब?" ठाकुर प्रतापसिंह ने कड़ककर पूछा।

"कहता हूँ कि हाथी नहीं रख सकते थे, तो माँग-माँगकर बटोरने की क्या आवश्यकता थी? हाथी ठाकुर बलवंतसिंह की मेहमानदारी में जा रहे हैं, इसलिए लगता है, हाथियों के मालिकों ने उन्हें छह दिन से भूखा रख छोड़ा था। जरा बाग से निकलकर रैयत की फसल की हालत तो देखो। एक भी पकी खेती सही-सालिम नजर नहीं आ रही है।"

ठाकुर प्रतापसिंह गरजकर बोले, "बस, बहुत हुआ!" खेमे में घुसकर उन्होंने दुनाली बंदूक उठा ली और झपाटे से बाहर निकलकर तेज कदमों से छोटी रविश पार कर बाग के बाहर आ गए। इससे पहले कि कोई उन्हें रोके, उन्होंने एक हाथी की ओर दुनाली का निशाना साधा और दाग दिया। गोली हाथी की सूँड़ पर लगी और वह चिंघाड़ता हुआ खेत के बाहर झपटा।

ठाकुर प्रतापसिंह दूसरा निशाना साधने लगे कि दुनाली के आगे उन्हें मुरारी नाई नजर आया। उन्होंने चिल्लाकर उसे चेतावनी दी, "हट जाओ सामने से!"

मुरारी ने शांति से कहा, "सरकार, जब रिश्ता जुड़ गया तो हमारी और आपकी इज्जत एक है।"

ठाकुर ने फिर तेज आवाज में कहा, "हट जाओ, वरना गोली मार दूँगा!"

मुरारी बोला, "गोली मार दीजिए, सरकार। नाई की छाती तैयार है।"

ठाकुर गरजे, "मैं हुक्म देता हूँ—हट जाओ!"

मुरारी ने अंतिम अस्त्र छोड़ा, "आपकी मरजी। अब तक दुनिया से यही सुनते आए हैं कि मरे हाथी जिंदों से ज्यादा कीमत के होते हैं। आखिर दुनिया यही तो कहेगी कि समधी के सिर गुस्सा उतारने के बहाने ठाकुर प्रतापसिंह अपनी चाँदी करके ले गए।"

झल्लाकर ठाकुर प्रतापसिंह वापस मुड़ चले। ठाकुर बलवंतसिंह की घोड़ी तब तक अपने सवार को सकते की हालत में लिये खड़ी रही। ठाकुर प्रतापसिंह दुनाली लिए सामने जाकर खड़े हो गए और दृष्टि मिलाकर उपेक्षा से हुँकारे, "हूँ!"

इतनी बड़ी बात हो जाने पर, दोनों समधियों द्वारा एक-दूसरे को नीचा दिखाने के चक्कर में सारे प्रबंध फीके पड़ गए। सभी रीति-रिवाज शांतिपूर्वक, बिना किसी विघ्न-बाधा के समाप्त हो गए। केवल एक रीति रह गई—समधी-समधी की मिलाई नहीं हुई।

डोले की विदाई पर ठाकुर बलवंतसिंह ने बेटी को आशीर्वाद दिया और घोड़ी पर डटे मुरारी से बोले, ''साथ जा रहे हो, साथ ही लेकर आओगे।''

''जी!'' मुरारी ने घोड़े को एड़ देते हुए कहा।

बारात यथा समय रूपकुंवरी का डोला लिए राजपुर पहुँची। अपनी ही रियासत में अपने ही स्वागत का प्रबंध जोरों-शोरों से किया गया था। रैयत की बहू-बेटियों ने रानी बहू की बलाएँ उसके सिर पर हाथ लगा-लगाकर अपने सिर ओट लीं।

इसके बाद वह रीति पूरी हुई, जिसमें बहू का मान बढ़ता है। आते ही सास ने कहा, ''मेरी बहू क्या है, चाँद का टुकड़ा है।''

लेकिन इस चाँद के टुकड़े में शीघ्र ही धब्बे नजर आने लगे, क्योंकि जनानखाने में शाहपुर की घटना बाकायदा नमक-मिर्च लगा कर फैल चुकी थी। दान-दहेज का सामान खुला, तो सास ने चादर उठाकर पटक दी, ''माणिक, न मोती, ये बेआबरू हीरे उठाकर भेज दिए। अरे, एक पन्ने का बुंदा भी क्या भंगियों को मयस्सर न हुआ था। अब मैं क्या पहनाकर बहू को दूसरों के सामने मुँह-दिखाई कराऊँगी?''

बाप की तरह रूपकुंवरी का मिजाज भी ठंडा नहीं था। उसने यह तीखे बैन सुने तो उसके तन-बदन में आग लग गई। बहू थी इसलिए और कुछ तो न कर सकी, केवल इतना कहलवाया, ''उन्होंने पन्नों के बुंदे नहीं दिए, वह तो नीचे हैं ही। अब जो बहू के वास्ते पन्ने-पुखराज संजो-संजोकर रखे हों, वही पहनाकर काम चला लेना। न हों तो इधर-उधर से माँग-ताँगकर लाज ढक लेने में भी कोई हर्ज नहीं है।''

सास ने सुना तो सनाका खा गई। इस बहू ने तो आते ही चुनौती दे डाली। उसने राजकुंवर को बुलाकर कहा, ''बहू ने आबरू उतार डाली। मेरा बस चलता तो मैं तुझे जन्मते ही…''

राजकुंवर रूपकुंवरी को धमकाने चला। मगर उसकी पहली झलक देखते ही जो कहने आया था, सब भूल गया। रूपकुंवरी ने घूँघट निकाल लिया।

ताने-तिश्ने फिर भी चले। स्वनामधन्य कुल-वधुओं ने भी नवागता को सुना-सुनाकर बहुत-कुछ कहा, लेकिन रूपकुंवरी ने जबान नहीं खोली। तीसरे दिन मुरारी नाई को बुलाकर, उसके कंधे से लगकर रूपकुंवरी फूट-फूटकर रोई और बोली, ''दादा!''

मुरारी सब कुछ सुन चुका था। उसकी पीठ थपकते हुए वह बोला, ''हाँ, बेटी!''

''अब नहीं सहा जाता, दादा।'' रूपकुंवरी सुबकते हुए बोली।

"अच्छी बात है," मुरारी ने उसे चुप कराकर एक आश्वासन दिया और बाहर आ ठाकुर साहब के सामने पेश होकर बोला, "सरकार, ब्याही बहू का दो दिन से ज्यादा ठहरने का नेग नहीं है।"

ठाकुर बोले, "अच्छी बात है।"

अगले दिन पचास हथियारबंद सवारों के साथ रूपकुँवरी का डोला वापस मायके की ओर चल पड़ा। चलती बार सराय के स्वामी धीरसिंह के ससुर, हजारीसिंह से कुशल समाचार ले मुरारी डोले के पीछे-पीछे चल दिया।

रूपकुँवरी ने ससुराल में हुई सारी बातें ज्यों-की-त्यों ठाकुर बलवंतसिंह को सुना दीं।

ठाकुर बलवंतसिंह का दबा हुआ रोष फिर उबल पड़ा। वे क्रोध से लाल-पीले हो गए। मुरारी को बुलाकर एक परवाना उसके हाथ में दिया और बोले, "जाकर ठाकुर प्रतापसिंह को देना। कहना कि उन्होंने समझ लिया है कि उनकी एकमात्र मातृहीन कन्या विधवा हो गई। उनके यहाँ असल में किसी ऐसे ही खानदान की बेटी की जरूरत थी, जैसी कि उनके जनानखाने में हैं। लेकिन फिर भी कभी अगर उनके लाड़ले ने शाहपुर में पैर रखा तो टाँगें तुड़वा दूँगा।"

मुरारी ने चुपचाप परवाना लिया और उन्हें नमस्कार करके दरवाजे के बाहर आ गया। उसके मुख पर विचारपूर्ण गंभीरता थी। सुबह की वेला में घोड़ी कसकर पहले वह रूपकुँवरी के पास गया और उसे उसके किए का परिणाम बताया।

रूपकुँवरी सिसकने लगी। "अब क्या होगा, दादा? अब मैं उनसे कभी नहीं मिलूँगी?" मुरारी ने उसके सिर पर हाथ रख दिया।

घोड़ी शाम को राजपुर पहुँची। सराय में पहुँचकर उसने बिना किसी के जाने चुपके से राजकुँवर को बुलवाया। हजारासिंह को स्त्री बुलाने गई, क्योंकि हजारासिंह वहाँ नहीं था।

राजकुँवर आया तो परवाना उसने उसे सौंप दिया और पढ़ने के लिए कहा। पढ़ते ही वह घबरा गया। "क्या अब रूपकुँवरी से कभी मिलन न होगा?"

साँझ हो चली थी। अंधकार का आवरण धीरे-धीरे प्रकृति को ढकने लगा था। मुरारी नाई से सलाह करके राजकुँवर ने उससे विदा ली। चलते-चलते नाई ने उससे कहा, "यह परवाना ठाकुर प्रतापसिंह को बिल्कुल मत देना, नहीं तो बना-बनाया खेल बिगड़ जाएगा।"

राजकुँवर जैसे ही बाहर निकला, सहसा ही मुरारी की दृष्टि एक हाथ पर पड़ी, जिसने राजकुँवर की जेब से वह परवाना उड़ा लिया था। झपटकर वह खिड़की

पर गया और बाहर देखा तो पाया कि हजारासिंह अपनी कोठरी की ओर लपक रहा था। तब तक राजकुँवर उचककर घोड़ी पर सवार हो चुका था। साफ था कि हजारासिंह खेल बिगाड़ना चाहता था।

अचानक मुरारी नाई के कोठे से जोर-जोर से रोने की आवाज आने लगी। अब हजारासिंह उधर की ओर लपका। कोठे में पहुँचकर उसने नाई से पूछा, "अरे, तुम हो, मुरारी भाई? क्या बात है, कब आए?"

"अरे, आया क्या, भाई? आया ठाकुर के काम से था। तुम्हारी औरत मिली थी। औरत जात से मैं क्या कहता। तुम्हें चिट्ठी तो मिली होगी?"

"चिट्ठी! कैसी चिट्ठी?" हजारासिंह ने पूछा।

मुरारी के आँसू तो आ नहीं रहे थे, पर झूठे आँसू छिपाने के लिए उसने अपनी आँखें धोती के पल्ले से रगड़ डालीं। फिर बोला, "भैया धीरसिंह, एक हफ्ता हो गया...कल ही...।" हजारासिंह दहाड़े मार-मारकर रोने लगा।

अगले दिन हजारासिंह शाहपुर की तरफ चल दिया। मुरारी और राजकुँवर ने भी वहाँ के लिए प्रस्थान किया।

वहाँ पहुँचकर द्वार पर खड़े दरबान से जब मुरारी षड्यंत्र कर रहा था, शाहपुर के बाहर पैंठ लगी थी। उस पैंठ वाले मैदान में एक पेड़ के नीचे हजारासिंह उदास बैठा था। उसके चेहरे पर मुर्दनी छाई थी।

उधर से गुजरते एक ग्रामवासी ने धीरसिंह के ससुर को पहचान लिया और पूछा, "अरे, यहाँ कहाँ, बड़े जी? गाँव में आकर क्यों नहीं टिके?"

बड़े जी ने उत्तर दिया, "अरे भैया, किस्मत है! तुम क्या नहीं जानते, गमी में क्या किसी के घर जाकर टिका जाता है?"

"क्या कह रहे हो, बड़े जी!" आश्चर्य से उस मनुष्य ने कहा, "कैसी गमी, किसकी गमी?"

"अरे, क्या बताऊँ, भैया? दो साल भी नहीं हुए थे। कन्या के हाथों की मेहँदी भी न उतरी थी। सुहाग लुट गया बच्ची का!"

"बड़े जी, साफ-साफ क्यों नहीं कहते? किसका सुहाग लुट गया? कौन मर गया? आपके तो हाथ-पैर फूले जा रहे हैं!"

अंत में हजारासिंह को बात खोलनी ही पड़ी, "अरे भाई, आज धीरसिंह की तेरहवीं है न, उसी में आया हूँ।"

"सठिया गए हो क्या, बड़े जी?" उस आदमी ने कहा, "धीरसिंह को मैं अभी मशीन पर खट-खट करते छोड़कर आ रहा हूँ।"

"क्या कहते हो!" हजारासिंह चहका, "क्या सच, भैया? अरे, क्यों बुढ़ऊ से हँसी करते हो? खास मुरारी नाई ने हमें खबर दी है, और की कौन कहें!"

"यकीन नहीं आता तो चलकर देख लो, लेकिन इस तरह जिंदा जमाई की तेरहवीं तो न मनाओ।"

बात स्पष्ट थी। धीरसिंह मरा नहीं था और मुरारी ने मक्कारी की थी। अपनी आँखों से धीरसिंह को जीता-जागता देख क्षोभ के मारे हजारासिंह ने पंचायत इकट्ठी कर ली। धीरसिंह अपने जीते-जागते यह नाटक देख आग-बबूला हो गया था।

दरबान हाथ जोड़े ठाकुर बलवंतसिंह के सामने खड़ा कह रहा था, "सरकार, कहते नहीं बनता। लेकिन जिस घर का अब तक नमक खाया है, उसकी बरबादी अपनी आँखों से कैस देखूँ? छोटी मालकिन दो दिन से रात में छिप-छिपकर बगीचे में जाती हैं।"

"क्या बकते हो?" ठाकुर ने क्रोध से पूछा।

"जान की दुहाई, सरकार, मैं आपको दिखा सकता हूँ।"

रात के समय दरबान को आगे किए, जोश में बिफरे हुए वह बेटी के पीछे-पीछे बाग में पहुँचे। देखा रूपकुँवरी राजकुँवर के कंधे से लगी सुबक-सुबककर रो रही है।

राजकुँवर को देखकर ठाकुर बलवंतसिंह की तलवार आधी खिंची रह गई। अभी वह धीरे-धीरे उसके चढ़ते हुए विचारों के साथ खिंच ही रही थी कि मुरारी ने अपना प्रौढ़ हाथ उनके कंधे पर रखा। वह बोला, "जब दो कलियाँ मिल ही गई हैं, तो फूल खिलने दीजिए, सरकार!"

ठाकुर ने पीछे घूमकर देखा। मुरारी ने कहा, "हमें और आपको अब रहना ही कितने दिन है!"

"लेकिन वह परवाना?" ठाकुर ने पूछा।

"वह प्रतापसिंह के पास नहीं पहुँचा। धीरसिंह दर्जी के ससुर हजारासिंह ने उसे राजकुँवर की जेब से उड़ा लिया था। धीरसिंह ने राजकुँवर के जोड़े से अपनी कफनी सी दी थी, इसलिए वह मर गया और हजारासिंह को परवाने के साथ, उसकी तेरहवीं में आना पड़ा। अब पंचायत में आप ही उससे सुलटिए।"

तलवार म्यान में कर ठाकुर ने उसे गले लगा लिया।

□

# आमों का बाग

शाहपुर के आमों का बाग प्रसिद्ध है। यह कस्बा संयुक्त प्रांत और मध्य देश में खपनेवाले अमचूर का केंद्र है। साप्ताहिक पैंठ में दूर-दूर की मंडियों से रस्सियों की तरह बटे हुए साफे, तुर्रेदार कलगी और राजस्थानी दुपट्टे बाँधे हुए, धोती की अंटियों में भारत सरकार के अनगिनत वादों को नौली में बंद कर, फेंट के साथ कसे, अपने सैकड़ों असामियों को इधर से उधर घुमाकर आढ़ती खटाई खरीदवाते हैं।

लाला हजारीलाल द्वारकादास बड़े आढ़तियों में से थे। यह बड़प्पन आज का नहीं, बाप-दादों से चला आ रहा था। कस्बे के मालिक पठान से उनका गहरा संबंध था। सन् 1857 ई. की गद्दारी के परिणामस्वरूप यह कस्बा पठान के पुरखों को पुरस्कार में मिला था। समय के साथ-साथ उन पर लगी यह कालिमा धुलती चली गई और लोगों ने उसकी चाँदी की चमक को व्यावहारिक पवित्रता के साथ पूरी तरह से ग्रहण कर लिया था। उन्हीं ग्राहकों में से पहले नंबर पर लाला हजारीलाल द्वारकादास थे। आमों का बाग इन्हीं का था। वर्तमान पठान के दादा जब भी घोड़ी पर हवा खाने को निकलते थे, तब लालाओं के पुरखों की बजाजे की दुकान के चबूतरे पर दो घड़ी रुककर तत्कालीन फसल की तारीफ करते थे। उसके बाद आमों की मिठास का वर्णन होता, उसके वैज्ञानिक कारणों का विश्लेषण होता और यह तय होता कि कलेक्टर साहब बहादुर और कमिश्नर हुजूरवाला को कितने आम भेजे जाएँ, जिससे आमों की मिठास, भेजनेवाले आमों के परिमाण की कमी के कारण फीकी न रह जाए। इसका कारण था—तारीफ की वजह थी—लेकिन!

अब वह बात नहीं रही। ज्यों-ज्यों समय बीता, दुनिया अधिक व्यावहारिक होती चली गई। पैसे का मूल्य घटने लगा और लोग उसे दाँतों से पकड़ने लगे। आमों की जो फसल दोस्तों, रिश्तेदारों और अफसरों को भेंट-स्वरूप भेजी जाती

थी, वह अब बेची जाने लगी। भेंट का परिमाण घटता चला गया। पैसा खर्च करके जब लोगों ने इस बाग के आमों का आस्वाद लेना शुरू किया, बाग की प्रसिद्धि फैलनी शुरू हो गई। बनारस का लँगड़ा और बंबई का हापुस क्या खाकर इस बाग के माल्दे की टक्कर लेंगे। लोग कहते थे—"जैसे रबड़ी में चाशनी घोल दी हो।"

पठान की घोड़ी अब भी लाला हजारीमल की दुकान के चबूतरे पर आकर रुकती है। लेकिन आमों की मिठास का जिक्र नहीं होता बल्कि आए दिन मुकदमों की कठिनाइयों का रोना होता है। कलेक्टर और कमिश्नर के यहाँ से आमों की फरमाइश नहीं होती, नकद रिश्वतें ली जाती हैं। रिश्तेदारों के यहाँ हर साल टोकरे नहीं जाते, दीवाली की सुंदर छपी हुई चिट्ठियों से अभिनंदन हो जाता है। लालाओं का परिवार अब तीन शाखाओं में बँट गया है। एक शाखा अपने हिस्से के बाग का वर्चस्व बाकी दोनों संयुक्त शाखाओं पर छोड़कर अपने भाग्य को आजमाने के लिए परदेश चली गई। हर साल फसल बिकती है और उसके हिस्से का रुपया बाहर चला जाता है। लेकिन यह सब होते हुए भी बाग के आम अभी मीठे हैं, वैसे ही जैसे पहले थे।

"गाँवों से समृद्धि सिमट-सिमटकर नगरों की ओर जा रही है।" इस बात को लेकर लाला हजारीलाल ने संबंध के भाई जीवनलाल से चर्चा चलाई।

"यह तो है ही," जीवनलाल ने अपनी सहमति जताई—"आज भी वे दिन याद आते हैं, जब घी तीन रुपए सेर था। तीस रुपए मन का अनाज तो हमने स्वयं खाया है। अब जीना क्या है, जीने का ढोंग करना है।"

"साथ-साथ लोगों की दृष्टि बदलती जा रही है।" हजारीलालजी बोले, "तेरह साल का था मैं, जब ताऊजी गुजरे। द्वारका को पढ़ाया-लिखाया, नन्हे को गोदी में लिये फिरा, अब वही गरदन को फेरकर बात करता है।"

लाला द्वारकादास के बारे में यह आरोप कहाँ तक सही था, यह कहना कठिन है। कुछ लोग होते हैं, जो सभी मामलों में अपने से बड़े हों या छोटे, सबके सामने विभिन्न कारणों से चुप्पी साधे रहते हैं।

"तो भी"—जीवनलालजी जमाने की गति, दर्शक के भाव से निरखते हुए बोले, "इज्जत तो करता है?"

हजारीलालजी को इसी में संदेह था, बोले, "जब देखो, तब चुप रहता है, आखिर दोस्तों में बैठकर भी तो दाँत फटते हैं।" उन्होंने आगे कहा, "रोजगार आदमी को परदेश घुमाता है, अब गाँव में तबीयत नहीं लगती जीवनलाल! सोचता हूँ, शहर में गुड़ की आढ़त का काम अच्छा चलेगा।"

इसके बाद जीवनलालजी ने क्या राय दी यह पता नहीं, लेकिन हजारीलाल की यह कामना छोटे भाई द्वारकादास की उपेक्षा से ही उत्पन्न हुई थी, सो नहीं। गाँव के एकरस जीवन की नीरसता, बिना हाथ-पैर चलाए विभिन्न आमदनी होते रहने में कौशल के प्रदर्शन का अभाव और साहस की कमी से जीवन का जो मार्ग अवरुद्ध हो गया था, उसे खोलने की चाह थी। इसी कारण माँ ने भी और कोई राह न देख यह सम्मति दी—

''दुनिया में जो होता आया है, उसे करने में हरज ही क्या है। दोनों भाइयों की नहीं पटती, अलग कर लो।''

तब हजारीलाल ने उत्तर दिया—''जिन हाथों ने उसे इतना बड़ा किया, उसी को अलग कर दूँ? दुनिया क्या कहेगी?''

अलग न होने के लिए हजारीलाल द्वारकादास से दूर हो गए। पत्नी और दोनों लड़कों को लेकर शहर में आ बसे। उनके चले जाने के बाद उनके शरीर के मजबूत व असाधारण डील-डौल को लोगों ने बहुत दिनों तक याद किया।

उस साल बाग के आमों का एक बड़ा टोकरा तक उनके पास नहीं पहुँचा। हजारीलाल ने चलकर महसूस किया कि इस साल के आम पिछले कई साल के आमों के मुकाबले अधिक मीठे हैं। शायद यह बिछड़े हुए प्यार की भावना थी।

गनी आमों के इस बाग का पुराना नौकर था। जिन पेड़ों से लाजवाब मीठे आम उतरते थे। एक समय था, उसने उन्हें अपने हाथों से सींचा था, तराश कर कलमें लगाई थीं। हर साल बौर लग जाने पर वह जितने रुपए भी उसके पास होते, उन्हें लेकर लाला हजारीलाल के पास पहुँच जाता और फसल उसके नाम हो जाती। उसे वह जमाना भी याद है, जब हजारीलाल के वृद्ध पिता जीवित थे। एक बार बौर आँधी-पानी से बिल्कुल झड़ गए थे, तब उन्होंने उसके रुपए लौटा दिए थे और कहा था कि जिसे अपने हाथों से पाल-पोसकर बड़ा किया जाता है। उससे नुकसान उठाना अपनी औलाद से नुकसान उठाने के बराबर है।

अब की बार जब हजारीलाल शहर चले गए, गनी रुपए लेकर द्वारकादास के पास पहुँचा। लाला द्वारकादास के सामने थैली रखकर बोला, ''हुक्म हो जाए सरकार।''

रुपयों की ओर इंगित करके लाला द्वारकादास ने पूछा, ''कितने हैं?''

गनी के लिए यह प्रश्न नया था, उसने कहा, ''जो भी थे, सरकार, ले आया और फिर क्या मैं आपसे बाहर थोड़े ही हूँ।''

''रज्जाक अबकी बार पाँच सौ रुपए देने को कह गया है। मैंने उससे कह

दिया कि जो अब तक उसे लेता चला आया है, पहला हक उसका है। अब जैसा तुम चाहो।'' द्वारकादास गनी को सोचने का अवसर देते हुए बही-खाता करने में लग गए।

रज्जाक गनी का पुराना प्रतिद्वंद्वी था। हर साल पठान का बाग फसल पर लेता था। पहले भी उसने कई बार आमों के इस बाग पर निगाह उठाई थी। इस बार बौर घना था और आसमान साफ था। गनी बैठा हुआ निराशा से अपनी थैली की ओर देख रहा था। आज द्वारकादास के पिता की वह औलाद वाली बात उसे फिर याद आ गई, जैसे कोई उसकी संतान को उससे छीन रहा था। हारी निगाह से उसने द्वारकादास की ओर देखा। द्वारकादास की नजरें उससे मिलीं, फिर पूछा, ''कितने कम है ?''

''दो सौ!'' गनी ने विजड़ित-सा उत्तर दिया।

''बताओ, मैं क्या करूँ ?'' द्वारकादास ने द्रवित होकर पूछा। पूछने का अर्थ था कि क्या कोई भी आदमी लक्ष्मी की इतनी उपेक्षा कर सकता है।

गनी ने उसे उसी रूप में समझा, बोला, ''बड़े लाला से पूछ देखूँ ?''

''पूछ लो, बात आगे के लिए टल गई।''

उधर लाला हजारीलाल की साहसिक प्रवृत्ति गुड़ की आढ़त से संतुष्ट नहीं हुई। सही दशा में चलने पर वही प्रवृत्ति आदमी को प्रगति की ओर ले जाती है। जो गलत दिशा में चल पड़ता है, उसे जुआरी बना देती है। मंडी में गेहूँ का फाटका जोरों पर था। डरते-डरते उन्होंने उसमें हाथ डाला, अचानक सैकड़ों-हजारों रुपए हाथ में आ गए। जरा से साहस से लक्ष्मी का इतना क्षुद्र और सहल हो जाने पर हजारीलाल आश्चर्य प्रकट कर ही रहे थे कि गनी गाँव से शहर तक का रास्ता पैदल चलकर शहर पहुँचा। उनके पैरों पर सिर रखकर गनी ने अपना पल्ला फैला दिया—''बाग मुझसे न छीनो, लाला। इसमें मेरा रक्त है।''

पूरी बात जान लेने के बाद हजारीलाल ने संदूकची में नवागत रुपयों की उपस्थिति का अनुभव कर, रुपयों की लघुता पर दार्शनिक ढंग से सोचा। उन्होंने कहा, ''देखो, मैं द्वारकादास को लिखे देता हूँ कि वह बेहतर समझे तो वह रुपयों का खयाल न करें और फसल तुम्हें दे दे।'' गनी गद्‌गद हो गया।

द्वारकादास ने चिट्ठी पढ़ी और एक लंबी 'हूँ' की। यह 'हूँ' पहले कभी नहीं निकली थी। लेकिन आज जब हजारीलाल अपने आप तो सारी जिम्मेदारी उनके ऊपर छोड़कर शहर में नगाड़ा पीट रहे हैं। वहाँ बैठे-बैठे द्वारकादास को रुपयों का

खयाल न करने का उपदेश दे रहे हैं, तो कहाँ से यह राक्षस के मुँह की तरह बढ़ता खर्च पूरा होगा? उन्होंने कहा, "मेरे खयाल न करने से ही क्या होता जाता है? तीसरा साझी दूर परदेश में है, उसने विश्वास करके प्रबंध हमारे हाथ में सौंपा है। अपनी दया-माया के कारण उसे कैसे नुकसान पहुँचाया जाए और देखती आँखों से कैसे मक्खी निगली जाए?"

उस साल गनी को आमों का बाग नहीं मिला। अगले ही दिन रज्जाक पाँच सौ रुपए देकर फसल अपने नाम करा ले गया। तरसती आँखों से गनी सड़क से गुजरता हुआ आमों के बाग को देखा करता।

□

भीषण आँधी-पानी आया···बौर झड़ गया और आमों की फसल बिगड़ गई। लेकिन एक साथ कितनी बातें बिगड़ गईं। लक्ष्मी सहल नहीं, चंचल होती है। यह हजारीलाल को उस दिन पता चला, जिस दिन नवागत रुपए, अपने भाई-बंदों को समेट उसी राह को चले गए, जिससे आए थे। लक्ष्मी क्षुद्र भी नहीं होती, बल्कि अपना महत्त्व रखती है। यह उस दिन पता चला, जब अंतिम बचा-खुचा दाँव हारकर हजारीलाल ने बुझा हुआ चूल्हा देखा। आदमी की नजर बदलने से पहले परिस्थितियाँ बदलती हैं। यह उन्हें उस दिन मालूम हुआ, जब द्वारकादास ने बही-खाता खोलकर घर के खर्च का दिन-दूना-रात-चौगुना बढ़ता हुआ हिसाब और बाकी बचे रोकड़-खाते में पाँच रुपए दो पैसे का संतुलन दिखा दिया।

हारे हुए जुआरी की भाँति हजारीलाल ने कहा, "गुरदासपुर की जमीन बेच दो!"

तीन लड़कियों में से सबसे बड़ी लड़की के बढ़ते हुए कद की ओर संकेत कर द्वारकादास ने कहा, "ब्रजबाला का ब्याह करना है।"

पट्टीदार भाई जीवनलाल से शाम के समय चर्चा करते हुए हजारीलाल ने कहा, "देखा, द्वारकादास को! बाग की आमदनी आती है, मैं उसे नहीं छूता। घर-खर्च के लिए लकड़ियाँ और सब्जी मुफ्त में पड़ती हैं। शहर के खर्च का उसे क्या पता! ब्रजबाला का ब्याह करना है तो क्या मुझे फिक्र नहीं। अपने आपको मीर समझने लगा है।"

अगले दिन सुबह द्वारकादास ने उस बात का उत्तर जीवनलाल को दिया— "अपने आप शहर में फाटका खेलते हैं और रुपए उड़ाते हैं। बाग से आमदनी होती है तो बाग कुछ खाता भी तो है। दिन-रात मैं पौधों से मगजपच्ची करता हूँ। बाग की फसल चौथाई भी नहीं रही। अब सारे साल उनकी परवरिश हो तो अगली फसल

बने। आदमी जुआ खेले तो पहले बीवी-बच्चों को जहर दे दे। तीन लड़कियाँ हैं, मैं क्या उन्हें किसी के घर बिठा आऊँ?''

जमीन बेचकर हजारीलाल तो फिर से अपनी टूटी किस्मत को जोड़ने शहर की ओर चले। माँ ने कहा, ''अरे, दुराव क्यों करते हो? दुनिया में जो होता आया है...''

हजारीलाल ने कहा, ''हूँ, भला दुनिया क्या कहेगी?''

'इस बाग के ऊपर ही इतना झगड़ा है, द्वारकादास ने सोचा—'मेरी तरफ से भाड़ में जाए बाड़ा। आदमी को होने की जलन होती है, न होने पर संतोष!'

लड़ाई के जमाने में कीमतें उछल जाने से जो रुपया चोर-बाजारी से आया था, उसका हिसाब बही-खाते में नहीं था। लड़की का ब्याह हुआ और असाधारण धूमधाम से हुआ। द्वारकादास अब सचमुच कंगाल हो गए, लेकिन बड़े भाई के मन में अंधविश्वास, कटुता और चिढ़ की मोटी तह जमाकर। अगले साल जब फसल का अवसर आया तब मीठे आमों के पुराने बाग में उल्लू बोल रहे थे। लोगबाग आसपास से गुजरते हुए, उजड़े बाग की ओर उँगली उठाकर कहते—''यह लाला हजारीलाल द्वारकादास का बाग है। इसके आम बड़े मीठे थे।'' लेकिन क्या कोई इस बाग को देखकर इससे संबंधित इतिहास का पता लगा सकता है?

□

गनी को एक दिन अलपाके का तहमद और मलमली कुरते में डटे शहर में घूमते देखा तो लाला हजारीलाल ने मंडी जाते हुए ताँगा रुकवा लिया और उसे बिठाकर दुकान पर ले गए। रास्ते में पूछा, ''क्या कर रहे हो आजकल?''

''लाला, बाग नहीं मिला था पारसाल, तो यहाँ पर फलों की एक छोटी-सी दुकान कर ली थी। अब आपकी दुआ है।'' गनी के बात करने का ढंग बदल गया था।

''भाई, तुमसे बाग क्या छीना गया, हवा ही बदल गई। अब वहाँ गीदड़ों का बसेरा और बन-बिलाव के घर हैं।''

गनी ने कहा, ''सुना था, बाग गिरवी रख दिया।''

हजारीलाल ने उत्तर दिया—''हाँ, सात हजार में। लोग अभी स्वाद नहीं भूले, आमों को तरसते हैं।''

''लाला, सच कहता हूँ,'' गनी ने कहा, ''तीन रोज तक टुकड़ा पेट में नहीं गया था, जब बाग छिन गया था।''

''तुम्हारा ही दम था, गनी कि तुमने बाग को औलाद की तरह पाला। अब सँभालो न अपनी चीज को।''

लेकिन गनी के भीतर आमों के उस बाग के प्रति वह पुरानी भावना लुप्त हो चुकी है। वह अब हरेक चीज को व्यवसाय की दृष्टि से देखता है। कहाँ वह पैकारी में अलपामे के तहमद और मलमली कुरते मिलते हैं। पास से गुजरते हुए सिनेमा के विज्ञापन करनेवाले ताँगे से हाथ लपका उसने इश्तहार ले लिया। कहाँ पैकारी में 'दलीप कँवार' और 'कामनी कंसल' मिलते हैं। गनी शहर आ गया है। गरीब वैसा ही है जैसा था, क्योंकि आवश्यकताओं का खर्च आमदनी से बड़ा है, लेकिन जब जरूरतें नहीं घट सकती, खर्च नहीं घट सकता, तो आमदनी कैसे घटाएँ। फिर भी आमों का पुराना स्वाद अभी जीभ पर बाकी है, बोला, "गाँव वापस जाना तो मुश्किल है, लाला। किसान अपने खून से पौधा सींचता है और जमींदार उजाड़ देता है। अब इस आँख-मिचौनी में जाने को जी नहीं चाहता। फिर भी, लौंडे को भेज देता, अगर बाग मेरे नाम मोरूसी हो जाता, लेकिन वह गिरवी के सात हजार रुपए! इतना धन मैं कहाँ से लाऊँ?"

वह बाग जिसके आमों की मिठास की प्रशंसा कलेक्टर, कमिश्नर, पठान से लेकर सर्वसाधारण तक कर चुके हैं, उजड़ा हुआ है। गनी उसे सुधारने का जिम्मा ले सकता है। वह लोगों को फिर वही मीठे आम खिला सकता है, लेकिन जमींदार की बिगाड़ी हुई पौध को वह कैसे सीधा करे? इतना धन देने के लिए वह कहाँ से लाए?

हिंदुस्तान की धरती की यही समस्या है।

□

# पीले हाथ

जैसलमेर राजस्थान की मरुभूमि का हृदय है। हृदय से जिस प्रकार रक्त की नाड़ियों की ओर लहू दौड़ता है, उसी तरह से जैसलमेर राज्य की कथाएँ सारे राजस्थान को अनुप्राणित करती रहती हैं। उन्हीं कथाओं में से यह एक राजस्थानी लड़की के पीले हाथों की कथा है।

विक्रम संवत् 1462 की बात है, मोहिलों के प्रदेश में औरींत के निकट से एक बड़ा काफिला गुजर रहा था। यह काफिला भाटियों के सरदार सादू का था। सादू पूगल के शासक का उत्तराधिकारी था। चैन से बैठना उसे आता नहीं था। वह कुछ दिनों घर बैठता था, केवल घायल साथियों के घाव सुखाने के लिए और बाकी बचे हुओं के बदन माँजने के लिए। फिर सिंधु की घाटी से नागौर के पूरब तक एक बड़ा हमला होता था। खेत उसका इतना ही लंबा चौड़ा था। निशाना कोई भी हो सकता था, इससे उसे कुछ भी लेना-देना नहीं था। इसी प्रकार के एक हमले से बहुत से ऊँट और घोड़ों को हथिया कर वह वापस लौट रहा था, औरींत के निकट से। साथ में थे चार छोटे भाई, पाहू कबीले का वीर सरदार जयतुंग और सात सौ भाटी जवान।

सामने मरुभूमि की बालू थी। सब पसीने-पसीने हो रहे थे और ऊपर से सूरज की किरणें उड़ती हुई बालू के साथ बदन में चिनचिनाहट पैदा कर रही थीं। विश्राम के नाम पर रेत में एक-दूसरे से दूर-दूर कहीं नीम, कहीं खेजड़ी, कहीं कीकर और कहीं काँटेदार खैर के वृक्ष दिखाई देते थे। औरींत अभी दो कोस था।

जयतुंग अपनी ऊँटनी हाँककर आगे सरदार सादू के पास ले आया। "भला, कुँवरजी, अपना तो मन चाहता है, यहीं सूर्य देवता की किरणों के नीचे पट लेटकर विश्राम किया जाए। ऊँट खैर के पत्ते खा लेंगे, बलबला लेंगे और आप किसी नीम के नीचे बैठकर राम नाम लीजिए। अपनी चिंता हम आप कर लेंगे।"

''औरींत दो ही कोस तो रह गया है।'' सरदार ने कहा, ''दीवड़ी पानी से भरी जा सकती है, वहाँ और सोगरा सेंकने का भी बंदोबस्त हो जाएगा। थोड़ा और चलो, राजा। औरींत अब आया।''

औरींत के आने से पहले एक और छोटी सी घटना घटी। एक कोस और आगे बढ़ने पर एक कीकर के नीचे ठंडे सोगरा पर लाल मिर्च की चटनी फैलाता हुआ एक चरवाहा मिला। उसने जो ऊँटों की बलबलाहट सुनी, तो आँखों पर हाथ रखकर एकदम खड़ा हो गया। फिर जब तक कारवाँ उसके पास ही न आ गया, सोगरा और लाल मिर्च उसके हाथ पर ही रखे रहे। सबसे आगे सरदार सादू था। कीकर की हल्की छिटकती छाया से बाहर निकलकर चरवाहा आगे वाले ऊँट के पास आया और दाएँ हाथ से सूरज की किरणों को बचाते हुए उसने मुँह ऊपर उठाकर पूछा—

''किधर से आते हो?''

''इधर से ही आते हैं, जिधर से देख रहे हो।'' सादू ने हँसकर उत्तर दिया। बिना उत्तर पर भली प्रकार विचार किए ही प्रश्नकर्ता ने दूसरा प्रश्न किया, ''कहाँ जाओगे?''

''जहाँ ठौर मिलेगी अभी तो वहीं जाएँगे।'' अपने लंबे रेगिस्तानी जीवन में सरदार सादू ने ऐसे बहुत से प्रश्नकर्ताओं को उत्तर दे-देकर इस घिसी-पिटी प्रश्नोत्तरी का व्यावहारिक ढंग सीख लिया था।

''कौन लोग हो?'' प्रश्नकर्ता ने बिना संकोच के तीसरा प्रश्न पूछा। जयतुंग साथ लगा हुआ था। उसने दहाड़कर कहा, ''हट जा, राह छोड़ दे! हम लोग भाटी हैं। भूख से प्राण निकल रहे हैं। ज्यादा चीं-चपर करेगा, तो कच्चा चबा जाएँगे।''

उत्तर सुनकर चरवाहा कुछ क्षण ठिठका और आँखें फाड़कर सादू और जयतुंग को देखता रहा। फिर अलग हटकर उसने जल्दी-जल्दी अपना सोगरा सिर पर ओढ़े दुपट्टे के छोर में बाँधा और पलटकर सीधा एक चरती हुई ऊँटनी की तरफ भागा चला गया। फिर ऊँटनी को पकड़कर वह जाने किस तरह उछलकर खड़ी ऊँटनी की नंगी पीठ पर चढ़ गया और उसकी ऊँटनी औरींत की तरफ तेजी से दौड़ पड़ी।

सादू खिलखिलाकर हँस पड़ा। ''डर गया है बेचारा भाटियों का नाम सुनकर।''

जयतुंग ने भी इस हँसी में योग दिया।

इसके बाद थके हुए ये राही एक कोस और चलने के बाद हरियाली के

समीप पहुँचे। सब लोग अपनी ऊँटनियों और घोड़ों से उतर पड़े। पास ही एक तालाब था। सरदार सादू जयतुंग को साथ लिये तालाब की ओर बढ़ा।

तालाब किनारे वही चरवाहा खड़ा मिला। उसने दूर से ही हाथ के इशारे से अपने पास खड़े हुए मनुष्यों को इन्हें दिखाया। वे लोग इनके अपने पास पहुँचने की प्रतीक्षा न करके स्वयं इस तरफ बढ़े। सरदार सादू के पास आ जाने पर उन दोनों ने झुककर जुहार की। उन्हें इस तरह झुकते देखकर वह चरवाहा भी हड़बड़ाकर झुका।

"आप भाटियों के सरदार कुँवर सादूसिंह हैं?" उनमें से एक ने पूछा।

"हाँ हैं," जयतुंग ने उत्तर दिया, "फिर?"

"हमारा अहोभाग्य, कुँवरजी," जयतुंग की तरफ झुकते हुए उस व्यक्ति ने कहा, "मोहिलों के सरदार ने संदेश देकर भेजा है। कहलाया है कि औरींत के निकट आने पर इस तरह बचकर न निकल सकोगे। हमारी आवभगत लेनी पड़ेगी। न ली तो हम भाटियों को आगे नहीं बढ़ने देंगे।"

"यह लीजिए, जबरदस्ती की मेहमानदारी और ऊपर से धौंस!" जयतुंग ने कहा, "अरे, पहले हमें हाँ या ना तो करने दी होती। भाटिये मोहिलों की अकड़ सहने वाले नहीं हैं।"

सरदार सादू ने कहा, "अच्छा, अच्छा, जाओ रावजी से कहना कि सात सौ भूखे-प्यासे जवानों के लिए भोजन और विश्राम, और दो हजार पशुओं के लिए चारे-पानी का प्रबंध करें। और जब तक चाहें तब तक करते रहें। यहाँ अब आगे बढ़ने का विचार नहीं है।" फिर जयतुंग की ओर देखकर समर्थन पाने के लिए सरदार ने पूछा, "क्यों, राजा साहब?"

"आपके विचार बहुत सुंदर हैं, कुँवरजी," जयतुंग ने उत्तर दिया। चरवाहा नृत्य की मुद्रा में एक घुमाव लेकर बोला, "मैं मोहिलो के सरदार की ऊँटनियाँ चराता हूँ। मेरा नाम फूल सिंह है। सरदार के मेहमान सो मेरे मेहमान। एक अरज मेरी है—मानो चाहे न मानो, एक भाटी मेरे यहाँ ठहरेगा।"

कुँवरजी राजस्थान में किसी भी भले आदमी को कहा जा सकता है। राजा साहब एक ही होते हैं। लेकिन यहाँ अधिकार भरी बातें तो कर रहे थे कुँवरजी, और समर्थन मिल रहा था राजा साहब की तरफ से। संदेशवाहकों ने अचकचाकर चरवाहे फूलसिंह की बात को पीछे डालकर पूछा, "कसूर माफ हो, सरकार, पर आपमें से सरदार सादूसिंह कौन हैं, इसका पता नहीं चला।"

घर छोड़कर बाहर घूमने वालों में जो एक प्रकार की विशेष आवारगी आ

जाती है, सरदार सादू में उसका अभाव नहीं था। इस आवारगी में मसखरी का अपना एक विशेष स्थान होता है। जब किसी को मसखरी सूझती है, तो वह बड़े-छोटे का लिहाज भूल जाता है। सरदार सादू ने भौंह चढ़ाकर मुसकराते हुए जयतुंग की ओर उँगली का निर्देश करके कहा, "और कौन हो सकता है, डीलडौल से भी क्या तुम लोगों को कुछ पता नहीं चलता?"

जयतुंग अपना उभरा हुआ डीलडौल छिपाने की इच्छा नहीं रखता था। सीना तानकर उसने कहा, "हाँ, हाथी हम हैं, यह तो बस शेर ही शेर हैं।"

फूलसिंह चरवाहे ने झट से शेर का पंजा पकड़ लिया। कुँवरजी, अब न छोड़ूँगा। दो हजार पशु और छह सौ निन्नानबे भाटी जवान रहेंगे सरदार के मेहमान और इकले तुम रहियो हमारे मेहमान। ना कही, तो अपना सिर यहीं फोड़कर परम धाम पहुँच जाऊँगा। कही बात पुरानी, अब न छोड़ूँगा।"

हाथ छुड़ाने की चेष्टा न करके सरदार सादू मुसकराते ही रहे, लेकिन जयतुंग ने अपने डीलडौल पर किए गए व्यंग्य का पूरा-पूरा बदला चुकाते हुए कहा, "हाँ-हाँ, छोड़ना मत कुँवरजी को। हमारी तरफ से छूट है। वाह रे, मोहिलों की मेहमानदारी! हम अपने चारण से मोहिलों के आतिथ्य-सत्कार पर गीत लिखवाएँगे।"

जिस बात के कारण जाति का मान ऊँचा हो रहा हो, उसे तो अब छोड़ने का कुछ प्रश्न ही नहीं रह गया था। चरवाहे ने सरदार का हाथ और भी कसकर पकड़ लिया। सिर झुकाकर संदेशवाहक चलने लगे, तो सरदार सादू ने जयतुंग को लक्ष्य करके कहा, "अच्छा राजा साहब! तुम्हारी यही इच्छा है, तो यही सही। हम फूलसिंह के मेहमान और फूलसिंह हमारा मेजबान। चलोजी, फूलसिंह, तनिक हम अपने साथियों को खबर देते चलें कि हम तुम्हारे यहाँ ठहरे हैं, फिर चलेंगे।"

कुँवरजी का हाथ पकड़े चरवाहा आगे-आगे और राजा साहब पीछे-पीछे अपने-अपने आराम के सामान जुटाते सारे भाटियों में घूम आए। कुँवरजी सबसे कहते चले कि वह शांति प्राप्त करने के लिए फूलसिंह चरवाहे का आतिथ्य स्वीकार कर रहे हैं। किसी के हाथ से पानी की भरी दीवड़ी छूट पड़ी तो कोई यों ही हक्का-बक्का बना खड़ा रह गया। लेकिन सरदार की मुखमुद्रा देखकर किसी ने उसे सरदार के नाम से संबोधन नहीं किया।

इस छोटे से परिवर्तन के साथ भाटिये मोहिलों के मेहमान हो गए। सरदार की खाली जगह को जयतुंग ने पूरा किया। मोहिलों का वृद्ध सरदार इतने लंबे-

तगड़े, मोटे-ताजे जवान को भाटियों का सरदार न समझता, तो और क्या समझता?

चरवाहा बड़ा जीदार जीव था। एक भाई को अपना अतिथि बना लेने की प्रसन्नता में वह उसका हाथ पकड़े-पकड़े अपने घर तक तो चुपचाप ले आया। लेकिन गरम पानी से कुँवरजी के हाथ-पैर धुलाने के बाद उसका मुखर स्वभाव अपना रंग दिखाने लगा। चुप रहना उसके लिए भारी जोखिम का काम था। हृदय फट पड़ने की संभावना बनी रहती थी। इसलिए वह कभी खतरा मोल नहीं लेता था। जब कोई पास होता, तो उसे फूलसिंह के सांसारिक ज्ञान की बातें सुनने के अलावा और कोई चारा ही नहीं था।

''कहने को तो ऊँटनियाँ चराता हूँ,'' मट्ठे का कटोरा कुँवर के सामने रखते हुए फूलसिंह ने कहा, ''पर बिना मुझे बताए सरदार भी कहीं आ-जा नहीं सकते। मैं चाहूँ तो दो घड़ी के लिए सरदार का आना-जाना भी रोक दूँ।''

''अच्छा!'' कुँवर को आश्चर्य हुआ, ''इतना रोब मानते हैं सरदार तुम्हारा?''

''मानना कौन चाहता है, मनवाता हूँ।'' फूलसिंह ने कहा।

''कैसे मनवाते हो?'' कुँवर ने पूछा।

''सरदार की खास ऊँटनी मैं चराता हूँ। सरदार कहीं जाते हैं, तो पहले मुझसे पूछते हैं कि ऊँटनी की तबीयत तो ठीक है। मैं जब हाँ कर देता हूँ, तब सरदार को सवारी मिलती है।'' फूलसिंह ने कहा।

''ओह! तो यह है तुम्हारी शक्ति का रहस्य।'' कुँवर ने हँसकर कहा। फूलसिंह ने इस व्यंग्य पर कोई ध्यान नहीं दिया। मोहिलों के राज-परिवार का आतिथ्य छोड़कर जिस व्यक्ति ने चरवाहे का सत्कार ग्रहण किया था, उसे यह जानने की नितांत आवश्यकता थी कि ऐसा करके उसने कोई गलती तो नहीं की। इसके लिए फूलसिंह की शक्ति का पूरे प्रकाश में आना आवश्यक था।

''राजपरिवार में सबसे ज्यादा भरोसा मुझपर किया जाता है।'' फूलसिंह ने उसी धारा में दूसरा रहस्य प्रकट करते हुए कहा।

''तुम्हारे बिना महल झाड़ू-बुहारी बिना पड़ा रहता होगा।'' कुँवर ने व्यंग्य किया और फूलसिंह की तरफ हँसकर देखा।

लेकिन झाड़ू-बुहारी देना फूलसिंह के लिए कोई अपमान की बात नहीं थी। इसलिए व्यंग्य का भाव ग्रहण न करते हुए वह बोला, ''नहीं, कुँवर की इच्छा जब महल से बाहर की हवा खाने की होती है, तो मैं साँड़नी पर बैठाकर उन्हें घुमाकर लाता हूँ। यह तो तुम मानोगे, कुँवरजी, है भरोसे का काम?''

कुँवरजी उठंग गए। "तुम्हारा रुतबा बड़ा है।"

फूलसिंह का अदम्य उत्साह बढ़ा। "रुतबे की बात कहते हो, कुँवरजी! कस्तूरी के हिरन से कम हैसियत मेरी नहीं होती, जब कोरमदेवी मेरे ऊँट पर होती हैं और उसकी नकेल पकड़े मैं संध्या समय दो कोस हरियाली पर दौड़ता हूँ। सचमुच देवी है। एक बार पत्थर को आँख भरकर देख ले, तो पत्थर पानी हो जाए। गुस्सा इतना कि खुद सरदार साहब घबराते हैं! पर आज तक मुझे अ से ब नहीं कहा।"

"तो तुम्हारी कुँवरी बहुत सुंदर है।" अतिथि ने मेजबान के कथन का सारांश बताकर उसकी बात ध्यान से सुनने का प्रमाण दिया।

"बस, कुँवरजी, सुंदर कहकर तो तुमने सारी बात खो दी। पूनम का चाँद देखा है कभी? तुम तो खैर रोज खुले आसमान के नीचे अपने सरदार के साथ रहते हो। समझ लो कि हमारी कुँवरी को नहीं देखा, तो तुमने पूनम का चाँद नहीं देखा।"

भाटी सरदार की उत्सुकता जागी। "जब तक भाटी यहाँ रहेंगे, तुम्हारी कुँवरी घूमने नहीं निकल सकती। फिर कैसे देखेंगे हम?"

"सो तो है," फूलसिंह ने कहा, "और जब से कुँवरी की मँगनी हुई है, तब से तो वह कभी महल से बाहर निकली ही नहीं।"

उठा हुआ भाटी सरदार फिर से तकिए पर पसर गया, उठती हुई आग पर जैसे पानी पड़ गया हो। लेकिन तब तक फूलसिंह तरकीब सोच चुका था। वह उछलकर बोला, "तुम्हें पता नहीं, मोहिलों में भाटियों की बहादुरी का कितना मान है। भाटियों की जीदारी की कितनी ही कहानियाँ मैंने खुद कुँवरी को घुमाते-फिराते सुनाई हैं। कुँवरी ने उनमें बड़ा रस लिया था। एक दिन कहती थी कि सादू सरदार के ताजे से ताजे पराक्रम मैं बटोरकर लाऊँ, तो वह मुझे बहुत सा इनाम देंगी।"

"सच?" कुँवरजी फिर उठँग गए।

"और क्या झूठ?" फूलसिंह अपने अतिथि को प्रसन्न देखकर हर्षित होकर बोला, "तुम तो सरदार के साथ सदा रहते ही हो। सादू सरदार की कहानियाँ तुमसे अच्छी और कौन सुना सकता है?"

निश्चय ही और कौन सुना सकता था! कुँवरजी खिल पड़े। किंतु तुरंत ही फिर उनके मुखपर मुर्दनी छा गई। "भला, यह तुम्हारी कुँवरी की मँगनी हुई कहाँ से है?"

"राजाओं की लड़की राजाओं के घर। सरदार ने अपने से भी बड़ा घर ढूँढ़ा

है। मंदौर के राठौरों का नाम सुना है? राठौरों के राजा का बेटा है। राजा के मरने के बाद गद्दी उसे ही मिलेगी। हमारी कुँवरी राजरानी बनेगी। दस हजार राठौर जवान हर वक्त हाथ बाँधे कुँवरी की सेवा में खड़े रहेंगे।'' कल्पना में मगन होते हुए फूलसिंह बोला।

''नहीं।'' सादू सरदार ने कहा, ''ऐसी मूर्खताएँ राठौरों में नहीं होतीं। राठौर सैनिकों को हाथ बाँधे सेवा में खड़े रहने के अतिरिक्त और भी बहुत से जरूरी काम करने को रहते हैं। वीरता में भाटियों और राठौरों में बराबर का जोड़ है। लेकिन राठौरों का दल बहुत बड़ा है।''

किस प्रकार अनजाने में ही भाटी सरदार राठौरों की वीरता की प्रशंसा करता-कराता उनकी और भाटियों की शक्ति की तुलना करने लगा था, यह देखकर फूलसिंह बीच ही में बोल उठा—

''दल तो उनका इतना बड़ा है कि सारे मरु देश पर छाकर रह जाए।''

भाटी सरदार ने कहा, ''छोड़ो इस चर्चा को। तब फिर, कल कुँवरी को सादू सरदार की वीरगाथा सुनाने की बात तय रही।''

फूलसिंह ने समर्थन में सिर हिलाया। फिर वह अपने मनचाहे मेहमान के लिए शीत-राबड़ी का प्रबंध करने के लिए उठ गया। यह भोजन ऐसा था, जिसका इंतजाम दो दिन पूर्व करना होता है। दो दिन पहले इतना बड़ा सौभाग्य मिलने की खबर नहीं थी। इसलिए पड़ोसियों की सहायता की आवश्यकता फूलसिंह को अनुभव हो रही थी।

किसी बड़े काम का फल मिल जाना उस काम का सीधा परिणाम होता है। मनुष्य कभी सोचता भी नहीं कि वह उस बड़े काम के मार्ग में बढ़ता हुआ किसी की दृष्टि भी अपनी ओर आकर्षित कर रहा है। फिर जब एक दिन यकायक वह उस प्रशंसा की दृष्टि को अनुभव करता है, तब उसी काम का मूल्य स्वयं उसी की दृष्टि में कितना बढ़ जाता है। दंभ और संतोष का कितना बड़ा खजाना उसे अनायास मिल जाता है, यह वही जान सकता है, जिसने भाटी सरदार की तरह अपनी जान को रोज-रोज हथेलियों पर रखकर अपने करनामों का इतिहास बनाया हो। अब सरदार सादू के मस्तिष्क में वे पिछली रोमांचपूर्ण घड़ियाँ रंग-बिरंगी तूलिका से चित्रित चित्रों की तरह घूमने लगीं।

उस सारे दिन सरदार सादू अपने जीवन की बिखरी हुई घटनाओं में से सबसे अधिक पराक्रम से पूर्ण घटनाओं को छाँटने में व्यस्त रहा। कोई बहुत सुंदर राजपूत कन्या इन घटनाओं को सुनकर उनके नायक के प्रति दो प्रशंसा के शब्द

कह देगी। इस छोटी सी महत्त्वहीन संभावना से प्रेरित होकर ही सरदार सादू का मन उछला जा रहा था।

अगले दिन भाटी सरदार ने अपने सैनिकों के प्रयोग में आनेवाला एक नया पग्गड़ बाँधा। लाल रेशमी अँगरखा और चूड़ीदार पाजामा पहना। कमरपेटी में लंबी तलवार लटकाकर वह फूलसिंह से बोला, ''चलो!''

फूलसिंह इससे पहले ही अपनी छोटी-मोटी तैयारी कर चुका था। शान से अकड़ता हुआ वह औरींत के बाजारों में से होता हुआ मोहिलों के रनिवास की ओर चला। फूलसिंह के निकट आज फूलसिंह से अधिक सौभाग्यवान कोई साँड़नी चराने वाला सारे राजस्थान में नहीं था। उसके साथ राजस्थान के आतंक, पूंगल के निवासी, सरदार सादू का एक वीर सैनिक था।

डयोढ़ी पर खड़े सेवक से फूलसिंह ने कहा, ''कुँवरजी से कह दे जाकर, हम अपने भाटी मेहमान के साथ उनकी सेवा में आए हैं।''

मुसकराकर सेवक चलने को हुआ, तो सामने से आते एक युवक को देखकर उसने कहा, ''लो, कुँवर मेघराजजी आते हैं। अब उन्हीं के साथ भीतर चले जाना।''

सरदार सादू ने घूमकर देखा। जिस युवक की ओर संकेत किया गया था, उसका रंग गेहुँआ था। बदन चुस्त और हल्का, और नाकनक्श साँचे में ढले हुए थे। कमरपेटी में छोटा नेजा था। पास आकर उसने पहले अतिथि को आँखों में निकाला, फिर फूलसिंह की ओर एक क्षण देखकर सरदार से पूछा—

''भाटी हो?''

''हाँ।''

मेघराज गले मिलने के लिए आगे बढ़ा। सादू सरदार ने उसे गले से लगा लिया। लेकिन उसकी कमर में भाटी सरदार के मजबूत हाथ एक बार लिपट जाने पर छूटने का नाम ही नहीं ले रहे थे। मेघराज का उत्साह जब समाप्त हो गया, तो उससे कहा, ''अब छोड़ो।''

''अभी नहीं,'' सरदार ने कहा, ''पहले वचन दो कि यह भाईचारा सदा बना रहेगा।''

मेघराज ने जोर आजमाने की कोशिश की, किंतु उसकी हड्डियाँ चरमरा गईं। हारकर उसने कहा, ''अच्छा, बना रहेगा। अब छोड़ो। तुम भाटियों में यह बहुत बुरी आदत है। एक वह तुम्हारे सरदार हैं। एक बार हाथ पकड़कर छोड़ते ही नहीं।''

उसे छोड़कर सरदार सादू ने अपना साफा उतार लिया। ''पगड़ी बदल लो, क्या पता फिर भूल जाओ। तुम्हारे कहने से तो पता चलता है कि तुम लोगों में हाथ पकड़कर छोड़ देने की अच्छी आदत है।''

मेघराज ने पगड़ी बदलते हुए कहा, ''तुम तो बड़े मजे के आदमी मालूम होते हो। यह फूलसिंह तुम्हे इधर कैसे पकड़ लाया?''

फूलसिंह ने कहा, ''यह कुँवरीजी को सरदार सादू की वीरगाथा सुनाएँगे। उन्होंने मुझसे कह रखा था।''

''सरदार सादू की वीरगाथा! मैं भी सुनूँगा। वह तो मरुदेश का नाहर है,'' मेघराज प्रसन्न होता हुआ बोला, ''चलो, मैं भी चलता हूँ।''

तीनों व्यक्ति मोहिलों की सबसे ऊँची और विस्तृत हवेली, जिसे महल कठिनाई से ही कहा जा सकता था, की भूलभुलैया में से होते हुए कोरमदेवी के निजी वास तक पहुँचे।

मेघराज ने स्वयं बहन को सूचना दी। अपने प्रिय नायक का शौर्य वृत्तांत सुनने के लिए कोरमदेवी अधीर हो गई। तुरंत कक्ष में चिक का प्रबंध कराकर उसके पीछे से कोरमदेवी ने आगंतुकों को देखा। चरवाहे ने परिचयात्मक स्वर में कहा—

''कुँवरीजी, साक्षात् कथावाचक को पकड़ लाया हूँ। जो कुछ आपको ये सुना देंगे, और कहीं सुनने को नहीं मिलेगी। खास सादू सरदार के दाहिने हाथ हैं। न हो पूछ देखिए।''

''क्या नाम है इनका?'' कोरमदेवी का सरल व कोमल स्वर चिंक के पीछे से सुनाई पड़ा।

फूलसिंह वहीं कालीन पर बैठ गया। कुँवरजी ने उत्तर में कहा, ''मेरा नाम जयतुंग है। पाहू, जाति का छोटा-सा नायक हूँ। बहुत दिनों से आपके दर्शनों की इच्छा थी। आज अवसर मिला तो छोड़ नहीं सका।''

''मैं भाटियों की वीरता का सम्मान करती हूँ।'' कोरमदेवी ने कहा।

''उनकी वीरगाथाओं को मैं बड़े चाव से सुनती हूँ। पर खेद है, तुम्हारे सामने नहीं आ सकूँगी। इससे तुम्हें अपना अपमान नहीं समझना चाहिए। तुम्हारी कथा को सुनने के लिए मेरे साथ इस समय सारे राजमहल का नारी समाज एकत्र है।''

भाटी सरदार मेघराज के पास एक ऊँचे आसन पर बैठ गया। फिर वह बोला, ''भाटी सरदार को आपने देख लिया है, देवी?''

''हाँ, वह महल में भोजन कर गए हैं। जैसा उनका डीलडौल है, उसी से ऐसी घटनाएँ घटनी संभव हो सकती हैं। तुम अब सुनाओ, देरी न करो।''

"भाटी सरदार का सारा जीवन आवारगी में बीता है, देवी। उनके साथ जो रोमांचपूर्ण घटनाएँ घटी हैं, उनमें बहुत सी सुखांत हैं, तो बहुत सी दुःखांत भी हैं। आप कैसी घटना सुनना चाहती हैं ?" भाटी सरदार ने प्रश्न किया।

इस पर एक निमिष के लिए सन्नाटा छा गया। मेघराज और फूलसिंह दोनों ने उत्सुकता से सचेत होकर उस आवरण की तरफ देखा, जिसमें से फरमाइश निकलने वाली थी। कुछ देर में कोरमदेवी का स्वर फिर सुनाई पड़ा।

"जब भाटी सरदार स्वयं जीवित हैं, तो कोई भी घटना इतनी अधिक दुःखांत नहीं हो सकती कि सुनी न जाए। तुम कोई भी घटना सुना सकते हो।"

भाटी सरदार ने एक क्षण सोचा। फिर वह बोला, "देवी, उन घटनाओं का अंत इसीलिए दुःखपूर्ण है कि भाटी सरदार स्वयं जीवित रह गए। यदि साथ-साथ उनका भी अंत हो जाता, तो वह दुःखपूर्ण अंत गौरव और गरिमा से ढक जाता। मुझे भय है कि आपके साथ बैठा नारी समाज उस दुःख से पीड़ित होगा।"

कुछ देर चुप्पी छाई रही। फिर आदेश हुआ, "उस दुःख को झेलने के लिए हम सब तत्पर हैं। तुम कहो।"

भाटी सरदार ने कहा, "देवी, मैं आपका मनोरंजन करने आया हूँ। भगवान् जानता है कि मेरी भावना शुद्ध है। यदि मेरे मुँह से निकले शब्दों से आपको कुछ पीड़ा पहुँचे, तो मैं आपसे क्षमा चाहता हूँ। इस संसार में दुःख और सुख दोनों हैं। जो दुःख झेलना तो दूर रहा, दुःख की बात सुनना भी नहीं चाहता, वह इस विविध रंग रूपी संसार के आधे दर्शन से वंचित रहता है। आपने इससे भय नहीं खाया, इसके लिए आप मेरा आदर ग्रहण कीजिए। सबसे पहली बात जो मैं कहना चाहता हूँ, वह यह है कि शायद मोहिलों को पता नहीं, भाटी सरदार के साथ आए चार भाइयों की वधुएँ अपनी-अपनी सुहागरात देखने से पहले ही एक-एक करके स्वयं सरदार के हाथों में परलोकगामी हुई हैं। कहकर सरदार रुक गया। यह रुकना उस अँधेरी चिक के पीछे बैठे नारी समाज की प्रतिक्रिया निखारने के लिए था या स्वयं ही सँजोने के लिए, जानना कठिन ही होगा।

कोरमदेवी की माँ पास ही बैठी थीं। उनकी आँखों में इतने से ही जल भर आया। पंक्तिबद्ध दासियाँ जैसे सन्न हो गईं। सुई भी गिरती तो आवाज सुनाई दे जाती। और कोरमदेवी सोच रही थीं कि यह कैसा कथा सुनाने वाला है, जो भूमिका-भूमिका में ही स्तब्ध किए जा रहा है! उसने फिर कहा, "कहो!"

फूलसिंह मुँह ऊपर उठाकर सरदार सादू को देख रहा था, जैसे उसके मुँह से निकले एक-एक अक्षर को पी जाना चाहता हो। सादू ने सामने उपस्थित केवल

दो श्रोताओं पर एक निगाह डाली और कहना आरंभ किया।

तुन्नो और मेहरा सरदार सादू से छोटे हैं। यह घटना तुन्नो को लेकर है। राठौरा के मंदौर के निकट, यहाँ से बहुत दूर, रेगिस्तान के पार शंखलाओं का देश है। प्राणों को तिनके की भाँति परित्याग कर देने वाले शंखलाओं ने अपनी वीरता का एक इतिहास बनाया है। यह इतिहास उन्होंने अपने रक्त से धरती की छाती पर लिखा है। महाराज शंखला इनके राजा और कुलगुरु हैं।

सिंधु की घाटी के निकट एक छोटे से प्रदेश पर आक्रमण करते हुए, सरदार के कंधे से कंधा भिड़ाकर तुन्नो लड़ रहा था। बहुत देर की मेहनत के बाद जब तुन्नो ने अपने मुकाबले में लड़ते हुए योद्धा को भूमि पर गिरा लिया, तो उससे पूछने लगा—''मारूँ या छोड़ दूँ?''

उस वीर ने कहा, ''मार दोगे, तो मुझे स्वर्ग मिलेगा। छोड़ दोगे, तो तुम्हें स्वर्ग दिला दूँगा—यहीं पर इसी धरती पर। शंखलाओं की कुमारी का नाम सुना है कभी? उसके साथ तुम्हारा गठबंधन कर दूँगा। वचन देता हूँ।''

तुन्नो ने शंखलाओं की कुमारी का नाम उससे पहले कभी नहीं सुना था। फिर भी न जाने क्यों उस दिन तुन्नो ने उसे छोड़ दिया। लड़ाई भी जीत ली गई। विजय का पुरस्कार समेटकर नाचते-कूदते भाटी अपने देश लौटने के लिए रेगिस्तान पर उतर पड़े। सब लोग खुश थे। सब के मनमयूर नाच रहे थे। अनुमान था कि पंद्रह दिन के भीतर रेगिस्तान पर कर लिया जाएगा, और फिर सरदार सादू को पहली बार पूरा रेगिस्तान पार करनेवाले की ख्याति मिलेगी।

तीन दिन की निर्विघ्न यात्रा के बाद दूर आकाश पर कुछ मटमैला रंग दिखाई देने लगा। सरदार ने चेतावनी दे दी—तूफान का अंदेशा है! मरुभूमि का तूफान बवाल बनकर आता है। यदि तूफान आया तो हमारे छोटे से काफिले का क्या होगा? कुछ पता नहीं था। शायद रेत के इस समुद्र में इन रेंगते हुए छोटे-छोटे कीड़ों का कुछ नामनिशान भी बाकी न रह जाए।

लेकिन इससे पहले तो अभी बहुत कुछ हो चुकना था। दक्षिण दिशा से एक साँड़नी-सवार तेजी से अपनी साँड़नी दौड़ाता हुआ आया। उसके पास आने पर पता चला कि यह वही वीर था, जिसे तुन्नो ने छोड़ दिया था। उसने सरदार को जुहार दी और कहने लगा कि शंखलाओं की कुमारी तुन्नो की प्रतीक्षा कर रही है।

सरदार ने पूछा, ''शंखला महाराज की लड़की से तुम्हारा क्या संबंध है? तुम वहाँ तक कैसे पहुँचते हो? उसने आज तक तुन्नो को कभी देखा भी नहीं है।

वह उसकी प्रतीक्षा किस तरह कर सकती है ?''

उत्तर में उस वीर ने कहा, ''उसका मुझसे बहनापा है। विपदा में एक समय उसने मुझे राखी पहनाई थी। मैंने आज ही उसके सामने तुन्नो की वीरता का बखान किया था। सुनकर वह मुग्ध हो गई है। शंखला महाराज ने उसका संबंध राज्य के बड़े ठिकानेदारों में कर रखा है। पर वह लड़की राठौरों में नहीं जाना चाहती।''

सरदार ने पूछा, ''क्यों, राठौरों में क्या बुराई है ?''

इस पर मैंने कहा, ''जब लड़की मिलने की बात चल रही हो, तो जिरह नहीं की जाती। हमारे लिए इतना ही जान लेना काफी है कि शंखलाओं की लड़की राठौरों में नहीं जाना चाहती। किसी विशेष जाति से इतना भेद रखना हम लोगों में नया नहीं है।''

मेहरा महाराज ने सम्मति दी कि इस आमंत्रण के पीछे छल भी हो सकता है। इस पर उस संदेशवाहक वीर पुरुष का मुँह तमतमा गया। फिर भी वह चुप रहा। लेकिन सरदार की आपत्ति सबसे ज्यादा जबरदस्त थी। ऊपर से तूफान के आसार नजर आ रहे थे।

अंत में यह ठहरा कि तुन्नो के साथ सरदार सादू स्वयं, मैं और दस भटिए जाएँगे। तुन्नोजी शंखला महाराज से बातचीत मामले को आहिस्ता से निबटाने की चेष्टा करेंगे। नहीं तो मैं और सरदार कन्या को हरण करके भाग खड़े होंगे और तुन्नोजी और साथियों के साथ बाद में कौशल से निकल आएँगे।

शंखला महाराज भाटियों से लड़ाई मोल नहीं लेना चाहते थे। इसलिए बिना गरम हुए ही उन्होंने प्रस्ताव अस्वीकार कर दिया। खबर हम तक पहुँच गई और हम उस हारे हुए वीर की सहायता से शंखला महाराज की हवेली से लड़की को निकाल लाए। रास्ते में ही तुन्नोजी मिल गए, जो शंखला महाराज से समय पर बिदा ले चुके थे, और हमसब तेजी से चलकर काफिले में जा मिले। हमें सकुशल पहुँचाकर उस वीर साथी ने हमसे विदा ली और वह वापस लौट पड़ा।

अभी थोड़ी ही दूर पहुँचे होंगे कि हमें पीछे से रेत के गुब्बार उठते दिखाई दिए। स्पष्ट था कि शंखला महाराज अपने साथियों को लेकर आक्रमण करने के लिए आ रहे थे। सरदार सादू ने दो सौ साथियों के साथ मुझे छोड़ा और स्वयं तुन्नोजी के साथ आगे बढ़ गए। तय रहा कि सुरक्षित स्थान पर लड़की को छिपा देने पर वह समस्त साथियों सहित मेरी सहायता के लिए वापस लौटेंगे।

दो सौ साथियों के साथ मैं जहाँ-का-तहाँ रुक गया। थोड़ी ही देर में शंखला

महाराज की छोटी सी सेना दिखाई देने लगी। उन्होंने भी हमें देख लिया और अपने घोड़े तेज कर दिए। किंतु वे हम तक कभी नहीं पहुँच पाए।

हवा मस्ताकर चलनी शुरू हुई और बालू के कण वायुमंडल में व्याप्त होने लगे। धीरे-धीरे आसमान धुँधला होने लगा और दोनों ओर के दल एक-दूसरे को दिखाई देने असंभव हो गए। मैं अपने साथियों सहित शंखला महाराज का स्वागत करने के लिए आगे बढ़ा। एक बार वह और हम निकट आ भी गए और उन्होंने मुझे देख भी लिया, लेकिन उसके बाद फिर कभी मेरी भेंट शंखला महाराज से नहीं हुई।

तूफान जोर पकड़ रहा था और गरम बालू साँय-साँय बोलने लगी थी। हमने इस प्रकार के तूफान रेगिस्तानी जीवन में अनेक बार देखे थे। हमने ऊँटों पर से तहे हुए रस्से खोल दिए और थोड़ी ही देर में दो सौ भाटी एक-दूसरे के साथ रस्सों से बँध गए। अब यदि मृत्यु आती तो एक साथ और जीवन मिलता तो एक साथ।

दुपट्टे खोलकर हमने आँखों पर पट्टी बाँधी और मुँहपर इकहरा कपड़ा लगाकर हम ऊँटों को हाँक ले चले। एक स्थान पर ठहरने में खतरा था। ठहरने पर हम लोगों के शरीरों पर बालू के टीले बन जाते और वहीं पर हम सबकी कब्र बन जाती। अंदाज से हम ठीक दिशा में चल रहे थे। किंतु फिर भी कहा नहीं जा सकता था कि हम सही-सही किस ओर बढ़े जा रहे थे।

मालूम नहीं तूफान कितनी देर चला। लेकिन जब रात आई तो वह थम चुका था और तारे आकाश पर निकल आए थे। हम लोगों ने कपड़े झाड़े और बदन पोंछे। दिशा का अनुमान किया। एक बार तो पता ही नहीं चला। लेकिन धीरे-धीरे तारों की अवस्था समझ में आ गई और हमने ठीक दिशा पकड़ी। हम उस सही दिशा से बीस कोस इधर-उधर हो गए थे।

इस बीच में सरदार पर जो बीती, उसका तो बखान ही कठिन है। थोड़ा आगे बढ़ते ही उन्हें भी तूफान ने घेर लिया। हमारी तरह उन्होंने भी रस्सों के सहारे काफिले को बिछुड़ने नहीं दिया। लेकिन जिस प्रदेश में वह थे, वहाँ जमीन में रेत के बड़े-बड़े गड्ढे थे। कभी कोई उन गड्ढों में धँस जाता कभी कोई। इस प्रकार सबको निकालते-छुड़ाते सरदार कुछ ही दूर आगे बढ़ पाए थे कि शंखलाओं की वह कन्या रेत की मार को सहन नहीं कर सकी। वह शीघ्र ही अचेतन हो गई और उसके नाक और मुँह से खून निकलने लगा। सरदार ने पानी मँगाया, लेकिन अफसोस! बालू की खुश्की से घबरा-घबराकर सब लोग अपनी-अपनी दीवड़ी

खाली कर चुके थे। स्वयं सरदार की दीवड़ी तूफान के हंगामें में खोई जा चुकी थी।

सरदार ने कसकर लड़की के मुँह में कपड़ा ठूँस दिया। इससे संभव था कि खून का आना बंद हो जाता था या जहाँ का तहाँ रुक जाता। लेकिन खून नाक से और अधिक मात्रा में बहने लगा और नाक बंद करना असंभव था। दिखाई कुछ दे नहीं रहा था। हमारे कई साथी रेत के नीचे दब चुके थे और उन्हें निकालने के लिए खींचतान चल रही थी। सरदार, तुन्नोजी, मेहराजी और बाकी दोनों भाई एक-दूसरे से बहुत अलग थे, दूर थे।

कुछ देर बाद लड़की ने सरदार की कलाई कसकर पकड़ ली। उसकी पकड़ से अनुभव होता था कि यह उसकी अंतिम शक्ति थी। और अंत में वह शक्तिशाली पकड़ ढीली पड़ गई। लड़की का हाथ चेतनाहीन होकर नीचे लटकने लगा। वह मृत्यु के असीम विश्राम की शरण में जा चुकी थी। जहाँ तूफान नहीं था, शांति थी। उस सुंदर कन्या ने जीवन की मधुरता का, यौवन की मादकता, मन की चंचलता का एक भी क्षण अनुभव किए बिना मरुस्थली बालू को अपने प्राण भेंट कर दिए थे। उसे कुँवारी कहूँ, ब्याही कहूँ या केवल बधूकी कहकर चुप हो जाऊँ, कुछ समझ में नहीं आता। केवल उसकी उस अंतिम पकड़ का अनुभव आज भी कलाई पर रह-रहकर डंक मारता है।

सही है कि सरदार सादू ने सबसे पहले रेगिस्तान पार करनेवाले की प्रसिद्धि का फल चखा है। किंतु उसके मन में उस यात्रा की जो स्मृतियाँ एकत्र हैं, वे उसे जीवन और मृत्यु का अंतर समझने में बाधा दे रही हैं। सरदार आज जीवित ही मृत है। वे लड़ते है, तो जीवन का मोह छोड़कर और जीते हैं, तो सौ-सौ बार मरकर। न जाने कब उन्हें शान्ति और संतोष का स्वाद चखने को मिलेगा।''

कथावाचक की कथा समाप्त हो गई, फिर भी शांति और चुप्पी का एक अद्‌भुत वातावरण छा गया। कुछ देर तक वायु भी जैसे सुन्न हो गई। कहीं से किसी प्रकार की ध्वनि, किसी प्रकार की टिप्पणी, किसी प्रकार का स्वर सुनाई नहीं दे रहा था।

फिर मेघराज का नीचे झुका हुआ मस्तक ऊपर उठा। ''कुँवरजी, कुछ और सुनाइए। आपने तो मन कड़वा कर दिया।''

सरदार सादू एक फीकी हँसी हँसकर बोला, ''नहीं, कुँवर साहब, अब तो कुछ कहा नहीं जाएगा। जितना कहा है, उससे कहीं ज्यादा आँखों के आगे नाच गया है। जब आपका सुनने मात्र से ही मन कड़वा हो गया, तो मुझ पर तो न जाने

क्या बीत रहा होगा। अभी तो सरदार ठहरेंगे, कल फिर सुनाऊँगा।''

फिर सरदार सादू ने चिक की ओर किसी प्रकार का निर्देश सुनने की भावना से देखा। कोरमदेवी ने कहा, ''आपकी बात सुनकर तो यही नहीं लगता कि आप पाहू जाति के नायक हैं।''

सरदार ने घबराकर आँखें चौड़ी कीं कि कोरमदेवी ने आगे कहा, ''ऐसा प्रतीत होता है कि राजपूताने का कोई कथावाचक अपना कौशल दिखा रहा है। क्या सचमुच ऐसा हुआ था?''

सरदार सादू अपने आसन से उठकर कक्ष के बीच में आ खड़ा हुआ। उसने अपने अँगरखें के भीतर से कुछ पीली चूड़ियाँ निकालकर कहा, ''देवी, मनुष्य की भावनाओं के संघर्ष से मानव जीवन में जो करुणा उत्पन्न होती है, उससे उसका आगे बढ़ने का उत्साह गिर जाता है। फिर भी करुणा तो मानव जीवन में है और उसकी कतई उपेक्षा भी नहीं की जा सकती। उसके दर्शन और अनुभव न करनेवाला मनुष्य प्रसन्नता और उत्साह की भावनाओं को भी पूर्ण रूप से अनुभव नहीं कर पाता। करुणा को देखो, सुनो, देवी, फिर उसे झूठ समझ लो, तो भी मनुष्य का मन बहल जाता है। इसे झूठ समझकर यदि आप सब लोग स्वस्थ हो सकें, तो इसे झूठ ही समझें।'' तब और आगे बढ़कर उसने अपने शब्दों की रवानी में ही बहते हुए कहा, ''क्या इस झूठी कथा के नायक की ओर से मैं देवी के हाथों में यह छोटा सा उपहार पहना सकता हूँ?''

कोरमदेवी ने चिक के पीछे से ही चूड़ियों को अपनी ओर बढ़ते हुए देख लिया। प्रयोग ग्रस्त व्यक्ति की तरह उसके हाथ चिक से बाहर निकल आए और सरदार सादू उनमें चूड़ियाँ पहनाने के लिए आगे बढ़ा। किंतु हाथों को देखकर वह जहाँ का तहाँ स्तब्ध खड़ा रह गया।

लाल मेहँदी से रंजित करतलों को थामे जैसे दो कमल डंडियाँ पानी की तरह लहराती हुई नीले रंग की चिक से बाहर निकल आई हों।

कुछ क्षण उन हाथों को देखकर सरदार चौंका और उसने उन चूड़ियों को उन हाथों में पहना दिया, जिनका आकार उसके मन पर सदा-सदा के लिए अंकित होकर रह गया था। कोरमदेवी के हाथ भीतर खींच लेने पर ही उसका स्वप्न भंग हुआ।

जब खड़े रहना असंभव ही हो गया, तो सरदार ने पूछा, ''अनुमति हो तो अब जाऊँ, देवी?''

भीतर से फिर वे ही हाथ बाहर निकले। इस बार वे खाली नहीं थे। एक में एक नक्काशीदार ढाल थी और दूसरे में एक कामदार म्यान सहित तलवार थी। कोरमदेवी ने कहा, पुरस्कार में हम तुम्हें इससे अच्छा और क्या उपहार दे सकते हैं?''

सरदार सादू ने वह ले लिया। उसने तलवार को होंठों से लगाकर चूमा। फिर उन सुंदर हाथों को अपने सामने से लुप्त होते देखकर वह लौट पड़ा। एक लंबी साँस खींचकर वह मेघराज से बोला, ''चलिए, कुँवरजी।''

दोनों कुँवर कक्ष से बाहर निकल गए, किंतु फूलसिंह वहीं बैठा रह गया। उसका पुरस्कार शेष था और बिना उसे लिए उसका वहाँ से टलना असंभव था।

विस्तृत दहलीज के चौक में आकर कुँवर मेघराज की चुप्पी टूटी। ''कुँवरजी, वह तलवार तो दिखाओ, जो तुम्हें मिली है।''

आश्चर्य प्रकट करते हुए सरदार सादू ने म्यान सहित तलवार निकालते हुए पूछा, ''क्यों? क्या यह अच्छा पुरस्कार नहीं है?'' और उसने म्यान उसके हाथों में दे दी।

मेघराज ने तलवार म्यान से खींचकर एकदम सरदार सादू की छाती से लगा दी। फिर सामने होते हुए उसने उसकी आँखों में आँखें डालकर कहा, ''तुम जयतुंग नहीं हो, कुँवर। बताओ तुम कौन हो?''

सादू के शरीर में सनसनी दौड़ गई। कठिनाई से स्थिर चित्त होकर उसने कहा, ''कौन हूँ? तुम्हारा क्या अनुमान है?''

''तुम स्वयं सरदार सादू हो,'' मेघराज ने कहा, ''मुझे तुम्हारा एक शब्द याद है।'' उस अंतिम पकड़ का अनुभव आज भी कलाई पर रह-रह डंक मारता है। इसका क्या मतलब है? क्या उस मरनेवाली लड़की ने सब भाटियों को अपनी मृत्यु के समय वह अनुभव कराया था?''

''यदि मैं स्वयं सरदार सादू हैं, तो तुम क्या करोगे?'' सरदार ने पूछा।

''मैं तुम्हारे अपराध का दंड दूँगा। तुमने छद्म वेश में मोहिलों की हवेली के भीतरी भाग को देखा है। इससे तुम्हारा क्या अर्थ है?''

''ठीक है,'' सरदार ने कहा, ''क्या दंड दोगे?''

''तुम्हें मेरे साथ द्वंद्वयुद्ध करना पड़ेगा।'' मेघराज ने तीव्र स्वर में कहा।

''फिर तो न्यायाधीश का पद तुम्हारे लिए बहुत महँगा पड़ेगा।''

''अपराधी को दंड मिल जाने पर वह महँगा नहीं रहेगा।'' कुँवर मेघराज

की आँखों में एक क्षण के लिए चमक कौंध गई।

"किंतु अपराधी को दंड कभी नहीं मिल सकेगा," सरदार सादू ने कहा, "बचपन से लेकर मैंने आज तक केवल तलवार चलाना ही सीखा है। इस लगातार अभ्यास से जो कौशल मेरे हाथ में आ गया है, उससे तुम जीत नहीं सकोगे। अपमान अनुभव न करना। अभ्यास के सामने बड़े-बड़े गिर जाते हैं।"

"मुझे चिंता नहीं," कुँवर मेघराज ने कहा। "अन्याय को हरा देना या स्वयं उसके सामने से लोप हो जाना दोनों एक ही बात है। एक राजपूत अन्याय के सामने से केवल मरकर ही लोप हो सकता है। तुम अपनी तलवार निकाल लो। निर्णय अभी हो जाएगा।"

सरदार सादू मुँह ऊपर कर ठट्ठा मारकर हँस पड़ा। चिढ़कर कुँवर मेघराज ने उसकी छाती में तलवार चुभाई। सादू ने शांत होकर कहा, "भला, कुँवर साहब, यह तो सच ही तुम लोगों में हाथ पकड़कर छोड़ देने की बड़ी बढ़िया आदत है! अभी तो तुम्हारी पगड़ी ने मेरे सिर का पसीना भी नहीं सोखा है। पगड़ी को ऐसे उछालोगे तो सिर पर पगड़ी और पैर के जूते में क्या अंतर रह जाएगा?"

क्षणमात्र में कुँवर मेघराज का पारा पिघल गया। सादू की छाती से तलवार हटाकर उसने उसे म्यान में छिपाते हुए कहा, "सादू सरदार, तुमने मेरे मर्म पर वार किया है। बहुत बुरा किया तुमने!" उसने अपना मुँह नीचे झुका लिया।

सादू ने उसकी ठोढ़ी अपने हाथ से ऊपर उठाई, तो देखा उसमें आँसू छलछला आए थे। दंड देने का अभिमान, बदले की भावना, निकालने की कोई राह न पा सकने के कारण जल बनकर आँखों की परतों पर तैर आए थे।

सरदार सादू ने उसे छाती से चिपका लिया। इस बार मेघराज ने छूटने की चेष्टा नहीं की। सरदार ने कहा, "इसमें किसी प्रकार का छल नहीं था, भैया। हँसी-हँसी में ही फूलसिंह को हाथ थमा दिया और मैं सादू से जयतुंग बन गया। लेकिन अब लगता है कि भेद खुल गया, तो सभी मोहिलों के मन को इससे चोट पहुँचेगी। संभव है, भाटियों और मोहिलों में इस जरा सी बात के ऊपर ठन जाए। कुछ भी न हुआ, तो कम-से-कम तुम्हारे पिताजी इस प्रकार मेरे आतिथ्य ग्रहण करने से बच जाने पर सदा के लिए बुरा मान जाएँगे। इसलिए इस बात को हम जानें या तुम। बोलो, वचन देते हो?"

उसका छाती से अलग होकर मेघराज ने कहा, "अब मैं किसी बात का वचन नहीं देता। फिर भी लगता है कि यह बात बिना छिपाए काम नहीं चलेगा।"

इतने में अपने पुरस्कार में एक रेशमी चादर का जोड़ा लेकर फूलसिंह वहाँ

आ गया। उन्हें इतने निकट ही पाकर वह बोला, "अरे, कुँवरजी, क्या आप मेरी प्रतीक्षा में थे? यह देखिए! मैंने बहुत मना किया कि मैं पुरस्कार लेकर क्या करूँगा, वह तो आपको मिल ही चुका है। लेकिन कुँवरीजी मानें तब न। यह चादर का जोड़ा मेरे कंधे पर रख ही दिया।"

सरदार सादू ने उसकी साधु प्रवृत्ति को सराहा। मेघराज मन ही मन हँसा। फिर वे तीनों हवेली से बाहर निकल आए। मेघराज ने जब वहाँ आकर बिदा ली, तो उसने सरदार के हाथ को एक बार कसकर दबाया। इस दवाब में सरदार के छद्म वेश की मजबूरी के कारण और अधिक साथ न रह सकने की क्षमा-याचना थी।

अस्वीकार न कर सकने की विवशता के कारण जो पुरस्कार फूलसिंह को ग्रहण करना पड़ा था, उसे अपने बदन से मिलाते-जुलाते वह प्रसन्न बदन सरदार के साथ अपने घर की ओर चला जा रहा था। किंतु सरदार सादू चाहकर भी प्रसन्न न हो सका। कोरमदेवी के हाथों को लेकर उसके हृदय में मरुभूमि का तूफान फिर करवटें लेने लगा था। सारे रास्ते सरदार सादू सोचता रहा कि जिस लड़की के ये हाथ होंगे, स्वयं वह कैसी होगी!

लेकिन इस उत्सुकता के पीछे कुछ और भी भाव थे। इन भावों से जीतना सदा ही मनुष्य के लिए कठिन रहा है।

अतीत की घटना सुनाकर जहाँ सरदार सादू ने मोहिलों के राज परिवार को क्षण भर के लिए अभिभूत सा कर दिया था, वहाँ वर्तमान का मूर्तरूप जयतुंग तीन दिन की बादशाहत का पूरा-पूरा आनंद ले रहा था। उसका सदा मुसकराता गोल चेहरा, आवश्यकता से कुछ अधिक भारी शरीर, इधर-उधर आनंदप्रद वस्तुओं को खोजती हुई तेज निगाहें, ये सब चीजें मिलकर अकसर लोगों को उसके समीप बने रहने के लिए बाध्य करती थीं।

मोहिलों के वृद्ध सरदार ने इस खिले हुए व्यक्तित्व को देखते ही पहचान लिया था। यह व्यक्ति जो रात-दिन हिंसा के स्वप्न देखता था और लगभग नित्य ही मारकाट से भरे आक्रमणों का संयोजन करता था, और जिसकी कहानियाँ मरुदेश के मुरदा नौजवानों को तलवार उठाने के लिए प्रेरित करती थीं, क्या सोचता है, कैसे सोचता है, यह जानना विचारों की अच्छी अदला-बदली का साधन हो सकता है।

इसलिए उस सुबह राजमहल से प्रीतभोज लेकर जब जयतुंग अपने प्रभु व साथियों के साथ बाहर निकला, तो वृद्ध मोहिलों के सरदार ने कहा, "कुँवरजी, अमल भी साथ-साथ होगा।"

अफीम के प्रति जयतुंग की अपार श्रद्धा थी। उसने खिलकर कहा, "आपने इस समय यह प्रस्ताव बहुत सुंदर रखा है, सरदार साहब। वास्तव में इसके जैसा निरापद नशा इस संसार में और कोई है, इसमें संदेह ही है। मन किसी प्रकार भी बस में न आ रहा हो, युद्ध के लिए भुजाएँ फड़क रही हों, घोड़े की पीठ पर बैठ जाँघें अकड़ गई हों, तो चीनिया रानी का सेवन करें। देखने वाला कह नहीं सकता कि जवान सो रहा है कि जाग रहा है।"

वृद्ध सरदार हो-हो करके हँसा। "और कुछ सच हो न हो, लेकिन आपका तारीफ करने का ढंग···" वह फिर जोर से हँसते हुए बोला, "बहुत सुंदर है··· बहुत सही है कहा जाए, तो ठीक होगा। मालूम होता है कि उत्साह का सोता आपकी कल्पना में मौजूद है।"

और वे लोग अतिथि-गृह में पहुँच गए। करीने से लगी मसनद पर चित्त लेटकर जयतुंग ने कहा, "सरदार साहब, कभी-कभी तो मुझे ऐसा लगता है कि सब कल्पना ही कल्पना है, इस संसार में कल्पना के अतिरिक्त और कुछ नहीं है, बशर्ते कि कल्पना खूब स्वतंत्र हो और आप जानते हैं कि कल्पना सबसे अधिक किस समय स्वतंत्र होती है?" जयतुंग नें मोहिले सरदार की तरफ प्रश्नसूचक दृष्टि से देखा। जब वहाँ से भी प्रश्नसूचक दृष्टि मिली, तो उसने कहा, "जब बीहड़ शत्रुओं के बीच में चार घड़ी से आप बराबर दोनों हाथों से तलवार चला रहे हों और आपके हाथ यह अनुभव करना छोड़ दें कि वे आपकी आज्ञा पालन कर रहे हैं, बल्कि खुद-ब-खुद अपनी गति पर घूमते रहें, तब कल्पना सबसे अधिक स्वतंत्र होती है।"

"हे परमात्मा!" वृद्ध सरदार ने भौंहें चढ़ाते हुए आश्चर्यपूर्ण मुद्रा में कहा, "तब आप कल्पना करते हैं?"

"क्यों?" जयतुंग छत की ओर देखता हुआ बोला, "मस्तिष्क को व्यस्त रखने के लिए और कोई काम उस समय रहता ही नहीं। शरीर के जिन हिस्सों को मस्तिष्क आज्ञा देता है, वे कंबख्त नाफरमाबरदार हो जाते हैं। बस चैन के साथ उस वक्त ऐसी ही कल्पनाओं की तरंगे मस्तिष्क में उठने लगती हैं, जैसी अमल करने के बाद उठती हैं। इसीलिए तो मैं अमल की स्वर्गीय मादकता की प्रशंसा कर रहा था।"

"ओह !" इस विचित्र व्याख्या से और भी चकित होते हुए मोहिले सरदार ने कहा, "तो आपकी एक के बाद एक इतनी विजयों का यह रहस्य है?"

''निस्संदेह,'' जयतुंग ने कहा, ''लेकिन मोहिलों के पास कौन सी रहस्यमय शक्ति है, मैं भी यह जानना चाहता हूँ ?''

मोहिले सरदार ने अपने अँगरखे की भीतरी जेब से अफीम की एक सोने की बनी डिबिया निकाली। डिबिया पर जयपुरी नक्काशी थी। उसमें से थोड़ी सी अफीम निकालकर वह अपनी स्वच्छ हथेली पर अमल का नुस्खा तैयार करते हुए बोले, ''हम देखते हैं कि शत्रु कैसा है, कितने पानी में है। यह सोचते हैं कि उसे पराजित करने के लिए शक्ति कितनी, चातुर्य कितना और वीरता कितनी चाहिए। फिर सही परिणाम में सब वस्तुओं को सँजोकर हम अपने शत्रु पर टूट पड़ते हैं।''

''वाह-वाह !'' जयतुंग ने सचमुच प्रशंसा प्रकट करते हुए कहा, ''आपके पास तो हारने के अवसर ही नहीं रहते।''

''किंतु,'' मोहिले सरदार बोला, ''यह आपकी युद्ध प्रणाली से बिल्कुल भिन्न है। आप केवल वीरता के भरोसे ही लड़ते हैं, पर वह वीरता अद्‌भुत है, विचित्र है। आप पहली ही चोट में शत्रु का शीराजा बिखेर देते हैं। वह तिलमिला जाता है और आप तब तक दूसरी चोट कर बैठते हैं। आपके बारे में मैंने यही सुना है। और तब तो गजब हो जाता होगा, जब आपके कुछ ही साथी दोनों हाथों से तलवार चलाते हुए—कल्पनाओं में खो जाते होंगे।'' सरदार ने हँसते हुए जयतुंग की ओर देखा।

''जो आप कहना नहीं चाहते वह मैं कह दूँ।'' जयतुंग सीधा होकर बोला, ''आप दूसरे शब्दों में हमारे युद्ध-कौशल को मूर्खता कह सकते हैं। लेकिन यह बात न भूलिए कि जो जीवन के बारे में जिस तरह के दृष्टिकोण रखता है, उसी तरह के युद्ध-कौशल को वह अपनाता है। हम समझते हैं कि जितना ही मृत्यु को पास बुलाया जाए, उतना ही वह दूर भागती है। इसलिए हम मृत्यु से छेड़खानी करके जीते हैं। आप समझते हैं कि मृत्यु को छल करके जीता जा सकता है, और आप उसे छलने में सफल हो जाते हैं। लेकिन छल के इस खेल में मृत्यु कभी-कभी भयानक रूप से जीतती है। जिस व्यक्ति के प्राणों को आप सबसे अधिक सुरक्षित समझते हैं, मृत्यु कभी उसे दयनीय रूप से उठा लेती है···क्या अमल तैयार हो गया ?'' जयतुंग ने मोहिले सरदार की हथेली की ओर देखा।

''ओह !'' झटपट अपनी भूल सुधारते हुए मोहिले सरदार ने तैयार हुआ अमल जयतुंग के हाथ पर रखा। फिर वह बोला, ''आपकी बात आश्चर्यजनक रूप से सही मालूम होती है। साथ-ही-साथ यह भी सत्य है कि मृत्यु जब तक छेड़खानी सहन करती है, तो करती है, लेकिन जब वह जवाब में जरा सी छेड़खानी

कर बैठती है, तो मनुष्य के लिए वह अंतिम होती है। उसके बाद उसमें चेतना ही नहीं रहती।'' मोहिले सरदार ने मुसकराकर अपना अमल मुँह में रख लिया।

उसका अनुसरण करते हुए जयतुंग हँसता रहा। फिर होंठ दबाकर वह बोला, ''वास्तव में जीवन और मृत्यु के बारे में लोगों के बड़े ही अलग-अलग और विचित्र विचार हैं। आप ढूँढ़े जाइए और छोर आपके हाथ नहीं आता। अपनी अवस्था के अनुसार मनुष्य कोई भी विचारधारा पकड़ लेता है और चल पड़ता है। वह विजयी होता है, तो दुनिया उसके पीछे-पीछे चल पड़ती है। पराजित होता है, तो मूर्ख बनते भी उसे देर नहीं लगती।''

अपने-अपने अनुभवों से मँजे हुए राजपूत जाति के दो कबीलों के यह वीर जिस प्रकार खुले दिल से मृत्यु और जीवन के बारे में अपने विचार एक-दूसरे के सामने व्यक्त कर रहे थे, उसी प्रकार के वास्तविक संघर्ष को लेकर निकट भविष्य में आनेवाली जो घटनाएँ उनके अस्तित्व के साथ खिलवाड़ करनेवाली थीं। उनका यदि उन्हें पता होता, तो शायद दुगुना अमल कर लेने के बाद भी वे इस प्रकार पीने का आनंद न ले पाते।

अगली सुबह जब मोहिले सरदार की पीनक टूटी, तो सामने ही उसका बेटा मेघराज चिंतित मुद्रा में प्रतीक्षा करता हुआ बैठा दिखाई दिया। जयतुंग को ज्यों-का-त्यों पड़ा छोड़कर मोहिले सरदार ने जल के लिए संकेत किया और मेघराज बाहर जाकर एक सेवक के हाथों जल लिवा लाया। मुँह-हाथ अच्छी तरह धो चुकने के बाद सेवक द्वारा प्रस्तुत किए गए वस्त्र से शरीर पोंछते हुए सरदार ने कहा, ''मेघराज, तेरे चेहरे पर मुरदनी छा रही है! क्या बात है?''

मेघराज ने कहा, ''अभी-अभी मंदौर से एक टुकड़ी आई है। भारी भेंट के साथ मंदौर के राजा साहेब ने कोरमदेवी की पोशाक भेजी है। उन्होंने विवाह के लिए अगहन बदी दोयज का मुहूर्त भी सुझा भेजा है।''

''तो फिर खुशी मनाओ, बदले भेंट भेजने का इंतजाम करो। लेकिन नहीं तुम्हारा मुँह क्यों उतर रहा है?'' मोहिले सरदार ने बेटे के मुँह को ध्यान से देखते हुए पूछा।

मेघराज तनिक आगे की ओर झुक गया। ''पिताजी, कोरमदेवी ने पोशाक लेने से इनकार कर दिया है।''

''ऐं!'' मोहिले सरदार चौंका, ''क्यों?''

''वह कहती है कि उसे यह विवाह ही स्वीकार नहीं है।'' और मेघराज ने पिता की प्रतिक्रिया निरखने के लिए उनके मुँह की ओर देखा।

इस बार मोहिले सरदार केवल आश्चर्य से मेघराज के मुँह को निहारता रहा। फिर वह जरा चेतन होकर बोला, ''तुम समझ तो रहे हो कि तुम्हारे मुँह से क्या निकल रहा है?''

''मैं पूरे होश में हूँ, पिताजी,'' मेघराज ने कहा, ''कोरमदेवी भी उतनी ही गंभीर है। आप बाहर आइए, तो मैं बताऊँ।''

सरदार और मेघराज दोनों तुरंत बाहर निकल आए। वहाँ आते ही मेघराज ने स्वर को अत्यंत धीमा करके कहा, ''कोरम कह रही है कि उसका विवाह मंदौर के राजकुमार से नहीं, भाटी सरदार सादूसिंह के साथ होगा।''

''क्या बकते हो!'' सरदार चिल्लाया।

उत्तर में मेघराज केवल चुप रहा।

इस चुप्पी से जो अवकाश मिला, उसके भीतर सरदार ने समझ लिया कि स्थिति वास्तव में वही थी, जो मेघराज कह रहा था। कोरमदेवी के लिए कुछ भी असंभव नहीं है। मोहिलों के उन्मुक्त वातावरण में पली वह उद्दंड लड़की किस समय किस प्रकार का विवाद खड़ा कर देगी, इसका कभी किसी को पता नहीं रहता था। किसी को वह अपने सामने बोलने नहीं देती थी, और जब चाहती थी, तभी किसी की भी बात सुनने से इनकार कर देती थी।

समय-समय पर वह अजीब-अजीब इच्छाएँ प्रकट करती थी और मोहिले सरदार की समस्त शक्तियाँ आज तक लाडली बेटी की प्रत्येक इच्छा पूर्ण करती चली आई थी। अनायास और सहज ही मिल जाती इन इच्छा-पूर्तियों से कोरमदेवी को अपने आप ही वह अधिकार मिल गया था, जिससे किसी की कैसी भी इच्छा अदम्य हो जाती है, और उसे पूरा करने के अतिरिक्त और कोई चारा ही नहीं रह जाता। क्षणमात्र में मोहिले सरदार की आँखों के सामने घूम गया कि विरोध का क्या परिणाम होगा और उस परिणाम से जो परिणाम निकलेंगे, उससे कैसे-कैसे जहूर खिल सकते हैं।

एक लंबी निःश्वास निकालते हुए सरदार ने मुँह लटकाकर कहा, ''मैं कोरम से बातें करूँगा। तुम हम दोनों के बैठने का प्रबंध करो।''

मेघराज तुरंत वहाँ से चला गया।

कुछ ही देर बाद पिता, पुत्र और पुत्री महल के एक एकांत कक्ष में त्रिकोणाकार बिछे हुए आसनों पर बैठे थे। कोरमदेवी खड़ी ही रहना चाहती थी, किंतु मोहिले सरदार खड़े और बैठे हुए व्यक्ति की विचारधारा का अंतर समझता

था। वह उपस्थित समस्या से जिस प्रकार भाग-भागकर प्रत्युत्तर दे सकता है, वह सुविधा बैठे हुए व्यक्ति को नहीं रहती। इसीलिए सरदार ने बेटी को आज्ञा देकर आसन पर बैठ जाने के लिए बाध्य किया।

जब कोरमदेवी बैठ गई, तो पाँव नीचे किए बैठा हुआ मेघराज उठकर पिता की पीठ पीछे जा खड़ा हुआ। कोरमदेवी ने बैठक के इस परिवर्तन को देखा और वह समझ गई कि स्थिति की गंभीरता भाई को पिता का पक्ष लेने के लिए मजबूर कर गई।

कोरमदेवी के बैठते ही तकिए का सहारा लेते हुए वृद्ध ने कहा, "मैंने मेघराज से जो कुछ सुना है, बेटी! क्या वह सच है?"

कोरमदेवी चुप रही। वह केवल सिर नीचा किए हुए पैर के अँगूठे को मसलती रही।

"तो वह सच ही है," सरदार ने कहा, "और यह भी सच है कि भाटी सरदार की ओर तुम्हारी दृष्टि है?"

कोरमदेवी ने इस बार भी चुप रहकर अपनी स्वीकारोक्ति प्रकट की।

"हूँ!" सरदार ने कहा, "हम भाटी सरदार का आदर करते हैं। उसका व्यक्तित्व बड़ा है और वह महान् है। यह सच है कि आज का राजपूत नौजवान भाटी सरदार की कसम खाकर छाती ठोंकता है। हम सा सौभाग्यवान और कौन होगा, जिसे स्वयं सरदार सादू जैसा लोगों का प्रिय नायक जमाई के रूप में मिले। लेकिन मुझे बड़ा अफसोस होता है तुम्हारी बुद्धि पर कि तुम जरा से मोह में आकर इतने बड़े वीर व्यक्ति की जान की ग्राहक बन बैठी हो!"

इस बार कोरमदेवी ने चौंककर पिता की तरफ देखा। "क्या मुझसे कोई अपराध हो गया है, पिताजी?" और किसके प्रति अपराध का यह प्रश्न था, यह प्रकट ही था।

"इसे अपराध नहीं तो और क्या कहा जाए?" सरदार ने कहा, "बच्चों और बड़ों में और फरक ही क्या होता है? मैं तुम्हारे सामने नीति और धर्म की बात नहीं करता। किसी को वचन देकर तोड़ देना कितना बड़ा अधर्म है, मैं तुम्हारे बारे में उसकी दुहाई नहीं देना चाहता। मैं जानता हूँ कि तुम्हारे पास उसका जवाब है। तुम कह दोगी कि तुम्हारी आत्मा इसे स्वीकार नहीं करती। और मैं जानता हूँ कि जिस विवाह संबंध को आत्मा स्वीकार नहीं करती, वह पैशाच-विवाह होता है। लेकिन मैं तुमसे पूछना चाहता हूँ कि जिस समय मंदौर के दस हजार राठौर हाथों

में दुधारे लेकर उठ खड़े होंगे और तुमसे पूछेंगे कि कहाँ है, वह जिसने तुम्हें उनसे छीन लिया है, तो तुम क्या जवाब दोगी, किस तरफ इशारा करके कहोगी कि यहाँ है वह भाटी सरदार? कौन सा वह लोहे का कवच है, जिसे पहनाकर तुम भाटी सरदार को राठौरों के लपलपाते हुए खड्गों के सामने खड़ा कर दोगी, और वह उनसे बच निकलेगा?''

पिता की हृदय को बेध देने वाली बात सुनकर कोरमदेवी रोष, प्रेम और वेदना के मिश्रण से थर-थर काँप रही थी। जब मोहिले सरदार चुप हुआ, तो कोरमदेवी फूट-फूटकर रो पड़ी।

मेघराज देख रहा था कि बहन के लौह निश्चय पर करारी चोट पड़ी थी। किंतु वह यह भी जानता था कि कोरमदेवी को बहुत जल्दी निश्चय कर लेने की आदत थी, और जब वह एक बार निश्चय कर लेती थी, तो उससे उसे डिगाना जैसे पहाड़ को अपने स्थान से डिगाना था। फिर भी वह खड़ा-खड़ा इस चोट से आहत हो रहा था। इसी कारण उसके गौर मुख पर हार्दिक कष्ट की लाली उभर आई थी। लेकिन वह चुप रहा।

आखिर कोरमदेवी ने कहा, ''राठौर जानबूझकर आग में नहीं कूदेंगे।'' कहने को तो कह दिया, किंतु उसके शब्द कुछ अस्पष्ट थे।

मोहिले सरदार तो उसकी सुनने और अपनी सुनाने आया ही था। उसने कोरमदेवी के शब्द कान लगाकर सुने। फिर वह बोला, ''हूँ! तो यही है तुम्हारा तर्क? कितना कमजोर और फीका तर्क हो गया है तुम्हारा, बेटी!''

कोरमदेवी मानो भभक उठी, ''भाटियों ने घास नहीं छीली है, पिताजी।'' उसने कहा, ''मुझे भाटियों से छीनने के प्रयत्न में राठौर अपना ही नाश कर बैठेंगे।''

''मुझे खुशी होगी!'' सरदार ने शांत वाणी में कहा, ''तब भी खुशी होगी, जब हजारों वीर मरकर तुम्हारी एक इच्छा पूरी करेंगे! तब भी मैं प्रसन्न ही रहूँगा, जब हजारों स्त्रियों की गोद और हजारों ललनाओं का सुहाग तुम्हारे हाथों को पीला करने में काम आ जाएगा!'' सरदार का कंठ अवरुद्ध हो गया। फिर भी थूक निगलकर वह कहते चले, ''लेकिन तब मैं शायद खुशी से पागल हो जाऊँगा, जब मेरी बेटी के पीले हाथों पर बहादुर भाटियों के लाल लहू की धाराएँ बह रही होंगी!''

कोरमदेवी आँखें फाड़कर अपने पिता की सूरत को देखती रही। यहाँ तक कि उसने देखा कि विपरीत और अटल भविष्य की काली छायाओं से पार न पा सकने

के कारण वृद्ध सरदार रो पड़ा। कोरमदेवी के कलेजे में जैसे कुछ कहते-कहते अटक गया। फिर पिता को जरा चेतन होते देखकर ही उसने कहा, ''पिताजी, मोहिलों ने कभी भविष्य के बारे में इतना नहीं सोचा, जितना आज आप सोच रहे हैं। भाटियों ने कभी अपने प्राणों को इतना नहीं सहेजा, जितनी चिंता आज आप उनके लिए कर रहे हैं। मुझे भाटी सरदार इसीलिए प्रिय है कि उसने खतरों को सफलता के साथ पार किया है। वह अब भी खतरों को पार कर सकता है। वह अगर नहीं कर सका, तो मोहिलों की बेटी अपना पथ पहचानती है।''

मोहिले सरदार अवाक् हो गया। उसके मस्तिष्क में संचित समस्त तर्क कोरमदेवी के वचनों के प्रभाव में विलीन हो गए। कोरमदेवी के पास कोई दलील नहीं थी, किंतु उसमें ओज था, और राजपूतों में शायद सबसे बड़ा यही एक दुर्गुण था। अंत में जब कोई राह नहीं रही, तो वृद्ध सरदार ने अपने जूते पहनने के लिए नीचे पाँव लटकाए। तब इतनी देर से चुप खड़ा मेघराज सहसा हिला। उसके होंठ खुले और उसने कहा, ''एक बात मैं भी कहना चाहता हूँ, पिताजी।''

सरदार जूता पहनते-पहनते रुक गया। सिर पीछे फिराकर उसने कहा, ''मेघराज, मैं यहाँ से जाना चाहता हूँ!''

''मुझे बहुत बड़ी बात नहीं कहनी है, पिताजी। मैं तो सिर्फ यह सच्चाई कोरम के सामने रखना चाहता हूँ कि जिसे वह भाटी सरदार समझ बैठी है, वह भाटी सरदार नहीं है। भाटी सरदार फूलसिंह चरवाहा के घर अतिथि के रूप में टिका हुआ है।''

सरदार जैसे बैठा-बैठा ही उछल पड़ा। कोरमदेवी मुँह बाए रह गई। वह अचकचाकर भाई की आँखों में देखने लगी। कहीं उनमें कोई शैतानी का भाव तो नहीं है ?

''यह तुम क्या कह रहे हो, मेघराज।'' मोहिले सरदार बोला, क्या यह संभव है ?''

''हाँ, संभव है, पिताजी!'' मेघराज ने कहा, ''शायद लंबे सैनिक जीवन ने भाटी सरदार को असीम साहसी और विनोदी बना दिया है। लेकिन इस तरह उन्होंने मोहिलों के आतिथ्य-सत्कार का मजाक बनाया है। मैंने उससे पगड़ी बदल ली थी, नहीं तो उसी दिन तलवार उठ चुकी थी, और फैसला भी तुरंत हो जाता।''

वृद्ध सरदार बजाय मुरझाने के खिल उठा। उत्साह से बेटी की ओर देखकर उसने कहा, ''लो, अब तो बाजी ही पलट गई, बेटी!''

कोरमदेवी अनखनाकर उठ गई। बड़े व्यथित और तीव्र स्वर में उसने कहा,

"मैं भाटी सरदार के शरीर को नहीं चाहती। मेरा मोह उसकी आत्मा से है, उसकी उस वीरता से है, जिसने भयानक खतरों में अपने को सचेत रखा है।"

कोरमदेवी वहाँ से चली गई और मोहिल सरदार अवाक् होकर उसे जाते देखता रहा। फिर वह सिर पकड़कर उसी आसन पर तकिए के सहारे लेट गया। एक बार अपने बालों पर हाथ फेरते हुए वह बोला, "मेघराज, किसी को जल लाने के लिए कह दे।"

मेघराज स्वयं ही जल लेकर आया। जब मोहिले सरदार ने जल पी लिया, तो वह फिर लेट गया। मेघराज ने पिता के माथे पर अपना हाथ रखा। "एक राह अभी और रह गई है, पिताजी।"

"नहीं, अब कोई राह नहीं रह गई, बेटा!" सरदार का निराश स्वर निकला, "जब कोरम कुछ निश्चय करती है, तब कोई राह नहीं रहती, आज तक नहीं रही।"

मेघराज ने कहा, "भाटी सरदार यदि कोरम को अस्वीकार कर दें, तो राह अब भी खुली है, पिताजी। मुझे तो आशा है कि वह एक लड़की के लिए अपने सात सौ साथियों का खून बहाने के लिए तैयार नहीं होगा। क्या आप उससे एक बार पूछेंगे नहीं, पिताजी? आखिर उसी से तो इस बात का सबसे बड़ा संबंध है।"

मोहिले सरदार की आँखों में एक चमक आई और वह उठ गया, "शायद भाटी सरदार अपनी ओर एक राजपूत लड़की का बढ़ा हुआ हाथ अस्वीकार न कर सके। मैं पहले उसके साथी से ही इसके लिए पूछूँगा। अब कुछ उम्मीद जान पड़ती है। वे लोग कभी व्यर्थ के रक्तपात को पसंद नहीं करेंगे। तब हम भाटी सरदार के सामने कोरम का हाथ और उसके साथियों की अनिच्छा एक साथ रखेंगे। उसे अपने साथियों की तरफ मजबूर होकर झुकना पड़ेगा, और कोरम को लेकर इस नाश का श्रीगणेश नहीं हो सकेगा।" सरदार ने अपने जूते पहने और अपने साथ मेघराज को लिए वह महल से निकलकर उसी अतिथि-गृह में पहुँच गया, जहाँ अभी-अभी अफीम की मादकता से उत्पन्न कल्पनाओं की तिलांजलि देकर जयतुंग उठ बैठा था।

सेवक चाँदी की सुराही से जयतुंग के हाथों पर जल उड़ेल रहा था। निकट आकर मोहिले सरदार ने कहा, "जय भवानी की, कुँवरजी।"

चुल्लू का पानी जमीन पर छोड़कर जयतुंग ने हाथ जोड़ दिए, "भवानी माता की जय, सरदार साहब। मालूम होता है आप बड़े सबेरे उठ गए।"

सरदार ने पलटकर मेघराज से कहा, "बेटा, कुँवरजी के लिए जलपान

का प्रबंध करो। देखते नहीं, अमल ने कुँवरजी का चेहरा फीका कर दिया है?''

मुँह पर पानी का चुल्लू डालते हुए जयतुंग ने कहा, ''कुँवर साहब, देखना जलपान जरा गरिष्ठ हो। हल्के जलपान से मेरे चेहरे पर ताजगी नहीं आती।''

किंतु जयतुंग की इस बात से किसी के मुख पर भी मुसकराहट नहीं आई। जब जयतुंग सेवक के हाथ के वस्त्र का प्रयोग कर चुका, तो सरदार ने सेवक को वहाँ से चले जाने का इशारा किया। उसके चले जाने पर वह बोला—

''कुँवरजी, जो प्रस्ताव मैं आपके सम्मुख रखने जा रहा हूँ, यदि आप उसे हजम कर गए, तो फिर शायद गरिष्ठ जलपान की ओर आपकी दृष्टि न उठ सके। मेघराज, तुम इनके लिए हल्के जलपान का ही प्रबंध करो।''

जयतुंग ने मेजबान के द्वारा अपनी बात इस प्रकार कटती देखकर आश्चर्य से सरदार की ओर देखा। फिर वह बोला, ''अच्छा तो, कुँवर साहब, आप तनिक ठहर जाइए। पहले मैं सरदार साहब का प्रस्ताव सुन लूँ।''

सरदार ने खड़े-खड़े ही प्रस्ताव रखा—''कुँवरजी, सविनय निवेदन है कि मैं अपनी बेटी कोरमदेवी का हाथ आपके हाथों में देना चाहता हूँ।''

जयतुंग जैसे आसमान से जमीन पर आ गिरा। एक क्षण वाणी रहित होकर उसने बारी-बारी से सरदार और मेघराज की मुख मुद्राओं को देखा, वहाँ असाधारण रूप से गंभीरता विराज रही थी। फिर उसने कहा, ''इतनी कृपाओं का बोझ मैं सँभाल नहीं सकूँगा, सरदार साहब। मैं अपनी कृतज्ञता किस प्रकार प्रकट करूँ, समझ में नहीं आता। आप जो कुछ कह रहे हैं, क्या वह पूरी गंभीरता से कह रहे हैं?''

''जितनी गंभीरता से दिन में सूरज निकलता है, कुँवर जी, मेरे मुँह के शब्द भी उतनी ही गंभीरता से निकल रहे हैं। तो आप इसे स्वीकार करते हैं? जरा ठहरिए, आपका अपमान करना मेरा उद्देश्य नहीं है। आप स्थिति समझ लें, तब अपनी स्वीकारोक्ति दें। मंदौर के राठौरों से मेरी बेटी की मँगनी हो चुकी है!''

जयतुंग हाथ-मुँह पोंछने के बाद जिस मुद्रा में बैठा था, उसी मुद्रा में बैठा रहा। हिलने-डुलने का उसे अवसर ही नहीं मिला। उसने कहा, ''मंदौर के राठौरों से आपकी बेटी की मँगनी हो चुकी है?''

''हाँ, कुँवरजी,'' सरदार ने कहा, ''जब मँगनी हुई थी, तब वह बच्ची थी। अरिनकंवल मंदौर का युवराज है। उसी से मँगनी हुई थी। किंतु बाप बेटी के लिए सबसे अच्छा वर ढूँढ़ता है। हमें भाटी सरदार से अच्छा वर इस समय सारे राजपूताने में दिखाई नहीं देता।''

"भाटी सरदार से अच्छा वर आपको सारे राजपूताने में दिखाई नहीं देता!" जयतुंग मोहिले सरदार के शब्दों का ज्यों का त्यों अनुसरण करता हुआ बोला।

जयतुंग की स्वयं की विचारशक्ति कुछ समय के लिए कुंठित हो गई थी या वह परिस्थिति की विवशता को सिर झुकाए सोच रहा था, दोनों मोहिले इस बात को बड़े ध्यान से देख रहे थे। सरदार ने जयतुंग के कंधे पर हाथ रखते हुए कहा, "कुँवरजी, आप कुछ सोच में पड़ गए हैं?"

जयतुंग का सिर उठा। उसने कुछ निश्चय कर लिया था। दृढ़ स्वर में वह बोला, "सरदार साहब, आपने परिणाम सोच लिया है?"

मोहिले सरदार ने अपने पुत्र की ओर देखा—यह कैसा सवाल था? इसका क्या अर्थ हो सकता था? इस बार मेघराज ने उत्तर दिया, "हाँ, कुँवरजी, हमने परिणाम अच्छी तरह सोच लिया है। अब जो कुछ सोचना बाकी रह गया है, वह आपको रह गया है।"

जयतुंग हँसा। "मुझे परिणाम के बारे में कुछ नहीं सोचना है, कुँवर साहब। मैं एक दूसरी बात सोच रहा था। इस तरह की योजनाओं का परिणाम तो सदा ही एक सा होता है, और उससे भाटी सुलझना अच्छी तरह जानते हैं। मुझे यह संबंध स्वीकार है।"

जयतुंग का निश्चय सुनकर दोनों मोहिलों के मुख पर कालिमा पुत गई। सरदार ने विस्मय से कहा, "आपको स्वीकार है!"

"क्यों? आपको आश्चर्य हो रहा है?" जयतुंग ने पूछा।

"ओह!" मोहिलों का वृद्ध सरदार वापस लौट चला। जाते-जाते उसने कहा, "मेघराज, कुँवरजी के लिए जिस प्रकार का जलपान वे चाहें वैसा ही प्रबंध करो।"

और मेघराज आज्ञा पालन के लिए पिता के साथ हो लिया।

कुँवरजी के छद्म वेश में पाहुओं के राजा साहब ने जो उत्तरदायित्व अपने सिर ले लिया था, वह अनधिकृत था। किंतु वर्षों के संसर्ग से जयतुंग ने भाटी सरदार की वीरता और साहस को जितना आँका था, उसी के अनुसार उसने वह जिम्मेदारी अपने सिर ओट ली थी। फिर भी संदेह का निराकरण होना अनिवार्य था। इसलिए जलपान की प्रतीक्षा न कर पाकर जयतुंग सीधा अपने साथियों के निवास पर पहुँचा, और पंच कल्याण पर सवार होकर फूलसिंह चरवाहे का पता बताने के लिए उसने एक मोहिले को साथ लिया। कुछ ही देर में वह चरवाहे के घर के सामने उतरा।

साथ आए मोहिले ने चरवाहे को पुकारा। वह तुरंत बाहर निकला। साक्षात्

कुँवरजी को सामने देखकर वह एक बार तो हक्का-बक्का रह गया। फिर भूमि पर झुककर उसने भाटी के पाँव छुए—"पाँव लागी, महाराज।"

"सुखी रहो," भाटी ने कहा, "भाटी सरदार कहाँ है?"

चरवाहा समझा नहीं। वह अचकचा कर जयतुंग का मुँह देखने लगा। "भाटी सरदार तो आप ही है, महाराज!" उसने कहा।

जयतुंग उत्तेजना में पहली बार भूल कर गया था। उसे सुधारते हुए उसने कहा, "कुँवरजी कहाँ हैं?"

"कुँवरजी भीतर हैं। घर के भीतर पधारो जी!" चरवाहे ने कहा।

जयतुंग उसके पीछे-पीछे चला। भाटी सरदार भूमि पर बिछी हुई एक दरी पर बैठे सूत बट रहे थे। जयतुंग को देखते ही उठ खड़े हुए। "जुहार, राजा साहब। आप यहाँ कैसे?"

"यह आप क्या कर रहे हैं, कुँवरजी?" जयतुंग ने कहा।

"मैं अपने मेजबान से सबसे अधिक मजबूत रस्सी को बटने का तरीका सीख रहा था। मेरा सवाल ज्यों का त्यों है।" भाटी सरदार ने कहा।

फूलसिंह अभी आश्चर्यान्वित हुआ पीछे ही खड़ा था। अपना नाम सुनते ही उसे स्थिति का बोध हुआ, और उसने झपटकर एक कोने से पीढ़ा उठाया। फिर उस पर अपने कंधे पर पड़ी चादर डालता हुआ वह बोला, "आसन लो, महाराज!"

जयतुंग फूलसिंह की तरफ देखकर कहा, "तुम ताजे जल का प्रबंध करो जी।"

सुनते ही फूलसिंह पलटकर वहाँ से तीर हो गया। उसके जाते ही जयतुंग ने कहा, "अब शायद यह अभिनय समाप्त कर देना पड़े। कुँवरजी, आपने मोहिलों के राज परिवार में किसी कुँवारी लड़की का नाम सुना है?"

भाटी सरदार हँस पड़ा। "राजा साहब, आप बात कहना तो जल्दी में चाहते हैं, लेकिन स्वयं ही उसे उलझा रहे हैं। मोहिलों के राज-परिवार में कुँवारी लड़कियों की कमी तो नहीं होनी चाहिए। क्या आपने अपने लिए कोई चुन ली है?"

जयतुंग ने दूसरी बार अपनी भूल सुधारी। "इस बात को छोड़िए। क्या आपने मोहिले सरदार की लड़की के बारे में कभी कुछ सुना है?"

"हाँ! सुना तो है," भाटी सरदार ने कहा, "उसका नाम कोरमदेवी है।"

"हूँ!" जयतुंग ने कहा, "क्या यह भी सुना है कि उसकी मँगनी हो चुकी है?"

"हाँ, राठौरों के युवराज से।"

"क्या आपका अनुमान है कि वह भाटियों को प्रशंसा की दृष्टि से देख सकती

है?" जयतुंग ने कुछ आश्चर्य मिश्रित स्वर में पूछा।

"अनुमान नहीं निश्चय है," भाटी सरदार ने कहा, "वह निश्चय ही भाटियों को प्रशंसा की दृष्टि से देखती है। वह उनकी वीरता पर मुग्ध है।"

"कुँवर जी!" आश्चर्य से अभिभूत होकर जयतुंग बोल उठा, "मालूम होता है, आपको यहाँ बैठे-बैठे ही मुझसे कहीं अधिक जानकारी मिल गई है!"

सरदार सादू हँसा। "हाँ, राजा साहब, इस बारे में मुझे आपसे अधिक जानकारी है। आप कहना क्या चाहते हैं?"

"मैं जो कहना चाहता हूँ, उसकी जानकारी आपको नहीं होगी," जयतुंग ने कहा, "इसका निश्चय है। आपने यह कभी नहीं सुना होगा कि मोहिले सरदार अपनी लड़की का संबंध आपसे करना चाहते हैं।"

यह सरदार सादू के आश्चर्यान्वित होने की बारी थी। विस्मय से भौंह चढ़ाकर उसने कहा, "राजा साहब, अभी तक पीनक में ही हो क्या? मालूम होता है, चीनिया रानी सिर पर चढ़कर बोल रही है!"

जयतुंग ने उतनी ही गंभीरता से कहा, "मैं चेतन ही हूँ, कुँवरजी। पर बात सच है। किसी कुमारी के पवित्र और अनछुए हाथ भाटी सरदार की तरफ बढ़ चुके है। यही जिज्ञासा मुझे इतनी जल्दी में यहाँ खींच लाई है कि स्वयं सरदार सादू इसे स्वीकार करते हैं या नहीं?"

क्षण मात्र में सादू सरदार की आँखों के सामने वे गोरी और लचकदार कलाइयाँ घूम गईं, जिनके द्वारा उसे एक ढाल और एक तलवार उपहार में मिली थी। मानो कोरमदेवी चिक के पीछे से बोल रही हो—'मेरा विवाह तुमसे होगा। जब तुम मुझे लेकर चलने लगोगे, तो सारा राजपूताना तुम्हें भूखी आँखों से देखेगा। उस समय कुल सम्मान की रक्षा के लिए मैं तुम्हें आज यह ढाल और तलवार दे रही हूँ। जिस तरह यह ढाल और तलवार कठिन से कठिन धातु के विरुद्ध टकराने से भी नहीं टूटेगी, उसी तरह आशा करती हूँ कि इन्हें रखनेवाला कठिन-से-कठिन परिस्थिति से टकराने पर भी मेरी रक्षा करने में समर्थ होगा।"

बाद में भाटी सरदार ने कहा, "आपका इतना बड़ा सच मुझे कितना बड़ा मजाक लग रहा है, यह आप नहीं जानते। इस तरह की मजाक अच्छी नहीं होती। मैं उस लड़की को देख आया हूँ। वह स्वच्छ दूध की तरह निष्कलंक है। उसके नाम को लेकर हँसी नहीं चलनी चाहिए।"

जयतुंग ने सादू सरदार के चेहरे की ओर दृष्टिपात करके स्थिरता से कहा, "यही सबसे बड़ी हँसी लगती है, कुँवरजी, कि यह बात सच है और प्रस्ताव स्वयं

मोहिले सरदार के मुँह से मेरे सामने निकला है। पर आपने उसे कब देख लिया ?''

''मैंने उसे नहीं देखा है, केवल उसके हाथ देखे हैं। देखकर उन हाथों को अपनाने का मोह भी हुआ था, लेकिन मैंने प्रयास करके उसे दबा दिया। मैंने उसे आकाशकुसुम समझा था, किंतु वह बड़ा खूबसूरत काँटा है, जो चलते-चलते पैरों में अपने आप चुभ गया। अगर आपकी बात सच है, तो अब यह काँटा नहीं निकलेगा, राजा साहब।''

जयतुंग प्रसन्नता से उछल पड़ा। ''आपने मुझे उबार लिया है, कुँवरजी! आपके वेश में मैं अपनी स्वीकृति मोहिलों को दे आया हूँ।''

सरदार सादू मुसकराया। इस मुसकराहट में सच्ची प्रसन्नता छिपी थी। उसने कहा, ''फिर आप इसलिए जल्दी-जल्दी मेरे पास दौड़े आए कि कहीं मैं डर न जाऊँ। मेरे विषय में आप कुछ भी कर आते राजा साहब, चाहे दिल्लीपति को अपना शत्रु बना आते, तो भी मैं पीछे न हटता।''

जयतुंग ने आगे बढ़कर सरदार सादू को अपने विशाल शरीर से चिपटा लिया। गद्‌गद होकर उसने कहा, ''मैं आपको क्या बिल्कुल भी नहीं पहचानता, कुँवरजी ?''

इतने में फूलसिंह ताजा जल का लोटा और कटोरा दोनों हाथों पर रखे आ उपस्थित हुआ। विनम्रता से झुककर उसने जयतुंग से कहा, ''जल, महाराज!''

जयतुंग ने कहा, ''वस्तु पहले बड़ों को दी जाती है। तुम देखते नहीं, पास ही स्वयं भाटी सरदार खड़े हैं।'' उसने सरदार सादू की ओर संकेत करके बताया।

फूलसिंह भौंचक्का बना खड़ा का खड़ा रह गया। ''हुजूर, क्या कह रहे हैं, समझ नहीं पड़ा!'' उसने कहा।

''मैं कौन हूँ ? मैं पाहुओं का राजा हूँ।'' जयतुंग ने जोर से हँसते हुए कहा।

फूलसिंह चरवाहे के हाथ से जल का लोटा छूटकर भूमि पर लुढ़क पड़ा। वह मुँह बाए दोनों भाटियों को देखता ही रह गया। फिर तुरंत ही चेतन होकर वह लोटा और कटोरा उठाकर ज्योंही बाहर भागने लगा, जयतुंग ने उसे रोक दिया। ''रहने दो, हमें प्यास नहीं है। कुँवरजी, आप तुरंत चलिए।'' और वह कुँवर सादू सिंह का हाथ पकड़कर उसी क्षण वहाँ से बाहर हो गया।

फूलसिंह हड़बड़ाकर बाहर निकल आया और भीत से चिपका सादूसिंह व जयतुंग को पंचकल्याण पर उड़ता हुआ देखता रहा।

दो सेवकों के हाथों पर गरिष्ठ जलपान रखवाकर जब मेघराज फिर बैठक में लौटा, तो सिर नीचे झुकाए हुए भाटी सरदार के सामने थाल रखवाकर वह हाथ जोड़ते हुए बोला, ''और जो आज्ञा होगी, वह तुरंत प्रस्तुत किया जाएगा।''

भाटी सरदार ने थालों के छाजन उघाड़कर मुँह ऊपर उठाते हुए कहा, "यह दालों से बनी हुई मिठाइयाँ, ये कचौड़ियाँ! मैं तो कभी इतना कड़ा भोजन नहीं करता, भाई मेघराजजी।"

मेघराज ने अपना विनम्रता और खयालों में खोया हुआ सिर ऊपर उठाया, फिर आश्चर्य से उछलता हुआ वह बोला, "अरे, कुँवरजी!"

इससे पहले कि कुँवर सादूसिंह उसके आश्चर्य की प्रतिक्रिया में कुछ कहे, मेघराज वापस भागा। पिता को इस परिवर्तन की सूचना देना आवश्यक था।

कुछ ही देर के बाद मोहिले सरदार मेघराज के साथ-साथ उस स्थान पर पहुँचा। उसने अपनी बाँहें उठाईं और कुँवर सादूसिंह उसकी छाती से चिपट गए।

धीमे किंतु गद्‌गद स्वर में मोहिले सरदार ने कहा, "धन्य हो, कुँवरजी, तुमने भूल ठीक समय पर सुधार ली है। मंदौर के संदेशवाहक अभी ठहरे हुए हैं, और मुझे उनको जल्दी-से-जल्दी उत्तर देना है। कुँवर जयतुंग ने सब बातें तुम्हें बता ही दी होंगी।"

मसनदों की ओर बढ़ते हुए भाटी सरदार ने उत्तर दिया, "राजा साहब ने मुझे सब बातें बता दी हैं। मुझे उनके निश्चय पर प्रसन्नता है।"

शांति के साथ बैठकर मोहिले सरदार ने गहरी निराशा भरी निःश्वास छोड़ी और बोला, "मेरा भी यही अनुमान था। मैं भाटियों को जानता हूँ। फिर भी मन में एक दुराशा थी कि राजा साहब की जगह यदि सही व्यक्ति होता, तो मैं उसके साथ सदा रहनेवाली बुद्धि की दुहाई दे सकता था। किंतु तुमने छल का परदा डाल रखा था, कुँवरजी। उसे मैं अपने आप कैसे तोड़ सकता था? यही संबंध मुझे सबसे ज्यादा खुशी देता और इसी पर मुझे सबसे ज्यादा सोचना पड़ रहा है।"

"बहुत सोच-विचार ठीक नहीं रहता," कुँवर सादूसिंह ने कहा, "इससे होनेवाले काम में मन आधा रह जाता है, और जिस काम में आधा मन रहता है, वह कभी सफल नहीं होता। आपको इतना सोच-विचार करने की जरूरत ही क्या है? यह पूरी तरह से आपकी ही इच्छा पर है, संबंध करें या न करें। किंतु आपके पूछने पर राजा साहब ने जो उत्तर दिया है, मैं भी वही उत्तर देता।"

मोहिले सरदार ने तनिक कातर निगाहों से भाटी सरदार के मुँह की ओर देखा। उस तेजस्वी मुख से जो कुछ निकल रहा था, वह पूरे अभिमान और दृढ़ता के साथ। मानो उसने किसी उपस्थित समस्या के दूसरे पहलू को कभी देखा ही न हो।

"मेरी इच्छा पर क्या है, कुँवर जी? नहीं, मेरी इच्छा तो बँधी हुई है। मैं कोरम के विरुद्ध अपना हाथ नहीं उठा सकता। मैं भाटी सरदार को मजबूर नहीं कर सकता।

मैं तो केवल यह पूछना चाहता हूँ कि क्या राठौर से भिड़ना बुद्धिमानी होगी? तुम इस बात का जवाब दो, कुँवरजी।''

कुँवर सादूसिंह ने कहा, ''इस बात का जवाब मैं भी नहीं दे सकूँगा, सरदार साहब। स्वयं न्याय जिस बात का उत्तर देता है, उसका उत्तर वीर नहीं देते। मैं तो केवल एक बात जानता हूँ; आप अपनी बेटी का विवाह किसी विशेष वर से करना चाहते हैं, बेटी की इच्छा उसके साथ है, वर भी पीछे नहीं हट रहा है। फिर संसार के जो भी तत्त्व उनके विरुद्ध कमर कसते हैं, वे अन्याय का पक्ष लेते हैं। प्रत्येक वीर न्याय के ऊपर अपनी जान दे देना अपना कर्तव्य समझता है। न्याय हमारी ओर है। जीत हमारी होगी।''

''मुझे भी न्याय की शक्ति में विश्वास है,'' मोहिले सरदार ने उत्तर में कहा, ''किंतु न्याय की भी अपनी कीमत होती है। जिस न्याय की आवश्यकता से अधिक कीमत देनी पड़ती है, वह न्याय भी अन्याय के रूप में परिवर्तित हो जाता है। भाटियों और मोहिलों का सर्वनाश इस न्याय का बहुत अधिक मूल्य है, कुँवरजी।''

सरदार सादू उपेक्षा से हँसा। ''कोई आपको न जानता होता, सरदार साहब, तो यही समझता कि आपके स्वर के पीछे से भय बोल रहा है।'' वह सीधा बैठकर बोला, ''जरा राठौरों को मुकाबले पर आने तो दीजिए। अभी तो यही निश्चय होना शेष है कि नाश भाटियों और मोहिलों का होगा या राठौरों का होगा। जिस न्याय की आवश्यकता से अधिक कीमत देनी पड़ती है, वह फिर सामाजिक परंपरा बनकर अपनी कीमत से भी कहीं ज्यादा रंग देता है। इसीलिए न्याय की कोई भी कीमत ज्यादा नहीं होती।''

सिर नीचा किए मोहिले सरदार उठ गया। उसने भाटी सरदार के सिर पर अपना हाथ रखा। फिर वह बड़बड़ाया, ''न जाने प्यार को तर्क कहाँ से मिल जाते हैं!''

जब मोहिले सरदार नजरों से ओझल हो गए, तो भाटी सरदार ने मेघराज की ओर मुसकराकर देखते हुए कहा, ''हाँ तो, मैं कह रहा था कि मुझे इतना गरिष्ठ जलपान करने की बिल्कुल भी आदत नहीं है, भैया। तुम्हें कष्ट न हो, तो...''

मेघराज ने झपटकर स्वयं थाल उठा लिये और बोला, ''क्षमा कीजिए, दूसरा समय हो गया है। अब आप जलपान नहीं, भोजन करेंगे।''

मेघराज चला गया और भाटी सरदार ने कल्पनाओं के जाल बुनने आरंभ किए। उन कल्पनाओं के जाल में दो गोरे और कोमल हाथ थे, जिनके सामंजस्य से किसी अत्यंत सुंदर, स्वच्छ और निष्कपट प्रेम से पूरित मुख की रचना होती थी।

मोहिले सरदार ने वधू के लिए भेजी गई राठौरों की पोशाक को स्वयं अपने

हाथों से संदेशवाहकों को वापस करते हुए कहा—

''राठौरपति से कहना—जब हमारी बेटी की मँगनी उनके बेटे से हुई थी, तब हमने केवल दोनों कुलों का सम्मान देखा था, लेकिन वह हमारी भूल थी। आज हमारी बेटी बड़ी हो गई है। मंदौर का राजकुमार भी बड़ा हो गया है। उस समय से आज स्थिति बदल गई है। हमारा विचार है कि दोनों ही कुलपतियों को फिर एक बार इस संबंध पर विचार कर लेना चाहिए, और इस विचार में वर और वधू का आपसी लगाव प्रमुख है। हम अपनी बेटी का राजनीतिक विवाह नहीं करना चाहते।''

मंदौर के संदेशवाहक हक्के-बक्के रह गए। एक बार उन्होंने मोहिलों के सरदार को आश्चर्य की मुद्रा से देखा और फिर अपना लाया हुआ सामान संगवाने लगे। किंतु काफी तत्परता से यह काम करते हुए भी उनकी दृष्टि भाटियों के उन डेरों की ओर उठ जाती थी, जहाँ मोहिलों के नए मेहमान टिके हुए थे। उनके मस्तिष्क इस अचानक परिवर्तन का रहस्य भी साथ-ही-साथ उतनी ही तत्परता से सोचने में लगे हुए थे। औरींत में इससे आगे क्या होता है, इसका समाचार मंदौर तुरंत पहुँचता रहे, यह प्रबंध करके जाना क्या बुद्धिमानी नहीं होगी?

वे लोग इसका प्रबंध करके गए। पूरन नाम का एक ब्राह्मण इसके लिए तैयार हो गया।

एक सप्ताह के भीतर-ही-भीतर औरींत में मंगलसूचक चँदोवे तन गए। अतिथियों की खातिरदारी अब और भी निकटता से होने लगी। इस संबंध से सब प्रसन्न थे, सब सुखी थे। कोरम के उछाह का तो अंत ही नहीं था। सारे औरींत की कन्याएँ औरींत की बड़ी हवेली में एकत्र हो गई थीं।

वृद्ध मोहिले सरदार चुपचाप अपना इंतजाम करते घूम रहे थे। उन्हें बेटी का दहेज देना था। उसके लिए उन्होंने दिन-रात एक कर दिया। किंतु जब मेघराज ने वह सब सामान अपनी माँ के सामने रखा, तो वह नाक सिकोड़कर बोली, ''बस! क्या यही सामान मेरी बेटी के दहेज में दिया जाएगा? मेघराज! मेरी तो एक ही बेटी है।''

मोहिले सरदार ने कहीं पास से ही इन वचनों को सुना। वह सीधा खड़े होकर बोला, ''घबराती क्यों हो? देखना तो, मैं अपनी बेटी के दहेज में क्या-क्या दूँगा! इतना दूँगा कि आज तक किसी ने नहीं दिया।''

और औरींत की कन्याओं ने कोरमदेवी को रत्नाभूषणों से सजा दिया। बाजुओं में बाजूबंद पहनाते हुए किसी ने परिहास किया—''कोरम, इन बाजुओं को पत्थर के गले में भी डालोगी, तो वह पानी हो जाएगा।''

सुनकर कोरमदेवी ने उन बाजुओं में अपना मुँह छिपा लिया।

फिर एक दिन शुभ घड़ी में बाप ने बेटी के हाथों में हलदी लगा दी। औंरीत का वायुमंडल जय-जयकारों से गूँज उठा।

ससुराल की हवेली से अंतिम विदा लेकर भाटी सरदार बाहर निकला। आगे-आगे थे मोहिले सरदार और मेघराज। बाहर निकलकर भाटी सरदार ने मुँह पर से बनावटी फूलों का रत्नजटित आवरण हटा दिया। तब वृद्ध ने कहा, ''सामने देखो, कुँवरजी। यह मेरी बेटी का दहेज है।''

भाटी सरदार की दृष्टि ऊपर उठी और वह उस दहेज को देखकर चकित रह गया। सीधी कतारों में लगभग दस हजार मोहिले नौजवान हाथों में नंगी तलवारें लिये खड़े थे।

जमाई की ओर बिना देखे ही मोहिले सरदार बोला, ''यह दस हजार तलवारें तुम्हारी हैं, कुँवरजी। जो आदमी इन्हें लिये खड़े हैं, ये पूगल तक इन्हें पहुँचाने जाएँगे। जब मेरी बेटी का दहेज ठिकाने पर पहुँच जाएगा, तब ये सब वापस आ जाएँगे।''

जयतुंग बिगड़ उठा। ''यह हमारा अपमान है, सरदार साहब!''

''जो अपने जमाई का अपमान करता है, उसका अपमान पहले होता है, राजा साहब,'' मेघराज ने कहा, ''हमने निश्छल भाव से यह दहेज दिया है, आप भी निश्छल भाव से इसे ग्रहण कीजिए।''

मोहिले सरदार ने घोषित किया, ''जब तक एक भी मोहिला जीवित रहेगा, मरुभूमि पर भाटियों का रक्त नहीं गिर सकता। हमने भाटियों से अपनी बेटी ब्याही है। हमने उन्हें अपना रक्तदान दिया है। अब वह लौट नहीं सकता।''

''हम वचन देते हैं कि हम उस रक्त की रक्षा करेंगे,'' भाटी सरदार ने कहा, ''दहेज भी अस्वीकार करने का अधिकार हमें नहीं है। किंतु हमारे साथ ये तलवारें ही जाएँगी, इन्हें ले जानेवाले नहीं। अभी भाटियों में इतना दम है कि तलवारें उठा सकें।''

''कुँवरजी, इस तरह ये तलवारें कभी पूगल नहीं पहुँचेंगी,'' मोहिले सरदार ने चेतावनी दी।

''पहुँचेगी, जरूर पहुँचेगी, सरदार साहब!'' भाटी सरदार ने कहा।

''आप जरा सोचिए तो। देखनेवाले कहेंगे कि दहेज में मिली तलवारें भाटिये दूसरे के कंधों पर रखकर चल रहे हैं। हमने विवाह किया है अपनी भुजाओं के बल पर, आपकी भुजाओं के बल पर नहीं।'' फिर वह जयतुंग की ओर घूमकर बोला, ''राजा साहब, इन तलवारों को साथ ले जाने का प्रबंध कीजिए।''

मोहिले सरदार हताश होकर चुप हो गया।

अगले दिन सुबह रेगिस्तान के अंतर से आनेवाला वह काफिला औरींत से एक और खूबसूरत साथी को अपने में मिलाकर जब कूच करने लगा, तो भाटी सरदार को अपनी पगड़ी का ध्यान आया। पगड़ी का नहीं, उस व्यक्ति का ध्यान आया, जिसने उसके व्यक्तित्व से अनजान होते हुए भी उससे पगड़ी बदल ली थी। किंतु बहुत खोज कराने पर भी मेघराज का कहीं पता नहीं चला।

औरींत दो कोस पीछे छूट गया था और भाटी सरदार कुछ दिनों के इन नवीन संबंधों को दिल और दिमाग में समेटे साँड़नी पर बैठा जा रहा था। काफिले के बीच में कोरमदेवी का डोला एक ऊँटनी की पीठ पर बँधा था। और वह सुखद स्वप्नों के निश्चित चरितार्थ के प्रभाव से हिलती-डुलती और सोती हुई आगे बढ़ रही थी। लेकिन काफिला कुछ दूर आगे चलकर रुक गया।

सामने लगभग पचास ऊँटों की एक पंक्ति रास्ता रोके खड़ी दिखाई दे रही थी।

जयतुंग पास आ गया। भाटी सरदार ने कहा, "कौन हो सकते हैं?"

"हो सकते हैं, तो दोस्त हो सकते हैं। दुश्मन होंगे, तो थोड़ी देर बाद ही वे ना होने के बराबर हो जाएँगे।" जयतुंग ने कहा।

काफिला फिर आगे बढ़ा। अब दिखाई देनेवाले साफ दिखाई देने लगे। अचानक भाटी सरदार के मुँह से निकला—"मेघराज!"

मेघराज की ऊँटनी आगे बढ़कर ठीक भाटी सरदार के सामने खड़ी हो गई। मेघराज ने न जुहार की और न वह ऊँटनी से उतरा।

सरदार सादू हँस पड़ा। "तो तुम कन्नी काटकर यहाँ आ छिपे थे। मुँह कैसा बना रखा है, जैसे लड़ने आए हो!"

"हम औरींत वापस नहीं जाएँगे, हमारा निश्चय है।" मेघराज ने कहा।

"ओह, एक कदम आगे! अच्छा, तो यहाँ बिना पानी के कब तक ठहरे रहोगे?" भाटी सरदार ने पूछा।

"हम ठहरे नहीं रहेंगे," मेघराज ने कहा। "हम साथ-साथ चलेंगे।"

"नहीं" जयतुंग गरजकर कहा, "हम मोहिलो को अपने साथ नहीं ले जाएँगे।"

मेघराज गंभीरता के साथ केवल भाटी सरदार की आँखों में आँखें डाले चुपचाप बिना कुछ उत्तर दिए देखता रहा। उनमें कोई आग्रह नहीं था, कोई याचना नहीं थी उनमें। निश्चय था, कठोर निश्चय, जिसके सामने तर्क नहीं चलते।

सरदार सादू ने पूछा, "तुम हमारे साथ क्यों जाना चाहते हो?"

मेघराज ने कारण बताया—"यहाँ से पाँच कोस की दूरी पर, तीन दिन से दस हजार राठौर सैनिक हाथों में नंगी तलवारें लिये खड़े हैं। हमें यह मालूम हो चुका था। इसीलिए हमने दस हजार मोहिले तैयार किए थे। लेकिन आपने नहीं माना। ये पचास साथी मेरे अपने हैं। इनमें से किसी को भी एक सैनिक का वेतन नहीं मिलता। यह घर से सिर पर कफन बाँधकर चले हैं। अब यह औरींत वापस नहीं जाएँगे।"

कुछ देर तक भाटिये स्तब्ध रहे। फिर सिर उठाकर भाटी सरदार ने अपनी ओर निरंतर ताकते हुए मेघराज से कहा, "चलो।"

मोहिलों में हर्ष की लहर दौड़ गई। मेघराज दौड़कर बहन के डोले पर पहुँचा। परदा हटाकर उसने बहन को अपनी उपस्थिति जतानी चाही। किंतु वह सो रही थी। मेघराज ने परदा ज्यों-का-त्यों गिरा दिया।

काफिला आगे बढ़ा। भाटियों के ऊँट उस ओर अविराम गति से चलने लगे, जहाँ दस हजार राठौर अपनी खून की प्यास बुझाने के लिए चौकन्ने खड़े थे।

राठौरों से एक कोस के अंतर पर भाटियों ने अपना पड़ाव डाल दिया। कई बार मेघराज ने सोचा कि बहन को अपनी शक्ल दिखा दे, किंतु जयतुंग और भाटी सरदार के साथ व्यूह-रचना करने में फिर वह इतना तन्मय हो गया कि उसे बहन का भी ध्यान नहीं रहा।

रात आई और सरदार ने अपने साथियों को पूर्ण विश्राम लेने के लिए कहा। दो सौ गज आगे काफिले की मुख्य चौकी बनाई गई, जहाँ जयतुंग स्वयं जाकर डट गया। व्यूह के ठीक बीच में कोरमदेवी का डोला रखा गया।

अँधेरे ने मरुभूमि पर अपना काला आवरण डाल दिया। रात के पहर अपनी करवटें लेने लगे। फिर चाँद निकला और उसकी पहली किरण के साथ-ही-साथ सादू अपने स्वप्नों की रानी के डोले के निकट पहुँच गया। उसने डोले का परदा उठाया और बोला, "अब जाग जाओ। थोड़ी देर में सुबह हो जाएगी।"

"मैं तो जाग ही रही हूँ, कथावाचक जी।" कोरमदेवी ने उत्तर दिया।

"जाग रही हो! क्यों?" सादू ने पूछा।

अफसोस कि नारी अपने स्नेह को कभी कबूल नहीं करती। सादू को भी निराश होना पड़ा। कोरमदेवी ने उत्तर दिया, "मैं दिनभर सोती जो रही हूँ। पर कथावाचक जी क्यों जाग रहे हैं, जरा सुनूँ तो?"

"मुझे चाँद निकलने की आशा थी," सादू ने उत्तर दिया, "अब चाँद निकल

आया है और मैं तुम्हारा मुँह चाँद के सामने करके देखना चाहता हूँ।''

''क्यों, तुलना करोगे, जैसे सब करते हैं?'' कोरमदेवी ने पूछा।

''नहीं,'' सादू ने उत्तर दिया। ''तुलना करने योग्य वहाँ कुछ नहीं है।'' फिर उसका स्वर अत्यंत धीमा हो गया। ''मैं उस स्वरकार को देखना चाहता हूँ, जो चिक के पीछे से वीणा बजाता था; उस स्वामिनी को देखना चाहता हूँ, जिसके सेवकों ने तलवार और ढाल का उपहार दिया था और इतना स्पष्ट देखना चाहता हूँ, जितना कि चाँद दिखा सकता है।''

कोरमदेवी ने अपने अलंकारों से भरे हाथ डोले के बाहर कर दिए। ''ये ही थे न वे सेवक?''

चंद्रमा की किरणों ही से पीले उन हाथों पर तड़पकर पड़ी और सादू सरदार ने उन्हें झट से पकड़कर चूम लिया। फिर उन्हें अपने गले से लगाते हुए उसकी दृष्टि ऊपर चाँद की ओर उठी, जो हर वस्तु को शीतलता प्रदान कर रहा था।

वह बोल उठा, ''देवी, कोरम, नर को अधीर करके नारी कभी-कभी उसे खो बैठती है। मुझे अधीर न बनाओ। अपना मुँह बाहर निकालो। मैं उसे···'' सहसा सरदार सादू चौंककर उठ खड़ा हुआ।

चाँद की ओर दृष्टि उठाते हुए उसकी नजर बालू पर दूर तक फैली हुई चाँदनी पर निमिष भर के लिए दौड़ गई थी। उसकी अभ्यस्त आँखों ने दूर चाँदनी पर इसी ओर को बढ़ता हुआ एक काला धब्बा देख लिया था।

अपने प्रियतम की अधीरता को शांत करने के लिए जब कोरमदेवी ने अपना मुँह बाहर चाँदनी में निकाला, तो वह दूर जा चुका था। उसका लक्ष्य वही काला धब्बा था, जिसे उसने संशयपूर्ण दृष्टि से देखा था।

कोरमदेवी आशंका से भरी डोले से बाहर निकलकर खड़ी हो गई। वह देखती रह गई। यहाँ तक कि उसकी आँखें विस्तृत चाँदनी में भी अपने पति को नहीं खोज सकीं।

एक पेड़ के सहारे जयतुंग घोड़े की जीन बिछाए आराम से सो रहा था। पंचकल्याण जाग्रत् अवस्था में चौकन्ना खड़ा था और उसकी रास जयतुंग के हाथों में लिपटी हुई थी। भाटी सरदार उसे पार करके पेड़ की आड़ में छिप गया।

उसने आनेवाले को पहचान लिया। वह शंखला महाराज थे। जयतुंग के पास आकर वे कुछ देर खड़े हुए, उसे पहचानते रहे। फिर उनका हाथ अपनी कमर पर गया। साथ ही सरदार सादू का हाथ भी अपनी तलवार की मूठ पर पहुँच गया।

लेकिन फिर शंखला महाराज लौट पड़े। पंचकल्याण ने पहले रास हिलाकर जयतुंग को जगाना चाहा। फिर भी जब वह कलियुगी कुंभकर्ण नहीं जागा, तो उसने अपना खुर जयतुंग की छाती पर रख दिया।

जयतुंग राम-राम करता उठ खड़ा हुआ। "कहो, बेटा," उसने पंच-कल्याण को लक्ष्य करके कहा, "क्या लड़ाई शुरू हो गई?"

हिनहिनाकर पंचकल्याण ने अपना मुँह जाते हुए शंखला महाराज की ओर किया। किंतु तब तक वह बहुत दूर जा चुके थे।

भाटी सरदार पेड़ की आड़ से निकल आया। "राजा साहब, चौकीदारी इसी तरह होती है?"

जयतुंग हड़बड़ाकर उठ खड़ा हुआ। "और नहीं तो कैसे होती है? हम विश्राम कर रहे थे और हमारा बेटा जाग रहा था।"

सरदार सादू हँस पड़ा। "जी हाँ, अभी आपका सोता हुआ सिर राठौरों में पहुँच जाता।"

"आप अपना काम कीजिए, कुँवरजी," जयतुंग ने कहा, "हम और हमारा पुत्र अपना काम खूब अच्छी तरह जानते हैं।"

लेकिन भाटी सरदार, जिसे अपनी प्रतीक्षा में निहारता छोड़ आया था, फिर उसके पास तक नहीं जा सका। उसने सोते हुए भाटी वीरों को जगाया। दुश्मन सचेत हो गया है। भाटियों को अविलंब सचेत हो जाना था।

सुबह हो गई। राठौरों की ओर से एक संदेशवाहक अरिनकंवल का पत्र लिये जयतुंग के सामने आया, वह साँड़नी से उतरा। उस पत्र में था—"…राठौर दस हजार हैं, भाटी सात सौ हैं। लेकिन हम संख्या का लाभ नहीं उठाएँगे। एक आदमी एक आदमी से द्वंद्व करेगा। जीतने वाले को विश्राम का अवसर दिया जाएगा। फिर उसे दूसरा द्वंद्व लड़ना होगा। यह सिलसिला तब समाप्त होगा, जब या तो दस हजार राठौर और तीन सौ शंखला समाप्त हो जाएँगे या सात सौ भाटी…"

पत्र सहित दोनों हाथ हवा में उठाकर जयतुंग ने एक लंबी अँगड़ाई ली और संदेशवाहक से कहा, "अजी, जाकर अपने युवराज साहब से कहना कि हमारा अमल खत्म हो गया है। थोड़ा-सा भिजवा दें, ताकि हम उनके प्रस्ताव पर अच्छी तरह अमल कर सकें।"

संदेशवाहक ने नकेल फिराई और जयतुंग का विचित्र व निर्भीक संदेश लिये राठौरों की ओर दौड़ गया।

पत्र भाटी सरदार के पास पहुँच गया। पढ़कर वह बुदबुदाया—"अफसोस

कि यह वीर युवराज कभी राजा नहीं होगा!''

राठौर युवराज ने ढेर सी अफीम जयतुंग के पास भिजवा दी और उसे अमल करने के लिए एक पहर का समय और दिया गया। अमल करने के बाद दूसरा अमल करने तक के लिए पाहुओं का राजा सो गया।

दूसरे पहर की चिलचिलाती धूप में युद्ध के लिए तत्पर भाटियों और राठौरों का द्वंद्व संग्राम आरंभ हुआ। सबसे पहले वीर शंखला महाराज अपना खड्ग घुमाते हुए जयतुंग के सामने आए। जयतुंग ने हाथ जोड़कर नमस्कार किया।

शंखला महाराज ने कहा, ''उस दिन मरुभूमि में क्षणभर के लिए तुम्हें देखा था या आज देख रहा हूँ। तूफान न आ जाता, तो उसी दिन निबटारा हो जाता। क्या मालूम था कि न्याय में समय भी अंतर नहीं डाल सकता।''

''लेकिन तलवार डाल देती है,'' जयतुंग ने न्याय के नाम से चिढ़कर कहा। ''वार सँभालो, महाराज…'' और खड्ग बज उठे।

निमिष मात्र में शंखला महाराज का सिर सारे मान-अपमान और न्याय की भावना संजोए बालू के कणों में लुप्त हो गया।

जयतुंग चिल्लाया—''आगे बढ़ो, और कौन आता है ?''

राठौरों की पंक्तियों में सन्नाटा छा गया। शंखला से बढ़कर कोई नहीं था।

''अच्छा, मैं ही आता हूँ,'' और जब तक भाटी सरदार उसके निश्चय को समझे, वह दोनों हाथों में तलवार घुमाता हुआ राठौरों की पंक्तियों के बीच में धँसा चला गया। उसकी कल्पनाएँ जाग उठी थीं!

''आगे बढ़ो!'' भाटी सरदार ने अपने साथियों को ललकारा और द्वंद्वयुद्ध बड़े पैमाने पर आरंभ हो गया। एक-एक राठौर, एक-एक भाटी। एक-एक हाथ में मोहिलों के दहेज की तलवारें और एक-एक हाथ में भाटियों की तलवारें।

एक घड़ी के भीतर-भीतर अपने अपमान की प्यास बुझाने के लिए आए तीन सौ शंखलाओं में से एक भी जीवित नहीं बचा। एक भी भाटी विश्राम करने के लिए नहीं लौट रहा था। वे बाजी जीत लेते थे और तुरंत दूसरी पकड़ लेते थे।

भाटी सरदार डोले के पास जा खड़ा हुआ। ''कोरम!'' उसका स्थिति के कारण कठोर होता हुआ स्वर निकला। ''कोरम, सूरज की रोशनी में ही अपना मुँह दिखा दो।''

डोले का परदा कोरम ने जल्दी में खींचकर फाड़ दिया। उसमें से उसने देखा, भाटी सरदार रण के सुंदरतम वेश में, दोनों हाँथों में एक-एक लंबी तलवार सँभाले, घोड़े की पीठ पर वीर मुद्रा में बैठा एकटक उसकी ओर देख रहा था।

देखते हो भाटी सरदार की भौंह आश्चर्य से चढ़ गई और उसके मुँह से बेतहाशा निकला--"सुंदर!" साथ ही उसका घोड़ा उछला और सरपट राठौरों की पंक्ति की ओर तीर की तरह छूट गया।

कोरमदेवी दूसरी बार डोला छोड़कर बाहर निकल आई।

कुछ देर में अपने मृत स्वामियों को पीठ पर लिये घोड़े लौटने शुरू हुए।

कोरम ने सेवा में खड़े एक भाटी सेवक को संकेत किया और वह एक घोड़े को पकड़कर अपने साथ लाया। अश्व की पीठ पर हाथ-पैर लटकाए पड़े मृत वीर की पोशाक ने ही कोरम को आकर्षित किया था। वह मोहिलों की पोशाक थी। सेवक ने शव को उतारा और उसका मुँह ऊपर किया।

"भैया!" और कोरम एक दहाड़ मारकर मेघराज के शव पर गिर पड़ी। तब तक सरदार राठौरों की पंक्तियों को तितर-बितर करता हुआ दूसरी ओर निकल गया था। वहाँ से उसका अश्व फिर लौटा। 'जय भवानी' के रणघोष के साथ वह एक बार फिर उन पंक्तियों के बीच में अपनी प्रियतमा की दिशा लक्ष्य करके बढ़ा और बीसियों राठौरों को बालू चटाता हुआ दूसरी ओर निकल गया।

"सरदार आ रहे हैं, देवी," सेवक ने झुककर अत्यंत सहानुभूतिपूर्ण स्वर में कहा, और कोरमदेवी पति का स्वागत करने के लिए खड़ी हो गई। भाटी सरदार का अश्व पास आकर रुका और उसने कोरमदेवी का हँसता हुआ मुख देखा। किंतु साथ ही उसकी दृष्टि मेघराज के शव पर पड़ी और उसकी आँखें कठोर होकर ऊपर उठ गईं, "जय भवानी!"

कोरम देख रही थी। सूरज की किरणों से आँख-मिचौली का खेल खेलती हुई भाटी सरदार की लपलपाती हुई तलवारें तीव्रगामी रथ के पहिए की तरह घूमती हुई, फिर शत्रु के सैन्य शरीर में धँसती चली गईं और उसके देखते-देखते फिर बाहर निकल आईं।

लेकिन तब तक कोरमदेवी के सामने एक और शव आ पड़ा था। उस शव के पास पंचकल्याण आँखों में विषम जगत् की समस्त करुणाएँ लिये खड़ा था और उसके नेत्र गरमी के कारण लाल हो गए थे।

उसके पास ही भाटी सरदार का अश्व रुका, और कोरम इस बार गंभीर थी। वह पति की प्रतिक्रिया निखारने के लिए एकटक उसकी ओर देख रही थी।

सरदार सादू ने एक बार पंचकल्याण पर, एक बार जयतुंग पर, और एक बार अपनी सबसे बड़ी प्रशंसक पर निगाह डाली और उसकी आँखों में रण का खून उतर आया। वह चिल्लाया, "कोरम, इस कथा को याद रखना। जय भवानी!"

राठौरों के सामने पहुँचकर सादू की तलवारें उठ गईं। "बंद करो, बंद करो... बंद करो इस खून की होली को।"

धीरे-धीरे करके युद्ध डूबते हुए सूरज के साथ बंद हो गया। सादू का घोड़ा मचल रहा था। सरदार चिल्लाया, "अब युद्ध का निबटारा होगा। कहाँ है अरिनकंवल ?"

अरिनकंवल तुरंत सामने आ गया। हल्की-हल्की मूँछें, रोबदार राजपूती चेहरा, कुश्की घोड़ा, भाटी सरदार ने उसे देखा और जयतुंग की सौम्य मूर्ति उसके सामने घूम गई। वह जयतुंग जो मृत्यु से छेड़खानी करके जीना जानता था और उसी खेल में उसने अपने जीवन को होम दिया था। वह जयतुंग, जो हजारों की संख्या में अड़े हुए शत्रुओं के बीच में दोनों हाथों से तलवार चलाता हुआ कल्पनाओं के संसार में विचरण करता था। उस जयतुंग की याद करके भाटी सरदार चिल्ला उठा—"अब निबटारा होगा!"

"स्वागत है," अरिनकंवल ने कहा, "प्रणाम भाटी, सरदार! मैं चाहता हूँ, तुम थोड़ी देर विश्राम कर लो। हमारे हजारों जवान तुम्हारी तलवार के घाट उतर चुके हैं। तुमने अकेले ही अपने साथियों की संख्या पूरी कर ली है। हम थके हुए शेर को मारना नहीं चाहते।"

"जीता रहा तो इस लोक में, मर गया तो स्वर्ग लोक में मैं तुम्हारी दिलदारी की कहानी सुनाऊँगा, युवराज। किंतु निबटारा अभी होगा, इसी क्षण होगा। खड्ग उठाकर पहला वार करो।" भाटी सरदार ने कहा।

"यह नहीं होगा, भाटी सरदार। तुम थके हुए हो। यदि लड़ना ही चाहते हो, तो पहला वार तुम करो," अरिनकंवल ने कहा।

इस पहल-पहल में वीर राठौर ने भाटी सरदार को कुछ साँसों का विश्राम दिया। इसके बाद दोनों की तलवारें एक साथ उठी, और बिना कुछ ऊहापोह के एक-दूसरे के सिरों पर बिजलियाँ बनकर गिर पड़ीं। भाटी सरदार की बाहुओं में केवल इस खेल का ही दम शेष रह गया था।

दूर खड़ी कोरम पछाड़ खाकर मरुभूमि की रेत पर गिर पड़ी।

जब कोरमदेवी को चेतना आई, तो सब ओर शांति छा चुकी थी। चाँद निकल आया था और उसकी किरणें उसके अलंकृत हाथों पर पड़ रही थीं। नीचे नरम बिछौना था और ऊपर वह आकाश था, जहाँ उसकी कल्पना अपने प्रिय नायक को खोज रही थी। वह तड़पकर उठ बैठी। फिर खड़ी हो गई।

केवल पचास जीवित भाटी उसके चारों ओर हाथ बाँधे खड़े थे। कराहट और

दर्द के स्वर चारों ओर हवा में गूँज रहे थे। कोरम ने चिल्लाकर कहा, ''लाओ, एक तलवार दो!''

एक सेवक ने अपनी तलवार प्रस्तुत कर दी।

कोरम ने दाएँ हाथ में तलवार लेकर एक बार आकाश के चाँद को देखा और उसकी तलवार जैसे उस चाँद को चिढ़ाने के लिए उठी। फिर एक किरण की तरह उसके बाएँ हाथ पर टूटी और वह हाथ गदीले बिछौने पर रक्त चुहचुहाता हुआ उसके शरीर से अलग होकर गिर पड़ा।

कोरम ने धीमे किंतु स्थिर स्वर में कहा, ''यह हाथ मेरे ससुरजी को देना, और कहना कि उनकी वधू उनके पैर छूने के लिए पूगल नहीं आ सकी, लेकिन उसका चिह्न अवश्य आना था।''

फिर उसने सेवक को संकेत किया और उसने तलवार कोरम के हाथ से पकड़ ली। दूसरा हाथ आगे करके कोरम ने कहा, ''इसे भी, इसे भी, जल्दी!''

सेवक हक्का-बक्का बना खड़ा रहा।

कोरम ने कहा, ''जल्दी करो! फिर मुझे मूर्च्छा आ जाएगी।''

और कोरम देवी का दूसरा हाथ भी कटकर गिर पड़ा, थोड़ी देर पहले जिसका पीलापन चाँदनी के रंग को शरमा रहा था।

''यह हाथ मोहिलों के चारण को देना। उससे कहना कि उसके देश की बेटी ऐसी थी। अब...अब चिता...लगाओ...'' और वह मूर्च्छित होकर खून से सने रेत के गदेले पर गिर पड़ी।

एक पहर बाद पति के शव को गोद में लेकर कोरम अग्नि की शिखाओं में खो गई, क्योंकि वह एक ही साथ कुँवारी थी, वधू थी और विधवा थी, और संसार कभी इतनी विचित्रताएँ एक साथ नहीं सँभाल पाता।

पूगल के वृद्ध राव ने उसके हाथ को जलवा दिया और उसके स्थान पर एक झील बनवाई, जिसका नाम 'कोरमदेवी की झील' है। सन् 1407 ई. में निर्मित यह झील आज भी गरमी के मारे राजपूतों को शीतलता प्रदान करती है।

□□□